Alexis Laipsker

Journaliste spécialisé dans le domaine du poker, Alexis Laipsker a fait une entrée fracassante dans le polar avec ... *Et avec votre esprit* (Michel Lafon, 2020), à l'intrigue aussi machiavélique que redoutable, pour lequel il a obtenu le prix Pocket Nouvelles Voix du polar. Il confirme tout son talent en 2021 avec le glaçant *Le Mangeur d'âmes*, qui laisse le lecteur haletant et accro à sa plume, suivi en 2022 par *Les Poupées*, également paru chez Michel Lafon.

LE MANGEUR D'ÂMES

ÉGALEMENT CHEZ POCKET

... ET AVEC VOTRE ESPRIT
LE MANGEUR D'ÂMES
LES POUPÉES

ALEXIS LAIPSKER

LE MANGEUR D'ÂMES

Michel LAFON

ISBN : 978-2-266-32236-2
Dépôt légal : février 2022

À mon père.

« Car le salaire du péché, c’est la mort. »
Romains, VI, 23

Trois mois plus tôt.

Il n'a pas crié. Ils ne crient jamais. Ils ne se débattent pas non plus. La stupéfaction et la terreur les paralysent trop pour qu'ils puissent réagir et encore moins se défendre. Vous voulez rire ? Ce sont eux qui se sentent coupables. Ils ont peur d'avoir fait quelque chose de mal ! C'est pas dingue, ça ? Mais la vérité, la voici : il n'y a rien de plus simple que d'enlever un enfant.

Quelques instants plus tôt, Leandro sortait de l'école, insouciant. Son sac à dos trop lourd cognant ses lombaires à chaque pas, il avait l'esprit plongé dans la partie de jeu vidéo qu'il allait lancer sitôt rentré chez lui. Il avait pourtant passé un contrat avec ses parents : d'abord les devoirs, ensuite les loisirs. La règle était claire, mais la tentation si forte.

Le tout, c'est de bien préparer son coup. Il faut être sacrément mi-nu-tieux. Ce n'est pas donné à tout le monde. D'abord, il faut partir en reconnaissance : traîner dans des villes éloignées de chez soi – jamais deux fois la même – faire le tour des écoles, repérer les ruelles isolées, trouver les angles morts des caméras de vidéosurveillance quand il y en a. Si vous croyez que ça s'improvise !

Les parents de Leandro étaient divorcés. Lentement, leur amour s'était retiré aussi sûrement que la mer d'une plage de l'Atlantique sous l'effet de la marée. Les griefs passés, ils étaient parvenus à rester en bons termes. Une cordialité reposant sur l'amour qu'ils portaient à leur fils unique et à leur volonté de le préserver du tumulte des adultes.

Mais bon, c'est comme tout, avec l'expérience, on s'améliore. Le premier gosse, ça avait été le bordel. Il s'était barré en courant. Proposer des bonbons, quelle connerie ! Non, il faut les cogner direct. C'est ça, le secret. Cogner.

Ils avaient d'abord refusé de le laisser rentrer seul de l'école. Il n'avait que 10 ans, et « on entend tellement de choses de nos jours ». Qui plus est, une partie du chemin menant au domicile était déserte et mal éclairée. Mais il avait insisté. Il voulait « faire le grand ». Il avait poussé si vite !

Ils avaient fini par céder.

De toute leur existence, il n'y aurait pas une seule décision qu'ils regretteraient davantage.

On les attrape par le cartable ou le sac à dos, et hop, on les hisse à bord. Un coup dans le ventre et on n'en parle plus. Il suffit de refermer la porte de la camionnette, et c'est parti.

En vérité, cela les arrangeait bien. Sa mère venait de trouver un nouvel emploi. Elle était encore en période d'essai et il lui était impossible d'aller chercher Leandro le soir. Quant à son père, deux ans auparavant, il avait créé une société de services informatiques qui tournait gentiment. Comme beaucoup d'entrepreneurs, il ne comptait pas ses heures. Pour lui, la sortie de l'école, c'était le milieu de la journée.

Ensuite, il faut filer. Vite, mais pas trop quand même. C'est à ce moment qu'il faut vraiment cogner. Parce que, là, ils comprennent. Ils réalisent enfin que c'est grave. Ils savent juste pas à quel point...

Le petit Leandro avait bien entendu le bruit d'un véhicule, mais il n'y avait pas prêté attention. Dans son monde, les monstres revêtaient de longues capes noires, avaient des rictus inquiétants, un rire diabolique. Et puis, les héros intervenaient toujours à temps. Dans la vraie vie, les monstres surgissent sans prévenir. Et les héros n'arrivent que pour poser des questions au voisinage, publier un avis de recherche et présenter une mine compatissante aux parents.

*
* *

Dans la petite allée qui menait à son pavillon, Mariana Pietranovsky fit tomber ses clés en les sortant de son sac. Elle les ramassa et les introduisit dans la serrure. En ouvrant la porte d'entrée qui donnait sur le salon, elle fut frappée par l'obscurité qui enveloppait la pièce. Elle fit quelques pas lorsque soudain la sonnerie de l'alarme se mit à hurler. Elle se précipita vers le cagibi où se trouvait le boîtier de contrôle et composa le code à la hâte. Le silence qui régnait à nouveau ne lui apporta aucun réconfort.

— Leandro ?

Elle avança de quelques pas, lâcha son sac sur le sol et alluma.

Elle se mit à réfléchir à toute vitesse : il n'était pas au judo. Le judo, c'était le mardi. On était lundi. Il n'était pas non plus chez un copain. Pas sans prévenir. Aurait-il pu être retenu à l'école ? Pas possible.

L'inquiétude l'envahit.

— Leandro ?

Elle se précipita dans chaque pièce : la salle à manger, la cuisine, les toilettes.

Le rez-de-chaussée du petit pavillon était désert.

— Leandro ? Réponds-moi !

Elle grimpa à l'étage. La chambre de son fils. Vide et noire. Elle inspecta chaque pièce, une à une, ouvrant les portes comme une furie. La panique l'avait complètement submergée.

Où n'avait-elle pas regardé ? Où n'avait-elle pas cherché ? Elle aurait tant aimé qu'il reste des pièces à explorer.

Alors qu'il existait probablement mille hypothèses raisonnables expliquant l'absence de son fils, elle sut, par cet étrange lien qui unit une mère à son enfant, qu'elle ne le reverrait jamais.

– 1 –

La fourgonnette jaune dérapait dans la neige et manquait verser dans le fossé à chaque virage. Dans le pâle halo des phares, une myriade de flocons virevoltaient, surgissant du néant dans une frénésie sans fin.

Les mains crispées sur le volant, le facteur pestait. Le chauffage peinait à chasser la buée qui avait envahi le pare-brise, aussi, pour compenser la piètre visibilité, s'était-il avancé au maximum sur son siège. Les conditions météorologiques rendaient sa tournée vraiment pénible, voire périlleuse. Et la journée ne faisait que commencer ! Si les chutes de neige se poursuivaient à ce rythme, c'était sûr, il devrait monter les chaînes sur les roues de son véhicule de service.

Il entamait sa distribution par les hauteurs puis redescendait vers la vallée, de maison en maison. Onze ans qu'il faisait comme cela. Chaque hiver, c'était compliqué. Il aurait dû y être habitué. Et pourtant, chaque hiver, il râlait dès que tombaient les premiers flocons.

Arrivé devant le chalet, il freina trop brusquement et perdit le contrôle de son véhicule qui chassa avant de terminer mollement sa course dans un tas de neige. Il poussa un soupir de soulagement. Il alluma ses feux de détresse et pria pour qu'aucune voiture ne passe.

Le jour ne s'était pas encore levé en cette matinée de décembre et toutes les conditions étaient réunies pour un accrochage.

Il saisit la pile d'enveloppes qu'il avait posée à côté de lui, sur le siège passager. Il les fit défiler puis en tira une. C'était un recommandé avec accusé de réception. Ce soupir-ci fut d'exaspération. Au lieu de se contenter de glisser à la hâte le courrier dans la boîte à lettres, il devrait monter jusqu'au perron pour le présenter à son destinataire.

L'enveloppe à la main, il sortit de son véhicule en claquant un peu trop fort la portière de la camionnette. Les bourrasques glaciales le cinglèrent violemment. Il serra les dents et se dirigea vers la maison en se penchant en avant pour tenter de se soustraire aux rafales. Il gravit les quelques marches qui menaient à l'entrée et sonna.

Il sonna de nouveau.

De la lumière s'échappait de l'une des fenêtres. Il connaissait bien les lieux pour s'y être rendu très souvent. Avec un peu de chance, il se ferait offrir un café.

Cette fois, il frappa à la porte.

— Qu'est-ce qu'ils foutent ? grogna-t-il entre ses dents.

Des flocons s'insinuaient dans son col, fondant instantanément sur sa peau.

Il frappa encore. Ils étaient présents puisque la lumière était allumée. Il pouvait même entendre le son de la télé. Pourtant, il n'obtint aucune réponse.

Il aurait pu se borner à déposer un avis de passage, mais il les connaissait bien. Et puis, c'était bientôt Noël, il fallait penser aux étrennes.

Alors, il se dirigea vers la fenêtre de la cuisine. Certes, le petit voilage rouge était tiré et la vitre couverte de buée, mais il pourrait leur faire un signe.

Il colla sa main au carreau et approcha son visage.

Il fit un pas en arrière et porta sa main à la bouche, sans doute pour s'empêcher de crier. Ou de vomir.

Ce n'était pas un petit voilage rouge.

– 2 –

C'était formidablement égoïste, elle en avait conscience, mais cette affaire de double homicide lui serait certainement salutaire. Cela lui permettrait de foncer, de prendre des initiatives, d'assumer des responsabilités, de s'immerger dans le travail. De penser à autre chose.

On avait d'abord refusé de lui confier le dossier. Trop violent, trop brutal. Trop tôt. Elle avait insisté. Elle en avait marre de cette commisération. Elle avait toujours détesté cela, même au début, alors maintenant… Et puis, le juge d'instruction appréciait sa façon de travailler, ses méthodes, son instinct. Il affectionnait cette femme de terrain, et n'aimait pas la voir gamberger dans un bureau. C'était lui qui avait tenu à ce qu'elle soit détachée pour superviser les opérations. C'était un type bien, ce juge.

Elle avait aussitôt embarqué dans sa voiture de fonction. Seule. Elle avait demandé à ne pas être encombrée d'un assistant. Cette faveur lui avait été facilement accordée ; ils étaient en sous-effectif, et il n'y avait pas de petites économies. Plusieurs heures de route à tenir une conversation de convenance, non merci, elle n'en aurait pas eu la patience.

Néanmoins, la solitude commençait à peser de tout son poids. Le silence l'avait rattrapée, apportant avec lui sa longue procession d'idées noires. À présent, elle aurait payé cher pour avoir quelqu'un à qui parler. De tout, de rien, juste parler. Il ne fallait pas ressasser, elle le savait.

Facile à dire…

Cela faisait maintenant près d'une demi-heure que son véhicule était bloqué dans un embouteillage monstre. Depuis qu'elle avait quitté la nationale pour emprunter la route de montagne, elle n'avait pas avancé d'un mètre. Des flocons gros comme des pièces de monnaie tournoyaient. Les secondes s'égrenaient au rythme des balais des essuie-glaces. Chaque va-et-vient chassait un petit amas blanc, dans un couinement rauque.

Autour d'elle, la montagne s'était faite oppressante. Des massifs acérés l'encerclaient comme les murs d'une gigantesque prison. Des sapins ployant sous leur manteau d'hiver pointaient leurs branches vers elle, comme autant de griffes menaçantes. La nature semblait vouloir l'écraser de sa supériorité.

L'un des sommets acheva de dévorer ce qu'il restait de jour et la vallée se retrouva plongée dans l'obscurité avec une soudaineté surnaturelle.

Les véhicules immobilisés formaient une longue enfilade reliée par la lueur des phares. Tout autour, c'étaient les ténèbres.

Ne tenant plus en place, elle détacha sa ceinture et sortit du véhicule. Assaillie par les morsures du froid, elle releva le col de son anorak et enfonça ses mains dans ses poches avant de remonter la file de voitures. Partout, le tapis blanc s'épaississait à vue d'œil.

Après quelques dizaines de mètres, elle aperçut deux fourgonnettes qui lui étaient familières. À côté de l'une d'elles se tenait un homme fumant une cigarette.

— Vous êtes de l'Identité judiciaire, non ?

— Oui, répondit l'homme en exhalant un nuage de fumée.

— Bonsoir, je suis le commandant Élisabeth Guardiano, de la PJ.

— Ah ! Bonsoir, commandant. C'est vous qui dirigez les opérations, c'est ça ?

— Oui. Enfin, j'aimerais bien qu'il y ait quelque chose à diriger ! Vous savez combien de temps on va rester coincés là ?

— Aucune idée. On a appelé la gendarmerie pour obtenir des infos, mais eux-mêmes sont dépassés. La neige tombe depuis des heures sans interruption. Tout est bloqué.

— Ils ne peuvent pas faire venir des engins de déblaiement ?

— Si, ils sont en chemin. Mais il reste vingt-deux kilomètres à déneiger. Alors, si vous voulez mon avis, on en a encore pour un moment.

Élisabeth Guardiano parcourut des yeux la route enneigée qui serpentait jusqu'à se fondre dans la nuit.

D'un signe de tête, elle remercia le policier puis regagna son véhicule. Le temps qu'elle s'installe au volant, le vent froid et la neige s'engouffrèrent dans l'habitacle.

Elle baissa le pare-soleil et se regarda dans le miroir de courtoisie. L'image qu'il lui renvoyait ne lui plut pas. Le teint pâle, un regard vide surligné par des cernes trop profonds. Elle ferma le miroir d'un claquement de la main. Élisabeth Guardiano était sévère avec elle-même. C'était une femme séduisante. Si le destin s'était montré cruel, le temps, lui, l'avait épargnée. Ses traits étaient fins et les petites rides aux coins de ses yeux, loin de la vieillir, révélaient une intelligence vive et affûtée. Mais l'heure n'était pas à la magnanimité.

Elle était perdue dans ses pensées lorsqu'un bruit la fit sursauter. Un homme venait de frapper à sa fenêtre. À contrecœur, elle fit descendre sa vitre.

— Café ? proposa l'inconnu.

— Je vous demande pardon ?

— Est-ce que vous voulez du café ? insista-t-il en présentant une Thermos.

— Non merci.

— La prudence, c'est ça ?

— Quoi ?

— Un inconnu qui débarque et qui offre du café à une femme seule, je ne suis pas étonné qu'elle refuse. Par prudence. Ou carrément par trouille.

C'était un homme grand, aux épaules larges et à l'air malicieux. Il portait un blouson de cuir et une écharpe colorée qui semblaient peu appropriés pour se protéger du froid. Pourtant, ce colosse paraissait à son aise.

— Je sais me défendre, dit-elle sèchement en remontant sa vitre.

— Vous défendre ?! Contre qui ? Moi ? Vous n'en aurez pas besoin, répondit-il en tirant son portefeuille de sa poche avec sa main libre. Je suis capitaine de gendarmerie.

Il exhiba une carte tricolore flanquée de trois galons dorés.

— Vous ne devriez pas être en uniforme ?

— Je suis enquêteur.

— Montez.

Sans se faire prier, l'homme fit le tour de la voiture et prit place :

— C'est bien ce qu'il me semblait. Vous mouriez d'envie d'un café.

— J'avoue.

Il dévissa le bouchon de la Thermos et servit une tasse fumante à Élisabeth Guardiano.

— Ça vous arrive souvent d'offrir du café dans les embouteillages ?

— C'est une première. Mais, avec ce froid, je me suis dit que ce serait une bonne idée.

— Vous avez l'intention d'en proposer à tout le cortège ? demanda-t-elle en réchauffant ses mains contre la tasse.

— Non, uniquement à vous.

— Pourquoi ce traitement de faveur ?

— Bah, avant de vous rencontrer, j'ai croisé un type du style représentant de commerce bedonnant, et un camionneur barbu aux cheveux gras. Alors, quitte à passer pour un pervers, autant que ce soit auprès d'une jolie femme, non ?

Elle esquissa un petit sourire qui fit apparaître de discrètes fossettes.

— Je m'appelle Franck De Rolan.

— Élisabeth Guardiano. Vous venez pour les meurtres ?

— Comment le savez-vous ? s'étonna-t-il.

— Je suis commandant de police.

— Sérieux ?

— Sérieux.

— Merde.

— Quoi ?

— Moi qui comptais sur mon grade et ma fonction pour vous draguer, du coup j'ai l'air un peu con.

— Je vois…

— Tant pis, je vais être obligé de tout miser sur mon physique.

— Écoutez… Ne le prenez pas mal… j'ai l'habitude de travailler seule. Je veux bien partager un café, mais pour ce qui est du boulot je suis du genre solitaire. Je n'aime pas avoir quelqu'un dans les pattes. On ne fera pas équipe. Désolée si je suis franche.

— Mauvais ?
— Hein ?
— Le café, il est mauvais, non ?
— Je…
— Je vous rassure tout de suite, je n'ai aucune envie de marcher sur vos plates-bandes. Nous pouvons nous répartir les rôles : à vous les homicides, à moi les disparitions.
— Quelles disparitions ?
— Je suis enquêteur à l'OCDIP. Je travaille sur des enlèvements d'enfants.
À ces mots, le visage d'Élisabeth Guardiano se ferma. Il ne le remarqua pas et tira son téléphone portable de sa poche intérieure.
— Anthony Stefanini, 9 ans.
Il afficha la photo d'un gamin qui arborait un large sourire, à qui il manquait une incisive.
— Lucas Corsant, 8 ans.
Son doigt glissa sur l'écran et un nouveau cliché apparut. Un autre enfant au sourire édenté.
— Leandro Pietranovsky, 10 ans.
— Je connais ces gosses. Leur portrait est placardé dans le hall du commissariat. Je passe devant tous les jours.
— On ne les a jamais vus en vrai, pourtant on a la sensation de les connaître. C'est triste. Avec le temps, on passe devant leur photo sans y prêter attention, sans même les voir. Moi, je les regarde chaque jour. Pour ne pas oublier. J'ai l'impression que je leur dois bien ça. Un gosse ne devrait jamais avoir sa photo dans un commissariat, vous ne croyez pas ?
Elle ne répondit pas. Elle tira nerveusement sur les manches de son pull.
— Vous savez ce qui me choque le plus ? reprit-il.
— Non.

— Leur sourire.

En disant cela, il fit défiler les clichés pour lui :

— Malgré leur infinie douleur, malgré l'angoisse, malgré la crainte de ce qui a pu advenir à leur enfant, les parents nous ont confié un portrait où il sourit. Comme pour… je ne sais pas… nier la réalité.

Il demeura quelques instants le regard perdu sur le visage d'un des enfants.

— Vous savez, ce gamin, dit-il en tapotant l'écran du doigt, la photo ne lui ressemble pas vraiment. J'ai demandé à la mère pourquoi elle ne me remettait pas des photos plus fidèles. Elle m'a répondu : « Sur celle-là, il est tellement beau. »

Élisabeth Guardiano serra la mâchoire et déglutit péniblement.

— Je suis convaincu qu'elle sait qu'il n'est plus en vie, poursuivit-il. Elle souhaite que tout le monde soit fier de son fils, comme elle l'a été elle-même. Elle lui rend un dernier hommage, à sa façon. Elle prétend vouloir qu'on le retrouve. Mais elle sait, au plus profond d'elle-même, que quelqu'un lui a fait du mal et l'a tué. Une mère sent ces choses-là. Non ?

— Je… je ne sais pas.

Le visage de l'enfant disparut lorsqu'il éteignit son téléphone, pourtant il continuait de fixer l'écran noir. Puis, il fit une moue, comme pour chasser ces idées sombres, et se tourna vers elle :

— Alors, mauvais ?

— Vous posez toujours des questions en un seul mot : « Café ? », « sérieux ? », « mauvais ? » ?

— Gênant ? demanda-t-il en retrouvant son sourire.

— Je suppose que « franchement dégueulasse » conviendrait mieux. C'est de la pisse, votre café. Mais bon, par ce froid, ça fait du bien. Je vous remercie.

— De rien.

— Revenons à l'enquête. J'aimerais comprendre…

— Quoi ?

— Quelle est la raison de votre présence ici ? Moi, on m'a confié une affaire de double homicide, on ne m'a jamais parlé d'enfants disparus.

— C'est une longue histoire.

— Nous avons du temps devant nous, rétorqua-t-elle en pointant du menton la route encombrée de véhicules à l'arrêt.

— Vous avez probablement raison.

Il se cala plus confortablement sur son siège et se lança :

— Alors voilà : pour chacune des disparitions, nous n'avons que très peu d'indices. On peut même dire rien du tout. Au plus, quelques témoignages qui divergent sur des informations essentielles, ce qui nous a plutôt fait perdre du temps. Par ailleurs, les ravisseurs ont été extrêmement malins et précautionneux. Cependant, nous avons une certitude : l'un au moins de ces enlèvements a été commis avec une camionnette blanche.

— C'est vague.

— Oui, très. Mais je suis du genre obstiné. L'une des villes où un gamin a disparu est équipée d'un réseau de caméras de surveillance. Ne rêvez pas, elles n'ont pas enregistré le kidnapping. Simplement, je me suis dit qu'on pourrait avoir une chance d'apercevoir parmi les véhicules celui des kidnappeurs sortant de la ville.

— Sauf s'ils y habitent.

— Les enlèvements ont eu lieu dans trois villes différentes. Puisqu'ils ne peuvent pas habiter dans les trois à la fois, j'en ai déduit que les ravisseurs « chassent » là où ils ne vivent pas. C'est assez habituel chez les prédateurs de ce genre. J'ai donc relevé la plaque d'immatriculation de chaque camionnette blanche quittant l'agglomération.

— Il devait y en avoir un paquet !

— Cent quatre-vingt-neuf. Si l'on prend une tranche horaire raisonnable, que l'on considère chaque carrefour, chaque route, cent quatre-vingt-neuf.

— C'est beaucoup trop pour interroger leur propriétaire, non ?

— Oui. On a commencé par auditionner ceux qui avaient un casier, mais ça n'a rien donné de concluant. Et puis, ça fait trop d'alibis à vérifier. Alors, on a fait comme d'habitude : on a rangé l'information dans un tiroir en espérant que quelque chose en sorte un jour ou l'autre.

— Et qu'est-ce qui en est sorti ?

— Le propriétaire d'une des camionnettes que nous surveillons a été victime d'un homicide ce matin. Lui et sa femme ont trouvé la mort… là-haut, précisa-t-il en désignant la montagne.

— Et ça recoupe mon affaire.

— Exact.

— Ce pourrait être une coïncidence.

— Peut-être... Parlez-moi de ces meurtres.

— Je ne suis pas sûre d'en savoir tellement plus que vous. Tôt ce matin, le facteur a découvert deux cadavres dans un chalet. Un couple. Apparemment, ils se sont entretués de façon assez sauvage.

— Sauvage ?

— Oui, il paraît que la scène de crime est *hard*. Je n'en sais pas plus. Les équipes de l'Identité judiciaire sont bloquées un peu plus haut. J'ai été détachée pour conduire l'instruction.

— Vous devez être une sacrée emmerdeuse.

— Pardon ? s'offusqua-t-elle.

— Pour qu'on vous envoie dans ce trou, par ce temps, enquêter sur un carnage, faut vraiment qu'on ait envie de se débarrasser de vous.

— Figurez-vous que j'aime mon métier et qu'on me trouve plutôt compétente ! Je suis opiniâtre, pointilleuse, pugnace…

— C'est bien ce que je dis, une emmerdeuse !

Elle le dévisagea, à la fois estomaquée et amusée par son audace.

— Vous ne…

Sa phrase fut interrompue par un choc sur le pare-brise. Un oiseau venait de s'y écraser.

Tombé du ciel.

– 3 –

Après que les engins de déneigement furent enfin intervenus, tard dans la soirée, les hommes de la police scientifique purent accéder à la scène de crime. Sans traîner, ils prirent possession des lieux en délimitant un périmètre à l'aide d'un ruban jaune déroulé tout autour du chalet.

C'était un endroit isolé, en retrait de la ville. Trouant la nuit, on distinguait, au loin, les lumières de la maison la plus proche. Le reste paraissait plongé dans le néant. C'était comme si seule cette partie du monde avait été créée.

Les enquêteurs déployèrent des projecteurs sur trépied qu'ils braquèrent vers le chalet. L'éblouissante réverbération des puissants spots contrastait avec l'obscurité qui régnait alentour.

Comme un ballet à la chorégraphie maintes fois répétée, ils se positionnaient dans le jardin et aux abords de la demeure, chacun à son poste, afin qu'aucun détail ne leur échappe malgré l'épais manteau blanc.

Le chalet était assez vilain : un soubassement en béton gris et une partie supérieure recouverte de panneaux de bois au vernis passé. Le tout semblant crouler sous le poids de la neige. Il avait cessé de neiger, mais le vent était plus cinglant que jamais, faisant tournoyer des volutes blanches depuis l'arête du toit.

Les mains dans les poches, Élisabeth Guardiano et Franck De Rolan faisaient les cent pas en attendant d'être enfin autorisés à pénétrer sur la scène de crime. Ils patientaient en observant le va-et-vient des enquêteurs : pose de balises numérotées, photographies, prise de mesures. Ils les voyaient grelotter dans leurs combinaisons stériles pas assez amples pour leur permettre de conserver leurs anoraks.

L'inspection du jardin fut très rapide, contrairement à celle du chalet qui s'éternisait. Depuis le cordon de sécurité, sans même entendre les propos des policiers, on comprenait, par l'effervescence qui y régnait, que là se trouvait le cœur de l'enquête.

Sur le perron, l'un des hommes de l'Identité judiciaire, le bonnet enfoncé jusqu'aux sourcils, consignait ses remarques dans un dictaphone. Lorsqu'il eut terminé, il traversa le jardinet dans leur direction. À chaque pas, il levait le pied bien haut pour pouvoir progresser dans la neige. Il ôta le masque blanc qui couvrait sa bouche.

— Vous êtes le commandant Guardiano ?

— Oui, et voici le capitaine de gendarmerie De Rolan.

— Vous pouvez entrer, nous avons fini.

— Vous avez trouvé quelque chose ?

— Oui et non. Il y a pas mal de traces de pas dans le jardin. Mais on ne peut rien en tirer, impossible de déterminer à qui elles appartiennent. C'est carrément Disneyland ici !

— Disneyland ? s'étonna De Rolan.

— Le facteur qui a tout découvert, pris de panique, s'est enfui comme un dément. Il s'est cassé la gueule sur les marches et a laissé des traces de pas un peu partout dans l'allée ! Ensuite, c'est la police locale qui est intervenue. Et croyez-vous qu'ils aient suivi les consignes ? Bah non, ils ont allègrement piétiné le jardin.

— Bon, on n'a rien alors ? s'impatienta Guardiano.

— Si, à l'intérieur, la scène de crime est intacte. Vu le spectacle, à part nous, personne n'a voulu y mettre les pieds.

— C'est à ce point-là ?

— Oui, c'est chaud ! Un double homicide, c'est rarement la joie, mais là, c'est du haut de gamme. Je ne m'attendais pas à ça. Vous allez pouvoir le constater par vous-même, ajouta-t-il en soulevant le ruban jaune.

— Je vous retrouve ici, dit De Rolan. Vous vouliez faire cavalier seul, non ?

Élisabeth Guardiano acquiesça d'un rapide signe de tête et se dirigea vers le chalet.

En gravissant les quelques marches qui la séparaient de l'entrée, elle ralentit légèrement. À côté de la porte, il y avait une fenêtre d'où s'échappait une lueur écarlate lugubre. Imitant un rideau, des filaments carmin s'étiraient verticalement sur les vitres.

En retrait, les enquêteurs aux combinaisons tachées de rouge l'épiaient du coin de l'œil. Guettaient-ils une faiblesse ? Étaient-ils à l'affût d'un éventuel malaise ? Espéraient-ils qu'elle défaille ?

Elle s'efforça de prendre un air décidé et pénétra dans le chalet comme on se jette dans une eau trop froide.

Dès le premier pas, elle fut saisie par l'incroyable violence de la scène. Elle ne put s'empêcher d'écarquiller les yeux et d'esquisser un mouvement de recul.

Les murs lambrissés étaient striés de coulures rougeâtres. Pas un meuble, pas un bibelot, pas un tableau qui n'ait été maculé ! Le plafond aussi avait reçu des éclaboussures rouges. Des stalactites pourpres s'étaient figées sur le lustre en bois qui éclairait la pièce. La pièce était entièrement couverte de sang. Et cette odeur âcre et métallique qui envahissait le nez puis gagnait la gorge.

Mais le plus choquant se trouvait au sol. Deux cadavres y reposaient. Trempant dans une mare de sang, ce qui avait été un homme et une femme gisait, déchiqueté. C'était comme si leur corps tout entier avait vomi muscles, membres, organes et viscères.

Le sang avait donné au plancher de bois une teinte étrange, une patine inquiétante, presque belle. Il s'était insinué dans les nervures, avait coulé entre les lattes. Çà et là, des caillots s'étaient formés. Ou bien étaient-ce des bouts de chair ?

Malgré son expérience, Élisabeth Guardiano était médusée.

Avec précaution, elle enjamba un corps. Puis s'accroupit pour l'observer. C'était une femme d'une quarantaine d'années dont la longue chevelure blonde était emmêlée dans d'épaisses croûtes de sang.

Son œil droit était crevé et la paupière manquait.

Plus loin, une boucle d'oreille en argent gisait sur le sol, encore accrochée à son bout de lobe.

Le plus saisissant était son expression momifiée : la hargne, la fureur, le désir de tuer subsistaient sur les traits de cette femme. Si la mort ne l'avait pas emportée, elle aurait assurément continué de s'acharner, à frapper, à blesser.

— On jurerait qu'ils sortent d'un mixeur, dit une voix d'homme derrière elle.

Guardiano se tourna. Le légiste se tenait dans l'embrasure de la porte.

— Ils se sont entretués ? lui demanda-t-elle.

— C'est ce que je dirais, effectivement.

— Comment ça a pu dégénérer à ce point ?

— Incroyable, n'est-ce pas ?

— Je n'ai jamais vu un couple en arriver à de telles extrémités.

— Je vais vous faire un aveu : moi non plus. Il y a environ cinq litres de sang dans le corps humain. Eh bien, j'ai l'impression que tout est là ! Il n'en manque pas une goutte.

— C'est dingue…, marmonna-t-elle pour elle-même.

Elle se releva, fit quelques pas et, de nouveau, balaya la pièce du regard pour tenter de se convaincre qu'il ne s'agissait pas d'un cauchemar.

Elle s'approcha du second corps qui reposait sur le ventre – un homme corpulent dont il était difficile de déterminer l'âge.

— En principe, lui, c'est le mari, précisa le légiste.

Elle tira de sa poche une paire de gants stériles qu'elle enfila. Elle s'accroupit, puis saisit délicatement le crâne de la victime à deux mains pour le redresser. Lorsqu'elle la décolla du plancher, où le sang avait commencé à coaguler, la tête fit un bruit répugnant.

Sur son visage, le même masque de haine.

– 4 –

Franck De Rolan n'était pas du genre à se croiser les bras en attendant que les autres fassent le boulot. Il avait une mission, et personne au monde n'était plus motivé que lui pour l'accomplir.

Tandis qu'Élisabeth Guardiano découvrait la scène de crime, il contourna le chalet et s'intéressa à la grange de tôle ondulée, en retrait de la route et du jardin.

— Vous avez inspecté les lieux ? demanda-t-il à un enquêteur de la police scientifique qui ôtait sa combinaison pour s'envelopper dans un gros anorak.

— Là-bas ? Non. Il faudrait ?

Sans répondre, De Rolan traversa le jardinet enneigé, longea un tas de bûches et obliqua vers la double porte de la grange.

Obstrué par la neige qui s'était accumulée, le vantail s'ouvrit péniblement.

Il sortit sa Maglite d'une de ses poches et pénétra dans le hangar. Un 4 × 4 équipé d'un imposant pare-buffle et d'un treuil lui faisait face. Il promena le rayon lumineux dans l'habitacle. Paquet de cigarettes, tickets de parking, bouteille d'eau entamée. La banquette arrière était vide.

Son corps fut parcouru d'un frisson lorsque sa lampe éclaira le fond du hangar. Une grande bâche de l'armée recouvrait quelque chose d'assez volumineux. Il s'en approcha, saisit l'une des extrémités de la toile et tira d'un coup sec. Elle glissa au sol et révéla une camionnette blanche.

Il lut la plaque minéralogique. Ces numéros, il les connaissait par cœur. Ils étaient la raison de sa présence ici.

Il pouvait très bien s'agir d'une fausse piste mais, pour la première fois, il était confronté à un élément tangible dans ses recherches.

Cent quatre-vingt-neuf camionnettes suspectes. Il se tenait devant l'une d'elles. Une chance sur cent quatre-vingt-neuf. En théorie, les probabilités étaient donc minces : 0,5 %, pas davantage. Sauf que le détenteur de la carte grise du véhicule et sa femme s'étaient entretués. Et ça, forcément, ça changeait tout.

Au lieu d'avancer, Franck De Rolan resta quelques instants à toiser le véhicule. Pour quiconque, ce n'était qu'une camionnette. Pour lui, c'était peut-être un monstre qui avalait les enfants avant de les recracher vers un destin sordide.

Il prit une grande inspiration et se décida à l'inspecter. La portière n'était pas verrouillée. Il monta sur le marchepied et s'installa à la place du conducteur en prenant soin de ne toucher à rien.

Ce qu'il ressentit alors envahit le plus profond de son être. Il fut submergé d'émotions contradictoires : la haine, la soif de justice, l'indignation côtoyaient la satisfaction d'avoir fait une découverte. Et puis, l'espoir, quand même. Toujours.

À travers le pare-brise, on n'apercevait guère que des ombres. Mais il voyait, lui, des écoles, des enfants. Petites proies espiègles et vulnérables, bientôt confrontées à l'indicible terreur. Pour les enfants happés par cette camionnette, l'innocence avait pris fin de la façon la plus cruelle.

À cette même place, sur ce même siège, s'était peut-être tenu un prédateur de la pire espèce. Traquant, chassant.

Tuant ?

— Fils de pute, grogna-t-il.

Pas besoin d'analyses scientifiques, de relevé d'ADN, de comparaisons d'empreintes digitales, Franck De Rolan était convaincu que c'était la camionnette qu'il cherchait. Il le savait, car son instinct, son cœur, ses tripes le lui hurlaient.

– 5 –

— Vous aurez mon rapport d'autopsie d'ici trois ou quatre jours, commandant.

— Pas avant ?

— Vous êtes pressée ? Il s'agit d'un double homicide assez simple. Pas banal, je vous l'accorde, mais ce n'est pas une affaire prioritaire. Une scène de ménage qui a dégénéré, voilà tout.

Élisabeth Guardiano dévisagea le légiste :

— Il y a quelque chose qui cloche.

— Quoi donc ?

D'un geste vague, elle désigna les corps, les éclaboussures de sang sur les murs, les meubles, le plafond.

— Tout ça… Ce n'est pas normal.

Sur la table de la salle à manger, des bols avaient été renversés dans l'affrontement. On devinait des tartines beurrées, couvertes de sang, évidemment, à côté de morceaux de chair humaine. Comment ce couple était-il passé si soudainement du petit déjeuner à la furie meurtrière ?

— Bon. Commandant, vous me direz quand vous avez terminé, que je fasse enlever les corps.

Perdue dans ses pensées, elle n'entendit pas le médecin. Elle ne le vit pas non plus quitter les lieux.

À cause du froid qui s'était engouffré par la porte d'entrée trop longtemps maintenue ouverte, le sang n'avait pas entièrement séché et, à chaque pas, ses semelles collaient au sol.

Abasourdie, Élisabeth Guardiano demeura dans la pièce un long moment avant de se décider à inspecter le reste de la maison.

Elle savait que les équipes scientifiques avaient travaillé avec plus de précipitation qu'à l'accoutumée. Le froid et la fatigue dus au voyage ainsi que l'heure tardive avaient éprouvé les hommes qui avaient eu hâte de quitter cette sinistre scène pour regagner leurs pénates.

Elle était également consciente que ces hommes avaient des tâches bien précises à accomplir, ce qui les empêchait de « ressentir les lieux ». Leurs yeux et leurs instruments étaient rivés sur le microscopique, pas sur le tableau d'ensemble. Ça, c'était son boulot à elle.

Elle s'employa donc à observer, patiemment, et à tenter de comprendre.

La pièce voisine était une petite cuisine dont les fenêtres donnaient sur la route. Plus loin, au bout d'un étroit couloir, un salon avec une télé à grand écran et un canapé en cuir. La maison était décorée sans goût : assemblage de meubles aux formes, aux styles et aux couleurs inharmonieux.

À l'exception de la salle à manger, aucune pièce ne présentait la moindre trace de violence : aucune chaise renversée, pas de vaisselle brisée, rien de révélateur. Tout portait à croire que la haine avait surgi dans ce foyer comme par enchantement.

Depuis le corridor, où elle avait vue sur chacune des pièces du rez-de-chaussée, le contraste était frappant : d'un côté le chaos, de l'autre l'ordinaire d'un couple de citoyens moyens.

Un escalier en sapin blanc menait au premier étage. Les chambres, sans doute.

Tandis qu'elle s'apprêtait à y monter, un bruit attira son attention. Quelque chose avait remué dans le ventre du chalet.

Elle s'immobilisa et retint sa respiration pour mieux entendre.

Rien.

Elle jeta un coup d'œil par la fenêtre et constata que les équipes de l'Identité judiciaire étaient en train de remballer leur matériel et s'apprêtaient à redescendre dans la vallée.

Ce bruit, encore.

Cela venait d'un placard, derrière l'escalier.

Elle s'en approcha et saisit le petit cadenas qui en verrouillait l'ouverture. Il était simplement maintenu par deux vis à tête ronde et elle n'eut aucun mal à les faire sauter. À sa grande surprise, il ne s'agissait pas d'un placard.

C'était une cave.

Une volée de marches en pierres grises débouchant dans l'obscurité.

Elle actionna l'interrupteur, mais aucune lumière ne s'alluma.

— Il y a quelqu'un ?

Une sorte de raclement de gorge se fit entendre.

— Police ! Sortez de là !

Les ténèbres ne lui répondirent pas.

— Police ! Sortez, les mains en l'air. Ne faites aucun geste brusque.

Elle dégaina son Sig Sauer qu'elle coupla à sa Maglite en croisant les poignets et les braqua vers le bas des marches.

Elle descendit lentement, le cœur battant de plus en plus fort.

La configuration des lieux était la pire possible puisque l'escalier débouchait au milieu de la pièce, faisant d'elle une cible facile.

Arrivée en bas, elle se colla contre une cloison et balaya la cave de sa lampe, l'arme au poing.

La pièce était vaste et encombrée : un amoncellement de cartons, de caisses et d'objets rendus inquiétants par l'obscurité, des étagères grimpant jusqu'au plafond abritant un fatras d'articles de bricolage et de bocaux de quincaillerie.

Cet endroit était malsain. En quinze ans de PJ, on sent ces choses-là.

Elle se faufila entre deux meubles de rangement qui formaient une sorte d'allée au milieu du capharnaüm.

À chaque mouvement de lampe, les ombres dansaient autour d'elle, lui donnant l'impression qu'une présence se tenait tapie, prête à surgir.

Sa jambe heurta un jerrycan qui bascula bruyamment.

Elle pesta.

Il fallait rester concentrée. Ce bruit, elle ne l'avait pas rêvé. Il y avait quelqu'un ici.

Des vélos suspendus l'empêchaient de progresser. Elle bifurqua sur le côté, où elle pourrait explorer une autre partie de la cave.

Soudain, le bruit, derrière elle !

Elle fit volte-face en braquant son arme.

— Police !

Rien.

Elle avança vers le coin de la pièce d'où cela provenait.

Elle sentait sa carotide battre à un rythme infernal.

L'une des étagères n'allait pas jusqu'au mur et laissait donc un espace où quelqu'un pouvait se cacher.

Elle promena sa lampe sur toute la hauteur du meuble. Un pied !

— Je vous ai vu ! Police ! Sortez les mains en l'air !

Dans le recoin, quelque chose bougea.

Le bruit !

Elle fit un pas. Sa main était crispée sur la crosse de son arme. Son index se rapprochait dangereusement de la détente.

Alors qu'elle s'apprêtait à faire une nouvelle sommation, l'ombre sortit de sa cachette.

Un enfant.

Il la fixait de ses grands yeux emplis de larmes. Il tremblait de peur et de froid.

Elle rengaina immédiatement son pistolet et s'approcha de lui.

— Mais qu'est-ce que tu fais là, toi ? demanda-t-elle avec autant de curiosité que de tendresse.

— C'est le Mangeur d'âmes.

— Quoi ?

Elle fronça les sourcils.

— Le Mangeur d'âmes, répéta-t-il. C'est lui qui tue les gens !

– 6 –

La boîte à gants contenait un gilet jaune, une petite lampe de poche, un paquet de chewing-gums et un ticket de péage. Du bout des doigts, De Rolan le saisit et consulta la date. Cela ne correspondait pas à la période où les enfants avaient été enlevés. Qu'espérait-il ? Qu'une preuve aussi évidente puisse avoir été négligemment laissée ? Ce serait trop facile. Il abaissa chaque pare-soleil, fouilla les vide-poches puis, comprenant qu'il n'y trouverait rien, s'intéressa au reste du véhicule.

Le compartiment arrière n'était pas accessible depuis les sièges avant. Une paroi de bois recouverte de moquette noire servait de séparation de fortune. Ce n'était certes pas le premier utilitaire à subir ce genre de modification artisanale, mais dans un contexte d'enlèvement d'enfants ce n'était pas anodin.

De Rolan quitta l'habitacle et fit le tour de la camionnette.

Face aux deux portes arrière, il demeura immobile quelques instants.

Il devait alerter les gars de l'Identité judiciaire. C'était la procédure. Ils se chargeraient de traquer la moindre goutte de sang en braquant leurs projecteurs

Crime-lite. Ils badigeonneraient le véhicule de luminol, ce liquide auquel rien n'échappe, pas même après un coup de Kärcher. Ils recueilleraient dans un sachet plastique le moindre cheveu, la plus infime poussière subirait un examen au microscope électronique à balayage. Enfin, ils procéderaient à des tests ADN et, à partir de particules invisibles, tenteraient un rapprochement avec les enfants disparus.

Voilà ce qu'il fallait faire.

Sans être un spécialiste des scènes de crime, Franck De Rolan connaissait ces formalités.

Il ne fallait pas intervenir seul. Il ne devait toucher à rien. Ne toucher à rien.

— Et puis merde.

Il ouvrit en grand les deux portes du véhicule et pointa sa lampe dans le compartiment.

Il était vide.

Enfin, non, pas tout à fait. Il y avait quelque chose.

Droite comme un piquet, une petite statuette le fixait.

Lorsqu'il grimpa à l'intérieur, le plancher s'abaissa légèrement sous son poids et la statuette chancela.

Il s'en approcha en continuant de la braquer avec sa torche.

Il s'agenouilla, la saisit avec un Kleenex et l'examina attentivement.

L'objet mesurait une quinzaine de centimètres. C'était une figurine en bois. Elle avait été sculptée grossièrement, peut-être avec un couteau.

Il s'agissait d'un personnage fantastique, une sorte de monstre.

De longs bras aux mains griffues, des cornes, une queue pointue. Et une gueule grande ouverte qui semblait vouloir mordre.

C'était une représentation du diable.

– 7 –

L'enfant avait été enveloppé dans une couverture de survie et accompagné par un agent jusqu'à une voiture de police. Il devait avoir 14 ans. Un rapide examen du médecin avait conclu qu'il n'était pas en danger, mais que sa santé psychique imposait un suivi sans délai.

— C'est qui, ce gamin ? s'enquit Franck De Rolan, en le voyant embarquer.

— Leur fils, répondit Élisabeth Guardiano. Je l'ai découvert au sous-sol. Il a fallu le faire sortir par une fenêtre pour qu'il ne voie pas dans quel état se trouvent ses parents.

— Bon sang !

— Il est complètement traumatisé. J'ai ordonné qu'il soit conduit d'urgence à l'hôpital pour une prise en charge psychologique. Un vrai hôpital, dans la grande ville la plus proche, pas dans ce trou.

Le véhicule de police démarra, la lumière bleue du gyrophare se reflétait dans la neige tandis qu'il s'éloignait, avant de disparaître dans la nuit.

— Depuis combien de temps était-il dans cette cave ?

— Depuis ce matin, probablement. Pas étonnant que personne ne l'ait vu, il était reclus dans un coin.

— C'est quand même un peu léger que l'équipe de l'IJ ne l'ait pas découvert.

— Ils étaient pressés d'en finir. Comme la porte était fermée de l'extérieur, ils ont pensé que c'était un simple placard. Le gamin avait toutes les chances de rester enfermé un bon bout de temps. Il se cachait dans le noir, comme pour échapper à… quelque chose ou quelqu'un. Il était terrifié.

— Il y a de quoi. Encore heureux qu'il ait réussi à se planquer avant que ses parents commencent à se battre !

— Ce n'est pas ça. La porte de la cave où il s'était tapi était cadenassée de l'extérieur. C'est bizarre. J'ai l'impression que ses parents savaient que quelque chose allait leur arriver, et qu'ils ont cherché à le protéger. Ils voulaient lui éviter ça.

— Lui éviter quoi ?

— De se faire tuer. Ils l'ont mis à l'abri, en quelque sorte.

— Attendez, ça ne tient pas debout. Je croyais que les parents s'étaient entretués. Ce n'est pas ce qui s'est passé ?

— Si.

— Eh bien, alors ?

— Il y a quelque chose d'étrange. Je n'ai jamais vu deux êtres humains se donner la mort de la sorte. Et pourtant, je vous assure que j'ai déjà eu affaire à des criminels très créatifs.

— Vous pensez qu'ils ont été assassinés ?

— Non, non, c'est impossible. Toutes les fenêtres étaient fermées. La porte était verrouillée de l'intérieur.

— Pas de signe d'effraction ?

— Pas le moindre.

— Quelqu'un pouvait avoir la clé.

— Pour qu'une tierce personne ait pu intervenir, il faudrait effectivement qu'elle détienne une clé – admettons. Sauf, qu'une fois à l'intérieur, il n'a laissé aucune empreinte digitale ni molécule d'ADN. Et, pour couronner le tout, il faut qu'il soit aussi parvenu à commettre un double meurtre sans laisser la moindre trace dans la pièce tandis que le sang dégoulinait même du plafond !

— Vous n'êtes pas une femme simple.

— Hein ? Pourquoi me dites-vous ça ?

— Vous voulez tout et son contraire. D'un côté vous venez de démontrer qu'ils étaient seuls, de l'autre vous soupçonnez quand même quelqu'un d'être impliqué.

— Je sais, c'est paradoxal.

— Donc, c'est une impasse et vous perdez votre temps.

— Dans ce cas, comment expliquez-vous qu'ils aient pris le soin de protéger leur fils avant de s'écharper ? Imaginez la scène : ils sentent que le drame est en train de couver et, tranquillement, ils font descendre le gosse à la cave, ferment le verrou. Puis, une fois qu'il est à l'abri, le pugilat peut commencer. Sincèrement, vous y croyez ?

— Je dois dire que c'est troublant.

— Des scènes de meurtre, j'en ai vu un paquet. Je sais quand il y a quelque chose qui ne colle pas. Là, c'est le cas. Il faut bien que l'expérience serve à quelque chose, non ?

— Qu'est-ce qui s'est passé, selon vous ?

— Je n'en sais rien, reconnut-elle. Mais il n'y a pas que ça.

— Quoi d'autre ?

— Pourquoi le gamin n'a-t-il pas tambouriné à la porte lorsqu'il a entendu que la police intervenait ? Pourquoi est-il resté caché ?

— Vous m'avez dit qu'il était terrifié.

— Justement. Vous vous rendez compte à quel point il devait l'être pour demeurer confiné dans ce sous-sol une journée entière ? C'est terriblement long. Surtout pour un enfant. Même lorsque j'ai annoncé « Police », il n'est pas sorti.

— Ça signifie qu'à ses yeux la présence policière n'est pas assez rassurante pour lui permettre de vaincre ce qui l'effraie.

Guardiano observa le chalet d'un air perplexe :

— Il y a trop d'éléments insolites pour que cette affaire soit aussi simple que ça.

Elle se tourna vers De Rolan :

— Bon, et de votre côté, vous avez trouvé quelque chose ?

— La camionnette blanche que je cherchais, elle est garée dans la grange. J'aimerais que l'Identité judiciaire l'inspecte avant de partir. Vous pourriez leur passer la consigne ?

— Pourquoi vous ne leur demandez pas vous-même ?

— Je vous rappelle que c'est votre enquête. Vous avez été très claire là-dessus.

— OK, OK. Ce sera fait.

— Sinon, j'ai trouvé ceci, dit-il en tirant de sa poche un sachet en plastique contenant l'énigmatique figurine de bois.

En la saisissant, Élisabeth Guardiano fronça les sourcils.

— Qu'est-ce que c'est que ça ?

— Une statuette. Elle se trouvait à l'arrière de la camionnette.

Élisabeth Guardiano étudia le petit objet de bois. D'apparence anodine, il en émanait néanmoins une aura singulière, un pouvoir invisible qui glaçait le sang. Ce n'était pas tant la figurine en elle-même, ni ce qu'elle représentait, que le fait que chaque détail, chaque trait avait été taillé dans le bois avec force, nervosité, hystérie peut-être. De toute évidence, c'était, pour son auteur, la personnification du Mal, et il avait mis tellement de cœur à la réaliser que cela se transmettait à présent par un lien mystique à la policière qui éprouvait un malaise indescriptible à la tenir.

— On dirait le diable, finit-elle par déclarer.

— Oui, je pense que c'est le diable.

— Qu'est-ce que ça faisait là ?

— J'aimerais bien le savoir.

— C'est étrange, ce diable, il a la gueule grande ouverte…

— Oui, comme s'il criait.

— Ou comme s'il voulait dévorer quelqu'un.

— Dévorer ?

— En sortant de sa cachette, le gamin ne cessait de répéter les mêmes mots : « Le Mangeur d'âmes, le Mangeur d'âmes… »

– 8 –

— Vous êtes déjà debout ? s'étonna Élisabeth Guardiano en voyant Franck De Rolan attablé dans la salle du petit déjeuner déserte.

— Vous êtes bien matinale aussi. Mal dormi ?

— Oh oui ! dit-elle en se laissant tomber sur la chaise qui se trouvait en face de lui. Entre cette affaire déroutante et la literie sans âge, on n'est pas gâtés !

De l'extérieur, l'Hôtel du Casino ne manquait pas d'allure, même si son architecture pompeuse lui donnait des airs de réplique miniature de la Maison-Blanche. Mais de près, on ne pouvait ignorer les lézardes dans le béton, la peinture écaillée, les boiseries de fenêtres noircies et boursouflées à cause de l'humidité. L'intérieur était plus désolant encore : des papiers peints surannés et jaunis datant de l'époque où il était autorisé de fumer, une moquette pelée et tachée, des chaises branlantes, des portes qui grinçaient, des lampes renvoyant la lumière grise d'ampoules à économie d'énergie.

— Ce n'est pas un palace, je vous l'accorde. Mais nous n'avons pas le choix, c'est le seul hôtel de la ville.

— Je sais. Je déteste cet endroit. Toute cette ville, d'ailleurs.

— On vient juste d'arriver.

— Et j'ai déjà envie de partir ! Je ne sais pas comment l'expliquer… C'est magnétique. Je me sens oppressée. Je ne serais pas plus angoissée si j'étais allongée au fond d'un cercueil. Faut être dingue pour rester vivre ici…

C'est ce moment que choisit la serveuse pour déposer une grande cafetière isotherme sur la table en jetant un regard noir à la policière.

— Vous avez un don pour vous faire des amis, s'amusa De Rolan.

— Non, mais sans blague. Vous avez déjà vu un coin pareil ?

Comme il fit la moue, elle poursuivit :

— C'est le royaume de la grisaille ! On a l'impression d'être tombé dans un film en noir et blanc. Vous avez vu de la couleur, vous ? Tout est triste à mourir. Jusqu'aux habitants qui font la gueule. Remarquez, comment leur en vouloir ? C'est l'ambiance locale. Regardez, dit-elle en désignant la fenêtre, il fait nuit. Il fait toujours nuit ici ou quoi ? Depuis que je suis là, je n'ai toujours pas vu le soleil.

— Et nous ne le verrons pas aujourd'hui. Ils annoncent du mauvais temps. Mais, au moins, d'ici une demi-heure, il fera jour.

— Oh, pardon, s'exclama-t-elle en se levant brusquement. Je m'assieds à votre table, mais peut-être souhaitez-vous être seul ?

— Je vous en prie, répondit-il en l'invitant à se rasseoir. Je me suis incrusté dans votre voiture hier soir... Maintenant nous sommes quittes.

Élisabeth Guardiano sourit en se rasseyant. Elle saisit la cafetière et se servit.

— Hum, il est meilleur que le vôtre.

— Ce n'est pas difficile... Il paraît qu'ils mettent du café avec l'eau chaude. Curieux. Faudra que j'essaye !

— Pourquoi avez-vous disparu hier soir ?

— Je n'ai pas disparu.

— Le temps que je supervise l'évacuation des corps, la pause des scellés et que je signe les registres, vous vous étiez volatilisé.

— Je vous ai manqué ?

— Hein ?... Non !

— Allez, avouez que ma présence ne vous laisse pas indifférente, s'aventura-t-il avec un sourire.

— Une chose est sûre : ce n'est pas la timidité qui vous paralyse.

— J'ai simplement posé quelques questions aux badauds qui s'étaient attroupés à proximité de la scène de crime.

— Et qu'est-ce que ça a donné ?

— Rien vu, rien entendu.

— Pas étonnant. La maison la plus proche se trouve à deux cents mètres au moins.

— Certes... Mais l'autochtone m'a l'air plutôt renfrogné, voire hostile.

— Un double meurtre, ça met rarement de bonne humeur.

— Je vous l'accorde.

— Interroger trois pékins, ça ne vous a pas pris toute la soirée, si ?

— Avant de rentrer me coucher, je suis allé boire une bière dans un troquet, dans le centre. Histoire de m'imprégner des lieux, de me faire des contacts, vous voyez ? Lorsque j'ai franchi la porte, tout le monde s'est arrêté de parler et m'a dévisagé. J'avais l'impression d'être dans un western. Ensuite, plus personne n'a dit un mot. Tout juste quelques chuchotements. Comme si les poivrots du coin détenaient des secrets immémoriaux.

— C'est peut-être le cas.

— La recette du tord-boyaux local ?

— Vous leur avez montré les photos des gamins que vous cherchez ?

— Naturellement.

— Et ils ne les ont jamais vus, j'imagine ?

— Non. Mais si ces gosses ont bien été enlevés par des gens d'ici, je doute qu'ils les aient baladés dans toute la ville, à la vue de tous.

Il trempa une tartine de pain beurrée dans son café et, la bouche pleine, demanda à sa collègue :

— Au fait, il y avait des empreintes sur la statuette que j'ai découverte ?

— Ce serait trop beau.

— Rien, c'est déjà énorme.

— Je ne vous suis pas.

— Si cette figurine s'était trouvée là par hasard, il y aurait des empreintes dessus, non ? Elle n'a pas été sculptée avec des moufles, quand même !

— Donc, elle serait liée d'une manière ou d'une autre à ce double crime.

— Je ne l'ai pas découverte n'importe où, vous savez. Elle a été posée à l'endroit où les enfants ont peut-être été transportés.

— Elle pouvait appartenir à l'un des gamins disparus.

— Non, j'ai l'inventaire de leurs affaires le jour de leur kidnapping. Il n'y a rien de ce genre. Et puis, elle était debout, bien droite…

— Et alors ?

— Elle n'aurait jamais pu se maintenir dans cette position si la camionnette roulait. Rien qu'en montant à bord, j'ai réussi à la faire vaciller.

— Quelqu'un l'a placée là dernièrement.

— Sans doute.

— Ça ajoute une touche de mystère…

Le regard de Franck De Rolan fut attiré par un mouvement d'ombre à la table voisine. Quelque chose avait bougé dans le reflet d'un sucrier métallique. Il plissa les yeux. Une silhouette se tenait tapie dans l'angle du mur. Quelqu'un les épiait.

Il tira un stylo, déchira un coin de la nappe en papier et griffonna : « Continuez de parler. » Il tendit le mot à Guardiano qui, après une seconde d'étonnement, comprit la consigne :

— Heu… J'espère que le mauvais temps ne va pas compliquer notre enquête…

Il recula lentement sa chaise.

— Parce que s'il neige comme ça toute la journée, eh bien, ça va nous ralentir.

Il se leva doucement, fit quelques pas en longeant le mur.

— Cette enquête…

D'un bond, il saisit l'individu au cou et le tira de sa cachette.

— Notre conversation vous intéresse, on dirait !

Il s'agissait d'un homme d'une cinquantaine d'années, dégarni, avec une fine moustache blanche.

De Rolan l'avait empoigné avec une telle force que seule la pointe de ses pieds touchait encore le sol. Ses bras faisaient des moulinets dans le vide.

Son visage rougissait de façon inquiétante.

— Lâchez-moi ! Lâchez-moi ! supplia-t-il d'une voix étranglée.

De Rolan relâcha son étreinte et l'homme s'affaissa sur le sol.

Il se releva péniblement en massant sa gorge endolorie.

— Qui êtes-vous ? aboya De Rolan.

— Je suis le propriétaire de cet hôtel. Je suis également le maire de la ville.

— Vous aussi vous avez le don pour vous faire des amis, railla Guardiano. Étrangler le maire le premier jour, quel tact !

— Pourquoi nous espionnez-vous ?

— Je ne vous espionnais pas. Vous savez, ici, il ne se passe pas grand-chose. Alors un double homicide, ce n'est pas rien. J'ai juste voulu savoir ce qui s'était produit. Voilà tout.

— Vous auriez pu nous le demander, tout simplement.

— Je n'ai pas osé. Et puis, pour être honnête, je pensais que vous ne me verriez pas.

— Ça, je m'en doute. Asseyez-vous, lui ordonna-t-il en désignant une chaise de la table voisine.

Le maire se massa de nouveau la gorge avant de prendre la parole.

— J'ai entendu ce que vous disiez à propos de cette ville. Vous n'avez pas tort. C'est regrettable, car c'était autrefois une agglomération florissante. Cet hôtel et son casino tournaient à plein régime. Un peu plus haut, il y avait même un établissement thermal très réputé. Aujourd'hui, ce n'est plus qu'une ruine.

— Que s'est-il passé ? demanda Guardiano.

— Il y a une quinzaine d'années, une autoroute a été construite en bas de la vallée. Et il n'y a pas de sortie directe pour se rendre jusqu'ici. Vous vous en êtes probablement rendu compte en venant. Du coup, nous sommes coupés du monde. Chaque année, les touristes se sont raréfiés davantage. Des cures thermales modernes ont vu le jour dans des villes mieux desservies. Le casino a commencé à être déficitaire, à tel point qu'il a dû fermer. La salle de spectacle a été convertie en cinéma. Et je me suis porté acquéreur de l'hôtel et du restaurant pour une bouchée de pain. Ça ne valait guère plus. C'était le dernier hôtel de la ville, les autres n'ont pas tenu aussi longtemps.

— Il doit quand même y avoir des skieurs pendant les vacances ?

— Non. Bien que nous soyons en montagne, nos versants sont peu hospitaliers. Aucune infrastructure n'a pu s'implanter ici. Il y a bien quelques randonneurs et des alpinistes, mais cela ne suffit pas pour faire vivre une ville. Tous les jeunes qui avaient la possibilité de trouver du travail ailleurs sont partis. Aujourd'hui, nous sommes plus isolés que jamais. Nous souffrons de l'un des taux de chômage les plus élevés du pays et les perspectives de croissance ne sont guère réjouissantes.

— Vous n'avez jamais eu envie de partir ?

— Moi ? Oh, non. Je suis trop vieux. Et puis, ma vie est ici. Cette ville a essayé de me tuer à plusieurs reprises, elle n'y est jamais parvenue. Ce n'est pas maintenant qu'elle m'a enfin accepté que je vais la fuir.

— Que voulez-vous dire ?

— Je pense avoir battu le record d'accidents domestiques de la région ! Un vrai florilège. À croire que j'étais maudit. Ça, c'est la dernière en date.

Le maire désignait une large cicatrice sur la partie gauche de son visage. Son oreille était étrangement déformée, comme si elle avait fondu. Dans son cou, la peau était fripée et d'une teinte rosâtre.

— Qu'est-ce qui vous est arrivé ?

— Il y a une dizaine d'années, je m'occupais moi-même de la cuisine du restaurant. Je préparais des cailles flambées à l'armagnac. J'étais fatigué. La cocotte a basculé et m'a entièrement brûlé. Le temps que les secours arrivent de la vallée, je cuisais sur le carrelage. Ce que vous voyez là, ce n'est pas le pire !

— Et vous êtes devenu maire d'une ville qui ne voulait pas de vous ?

— Voilà, répondit-il en souriant. J'ai obtenu ma revanche.

— Pardon de vous avoir malmené, lâcha De Rolan d'un ton qui laissait planer un doute sur sa sincérité.

— C'est moi qui vous présente mes excuses. Si vous avez besoin de quoi que ce soit dans votre enquête, n'hésitez pas à faire appel à moi. Vous savez, je connais cette ville comme ma poche.

— C'est bon à sav…, commença De Rolan.

Sa phrase fut interrompue par un choc qui provenait de la fenêtre.

Un oiseau venait de s'écraser contre la vitre.

– 9 –

Élisabeth Guardiano roulait trop vite. Son véhicule dérapait dangereusement dans les virages verglacés de cette petite route de montagne qui descendait jusque dans la vallée.

Mais elle était pressée et son excitation avait pris le pas sur la prudence. Aussi avala-t-elle en moins d'une heure les soixante-dix-sept kilomètres qui la séparaient de l'Institut médico-légal.

Plus tôt dans la matinée, le médecin légiste lui avait téléphoné pour l'inviter à le rejoindre. Celui-là même qui considérait cette affaire comme « non prioritaire » et qui semblait peu enclin à rendre son rapport avait soudainement changé d'avis. D'après ses dires, il avait fait une découverte dont il souhaitait lui faire part sans attendre. Pour justifier un tel revirement, il devait avoir du lourd.

En forme d'ogive, l'institut ressemblait à un bateau. Une architecture d'autant plus incongrue qu'il était situé au pied des montagnes. Des efforts avaient été faits pour donner à ce lieu lugubre une certaine élégance : colonnades de pierre, grandes baies vitrées, large porte métallique. C'était peine perdue : l'inscription

« Département de médecine légale » figurant sur le frontispice gâchait tout, et le bâtiment était aussitôt associé aux sinistres travaux qui s'y déroulaient.

Après s'être identifiée, Guardiano se fit accompagner jusqu'à une salle d'autopsie.

La pièce, carrelée du sol au plafond, comportait trois tables en Inox. Sur deux d'entre elles reposait un corps.

— Bonjour, docteur.

— Ah, bonjour, commandant. Vous m'excuserez si je ne vous serre pas la main…, dit-il en montrant ses gants maculés de sang. Je suis désolé de déroger à la procédure, mais je crois qu'il faut que vous voyiez ça de vos propres yeux et sans attendre mon rapport.

— Qu'avez-vous découvert ?

— Je vous préviens… c'est un peu spécial.

Il s'approcha de l'un des corps en invitant la policière à le suivre. C'était le cadavre de la femme, impudiquement étendu sur le dos. Bien qu'il eût été lavé du sang qui le recouvrait, il conservait une teinte écarlate due à la multitude de plaies et d'entailles dont il était parsemé. Des muscles, des nerfs saillaient, arrachés lors de ce qui avait été un assaut d'une brutalité exceptionnelle.

Sur l'autre table, l'homme était dans un état semblable. Le médecin posa sa main sur l'abdomen de la femme.

— Tenez-vous bien : quatre-vingt-un points d'entrée ! Et pour lui, ce n'est guère mieux : soixante-treize. Et encore, je ne compte pas les égratignures.

— Cela signifie qu'il l'a poignardée à quatre-vingt-une reprises, et elle à soixante-treize, c'est ça ? demanda-t-elle, incrédule.

— Exactement.

— Et… c'est faisable ? Je veux dire : on peut encaisser autant de coups tout en continuant d'en donner ?

— C'est difficilement pensable. Même si nombre d'entre eux sont superficiels, ça reste inouï.

— Lequel a attaqué l'autre en premier ?

— C'est impossible à déterminer. Je dirais que c'était simultané.

Elle se pencha vers l'un des corps et, prenant garde de ne pas le toucher, scruta chaque blessure :

— Les marques ne sont pas toutes identiques.

— Très bien observé. Effectivement, ils se sont d'abord battus avec ce qu'ils avaient sous la main : des verres qu'ils ont brisés pour les utiliser comme arme, une fourchette…, fit-il en désignant des déchirures dans les tissus musculaires.

— C'est dingue.

— … et enfin, les couteaux, bien sûr.

— Est-ce que… Je sais que c'est tiré par les cheveux, mais…

— Je vous écoute.

— Est-il possible que quelqu'un d'autre ait fait ça ? Ou, au moins, qu'il y ait eu une tierce personne ?

— Non. Je suis catégorique. Ils se sont entretués. Je vais vous surprendre, mais on parvient à reconstituer assez précisément l'histoire de ce… combat à mort. On voit très clairement qu'ils se sont jetés l'un sur l'autre et qu'à chaque coup correspond un autre coup en représailles. Parfois, ils se sont affrontés à mains nues. Voilà pourquoi on discerne également des griffures. C'est de cette manière que certains muscles ont été lacérés.

— Qui est mort en premier ?

— Elle. L'homme a survécu à sa compagne. Ça, c'est évident. Il a continué de la rouer de coups de couteau au point d'en faire cette charpie. Il s'est vraisemblablement arrêté de la frapper lorsque la lame de son couteau s'est brisée contre l'os iliaque. À la radiographie, on distingue parfaitement le morceau de métal.

— Et après avoir massacré sa femme, il a fini par succomber à ses blessures…

— Hmm, pardonnez-moi, mais je crois que vous n'y êtes pas du tout.

— Que voulez-vous dire ?

Le médecin eut l'air embarrassé :

— Il n'est pas mort de ses blessures…

Guardiano fronça les sourcils.

— Que lui est-il arrivé ?

— Eh bien… Il a pris un autre couteau et il s'est poignardé lui-même.

— Hein ? dit-elle en écarquillant les yeux.

— Je vous avais prévenue.

— Vous êtes sûr ?

— Absolument.

En disant cela, il se pencha vers le cadavre de l'homme et passa son doigt ganté sur une plaie. Puis il livra son analyse :

— Vous voyez, ici, par exemple, on distingue très nettement la forme triangulaire de la lame : le coup a été porté de haut en bas. Alors qu'il frappait sa femme de bas en haut, en remontant. L'angle prouve qu'il s'est infligé ce coup lui-même. Celui-ci, et une demi-douzaine d'autres !

— Merde, c'est une histoire de fous ! Vous avez déjà vu ça, vous ?

— Franchement ? Non, jamais. On ne se suicide pas en se poignardant. Vous aviez raison hier, il y a quelque chose qui cloche.

— C'est dans ces moments-là que je déteste avoir raison.

Le médecin esquissa un sourire poli.

Elle s'attarda sur les stigmates de l'homme, comme s'ils pouvaient lui révéler les causes de cette rage meurtrière.

— Ce qui est encore plus étrange, ajouta-t-il, c'est que les coups qu'il s'est portés n'étaient pas mortels. Il s'est frappé au hasard : les cuisses, le ventre, les bras, puis il a fini par se vider de son sang…

Élisabeth Guardiano poussa un long soupir.

— Je vous remercie, docteur. Vous avez bien fait de m'appeler. Si je ne m'étais pas déplacée en personne, je n'aurais pas cru un traître mot de votre rapport.

— Mais, commandant, ce n'est pas pour ça que je vous ai demandé de venir. Il y a bien pire !

– 10 –

La voiture de Franck De Rolan traça deux longues traînées grises dans la neige qui bordait la maison. C'était un pavillon des années 1950, aux murs beigeasses et au toit droit. Une silhouette l'observait depuis l'une des fenêtres dont elle avait discrètement écarté le rideau. Lorsque De Rolan regarda dans sa direction, elle se cacha aussitôt.

— Ça promet…

Il sortit de son véhicule et jeta un coup d'œil alentour. Le chalet où s'était déroulé le double homicide était distant de près de deux cents mètres et ses contours étaient rendus flous par le brouillard. De là où De Rolan se tenait, il aurait été difficile de voir quelque chose. D'autant qu'à l'heure du drame, le jour ne s'était pas encore levé. Cependant, il ne devait négliger aucun détail. Il s'agissait de la maison la plus proche et si quelqu'un avait vu quelque chose, il habitait ici.

Il se dirigea vers la porte et pressa la sonnette.

Après avoir attendu quelques secondes, il sonna de nouveau, puis frappa.

— Gendarmerie nationale.

Le rideau de la fenêtre bougea légèrement.

— Je sais que vous êtes là. On ne va pas jouer au chat et à la souris.

Aucune réponse.

— Bon. Je vais vous résumer la situation : soit vous m'ouvrez, je vous pose quatre ou cinq questions et nous sommes débarrassés, soit je vous convoque à la gendarmerie à l'heure qui me convient et je vous retiens aussi longtemps que je le souhaite. Qu'est-ce que vous préférez ?

Quelqu'un actionna le verrou et ouvrit la porte.

Une femme d'une cinquantaine d'années se tenait dans l'embrasure, la clope au bec. Ses cheveux raides et gras au point de luire tombaient sur ses épaules. Ses joues étaient creusées par deux grandes rides qui lui donnaient un air d'autant plus famélique qu'elle était d'une pâleur à faire peur. Deux yeux noirs fixaient De Rolan.

— Qu'est-ce que vous voulez ?

— Je suis le capitaine De Rolan, gendarmerie. J'ai quelques questions à vous poser à propos de vos voisins.

— J'ai rien vu.

— Effectivement, vos maisons sont assez éloignées. Mais peut-être avez-vous entendu…

— Non. Rien entendu.

— Je vois, marmonna De Rolan. Vous étiez proche d'eux ?

— Non.

— Ils ont eu des visites dernièrement ?

— J'en sais rien.

À chaque réponse, la cigarette s'agitait entre ses lèvres.

— La veille du drame, avez-vous vu quelqu'un se rendre chez eux ?

— Non.

— Avez-vous constaté qu'ils se comportaient de manière inaccoutumée, ces derniers temps ?

— Non.

— Vous vivez seule, ici ?

— Ouais. Bon, vous avez fini ?

De Rolan toisait la femme qui lui rendit son regard sans ciller.

Il devait changer de stratégie, sinon il n'obtiendrait rien. Pour une raison inconnue, cette femme se montrait hostile. Qu'elle sache ou non quelque chose, elle ne parlerait pas.

Le moment était venu de tenter un coup de bluff à l'ancienne :

— Je vais vous demander de me suivre.

— Hein ?

— Je vous place en garde à vue.

— Quoi ? Mais pourquoi, bordel de merde ? éructa-t-elle en jetant son mégot au loin.

— « Non », « Oui », vos réponses sont trop vagues pour être honnêtes. J'en conclus que vous me cachez des choses. Et peut-être faites-vous obstruction à la justice. Le juge d'instruction tranchera.

— Mais merde, qu'est-ce que vous voulez que j'vous dise, putain ? J'ai rien vu, j'ai rien vu ! Je vais pas inventer, non ?

L'intimidation semblait avoir fonctionné. Mais, il le savait, son avantage serait de courte durée. Avec ce genre de personnes, la pression retombait vite. Il fallait aller à l'essentiel.

Il tira son portable de sa poche, l'alluma, et afficha la photo de l'un des enfants disparus. Puis, il tendit l'écran à la femme.

— Vous l'avez déjà vu ?

Elle s'approcha, chaussa la paire de lunettes qui pendait à son cou et observa le portrait.

— Non.

— Il s'appelle Leandro. Vous n'avez entendu personne prononcer ce prénom ?

— Non. Je m'en serais souvenue.

Il montra une seconde photo.

— Et celui-ci ?

— Non.

— Celui-là ?

— Non plus. Qui c'est, ces gosses ?

— Vos voisins ont une camionnette blanche. Est-ce qu'ils s'en servent souvent ?

— Pas trop, non. Ils se déplacent surtout avec leur 4 × 4.

— À votre avis, à quoi sert cette camionnette ?

— Bah, je sais pas, moi. Ils ont le droit, non ?

— Ce n'est pas ma question.

— J'en ai aucune idée. Ils me font pas un rapport quand ils l'utilisent.

Elle coinça une mèche de cheveux derrière son oreille.

— Est-ce qu'il arrivait à vos voisins d'avoir des agissements étranges ?

— Du genre ?

— Des choses qu'ils cachaient, des activités auxquelles ils se livraient en essayant que personne ne soit au courant.

— Pas que je sache.

De Rolan défia son interlocutrice du regard afin de lui faire comprendre qu'elle redevenait évasive :

— Auriez-vous remarqué un changement de comportement ?

— Non, désolée. Tout ce que je peux dire, c'est qu'ils étaient vraiment pas agréables. Personne les regrettera.

De Rolan ne put réprimer sa surprise. Si cette femme était le standard de l'hospitalité et de la chaleur humaine, alors ses voisins devaient être des gens particulièrement odieux.

— Qu'est-ce qui vous fait dire ça ?

— Un jour, mon clebs s'est barré dans leur jardin. OK, il était con, ce clébard, mais c'est un clébard, non ?

Ne sachant quoi répondre, Franck De Rolan fit la moue.

— Bon, eh ben, ils ont dit que, si ça continuait, ils le buteraient.

— Votre ch… clébard, il avait flairé quelque chose ?

— Pensez-vous, il était con comme une chaise.

— Il « était » ? Il est mort ?

— Ouais, bah parlons-en, tiens ! Je le retrouve en train de cracher du sang. Il est canné juste après. Je crois bien qu'ils l'ont empoisonné, ces enculés-là. Buter un clébard, putain ! Faut vraiment être des putains de détraqués, non ?

— Vous avez déposé plainte ?

— Vous voulez rire ?

— Non.

— Les flics, c'est un ramassis de connards… enfin, je veux dire… pas tous, hein…

— C'est bon. Je ne suis pas susceptible.

— C'est vrai qu'ils se sont entretués ?

— Qui vous a dit ça ?

— Vous voulez rire ?

— Toujours pas.

— Bah y a rien à branler dans ce patelin. Alors, les gens racontent des trucs, c'est obligé.

— Ils s'engueulaient souvent ?

— Ça, je peux pas vous dire. Donc, c'est vrai, ils se sont entretués ?

— Parlez-moi de leur fils.

— Alors, lui, tiens, parlons-en.

— Précisément.

— Lui, dans le genre perché, il se pose là ! Il voit des trucs.

Franck De Rolan fronça les sourcils :

— C'est-à-dire ?

— Des esprits, des démons, des machins à foutre la chair de poule.

— Il vous a expliqué ce qu'il voyait ?

— Pensez-vous ! Il parle tout seul. Un vrai barge, j'vous dis.

— Mais encore ?

— J'sais pas. J'comprends pas tout.

— L'avez-vous entendu mentionner le Mangeur d'âmes ?

— Ouais, p't'être.

— Vous avez une idée de ce que ça peut être ?

— Allez savoir ! Si vous voulez mon avis, ce gamin, c'est le diable incarné !

– 11 –

En se rendant chez le légiste, Élisabeth Guardiano n'escomptait pas passer un moment agréable. Mais elle était loin de se douter que ce serait à ce point-là.

Le médecin s'éloigna des corps pour aller chercher un sachet stérile contenant des lambeaux de chair qu'il lui tendit.

— Accrochez-vous, commandant.

— Je m'attends au pire.

— Vous n'allez pas être déçue ! Lorsque j'ai fait l'inventaire de leurs blessures mutuelles, j'ai remarqué que certaines étaient vraiment différentes des autres. Cela ressemblait à des morsures. J'ai donc inspecté la cavité buccale et… j'ai effectivement trouvé de la peau.

— Ils se sont mordus ?

— Je dirais plutôt entredévorés. On a retrouvé de la chair humaine dans l'œsophage et l'estomac.

Guardiano tira nerveusement sur ses manches.

— Ce n'est pas tout. Après les avoir dévêtus, nous avons trouvé du sperme sur le pénis du mari et, c'est plus subtil, évidemment, des traces de lubrification vaginale chez elle. Ils ont eu un orgasme au moment de se rouer de coups mortels.

— Le fait de tuer leur a procuré un plaisir jouissif.

— C’est ça.
— Dites-moi que ça arrive parfois.
— Pour les décès par strangulation, oui, c’est très fréquent. Mais, dans ce type d’affaire, je ne vois pas comment c’est possible.
— Qu’est-ce que je vais bien pouvoir raconter dans mon rapport ? grommela-t-elle.
— Et moi donc !
Sur leur table d’Inox, les deux cadavres affichaient une mine horrible. La haine s’était emparée de leurs traits, de leur être, jusque dans la mort.
— Bon, fit-elle en claquant des mains énergiquement pour se relancer, prenons du recul et considérons les choses de manière rationnelle. Ces gens étaient en train de prendre leur petit déjeuner lorsque, sans aucune raison, ils se sont jetés l’un sur l’autre avec une extraordinaire férocité. Je n’ai vu aucun élément extérieur pouvant expliquer un tel comportement. Donc, si ce n’est pas extérieur… c’est intérieur.
Elle termina sa phrase en tapotant la pliure du coude de la femme morte, puis poursuivit :
— Ils ont pris une drogue ou du poison. J’ai entendu dire qu’il y avait des sortes de méthamphétamines particulièrement dangereuses.
— Je vous ai devancée, commandant. Quand j’ai compris que cette autopsie prenait un tour si… singulier, j’ai ordonné que l’on procède à des examens, de toute urgence. On a court-circuité toutes les autres affaires.
— Je vous remercie.
— Avec un peu de chance, les résultats seront déjà prêts. Suivez-moi.
Elle sortit à la suite du légiste qui emprunta un couloir et pénétra dans un laboratoire dont la porte était restée grande ouverte.

À une paillasse, un homme en blouse blanche observait des plaquettes au microscope. En les entendant entrer, il interrompit son travail, quitta son tabouret et se leva pour serrer la main de la policière.

— Bonjour, je suis le biologiste qui travaille sur les victimes de votre affaire.

C'était un homme jeune que d'épaisses lunettes métalliques ne parvenaient pas à vieillir. Sa poignée de main était molle et son regard hautain.

— Bonjour, je suis le commandant Guardiano. Vous avez quelque chose pour moi ?

— Pour le moment, rien. Mais je n'ai terminé que l'analyse qualitative.

— Pardonnez-moi, je ne suis pas très au fait des termes techniques. D'habitude, je reçois directement un rapport. Qu'est-ce que ça veut dire ?

Le jeune scientifique la toisa comme s'il était anormal qu'un officier de police n'ait pas fait sept ans de médecine.

— C'est une méthode de détection des drogues qui utilise un réactif chimique. S'il y a réaction, c'est qu'il y a un produit stupéfiant. J'ai ponctionné du sang et de l'urine dans la vessie.

— Et ça n'a rien donné ?

— Non. Mais l'analyse quantitative est en cours. Vous ne savez pas non plus en quoi ça consiste ?

— Euh, non, répondit-elle aussi timidement qu'une écolière prise en défaut.

— Elle est beaucoup plus poussée. On recherche tout résidu de drogue, même le plus infime, non seulement dans le sang et les urines, mais également dans les viscères.

— Fantastique, s'exclama Guardiano sur un ton faussement enjoué.

— Commandant, qu'est-ce qui vous fait croire qu'ils se sont drogués ?

Il avait posé cette question d'un air narquois et, dans sa phrase, on aurait aisément pu remplacer « commandant » par « ma pauvre fille ».

— Ça expliquerait une telle violence, rétorqua-t-elle. Je ne vois pas comment deux êtres humains peuvent s'entredéchirer ainsi en étant en pleine possession de leurs moyens.

— Si j'en crois le dossier, ils étaient en train de prendre leur petit déjeuner…

— C'est exact.

— Vous en connaissez beaucoup, vous, des toxicos qui se shootent entre deux tartines de confiture, à 8 heures du mat' ?

Bien que la remarque fût pertinente, il l'avait lâchée sur un ton cinglant qui suintait le mépris.

— Et vous, vous en avez vu beaucoup des gens qui s'entrebouffent sans raison au petit déjeuner ?

Le biologiste leva les yeux au ciel.

Une laborantine entra dans la pièce et, sans saluer personne, confia un dossier au biologiste avant de ressortir. Ce dernier l'ouvrit et prit connaissance de son contenu.

Quand il eut terminé sa lecture, il fixa Élisabeth Guardiano :

— Rien.

— C'est impossible.

— Lisez vous-même, répliqua-t-il en lui tendant le dossier.

Elle découvrit un long listing de composants chimiques accompagnés d'indications de quantité. L'ensemble était totalement abscons.

— Je… écoutez, je ne suis pas médecin !

— Allez, on se calme, intervint le légiste qui saisit la liasse de feuilles et la parcourut.

Tandis qu'il en prenait connaissance, il baragouinait quelques phrases inintelligibles, puis il posa le document sur la paillasse.

— Il a raison, conclut-il. D'après l'analyse, pas la moindre trace de stupéfiant.

— Il s'agit du rapport définitif ?

— Absolument. On a examiné les organes, le sang et l'urine. La totale.

— Est-ce qu'avec le temps, le produit a pu se dissiper au point que vous ne le voyiez plus ?

— Il est vrai que les tests simples ne sont souvent plus efficaces après huit à douze heures, mais lorsqu'on effectue un examen poussé nous balayons tout le spectre des toxiques connues. Et nous sommes en mesure de remonter plusieurs jours, voire plusieurs semaines en arrière.

— Je suis désolée d'insister, mais j'ai entendu dire que des méthamphétamines extrêmement nocives, sévissant en Floride me semble-t-il, étaient susceptibles de transformer les gens en des sortes de zombies.

— Je crois que vous voulez parler du PCP, reprit le biologiste sur un ton moins agressif.

— Oui ! C'est ça. J'ai lu qu'elle rendait complètement barjo.

— C'est un psychotrope hallucinogène très puissant. Il y a aussi des variantes de désomorphine dont les effets sont ravageurs.

— Ça pourrait provoquer l'envie de tuer ?

— Dans des cas extrêmes, peut-être. Mais à ce point-là, j'en doute sérieusement. Par ailleurs, ce sont des produits que nous connaissons bien et qui ne peuvent échapper à nos recherches.

— Laissez-moi vous montrer quelque chose, commandant, enchaîna le médecin en sortant de la pièce.

Élisabeth Guardiano lui emboîta le pas, suivie du biologiste. De retour dans la salle d'autopsie, le légiste saisit le bras gauche de l'homme qui était étendu.

— Regardez ça. Aucune marque d'injection.

— Ils auraient pu inhaler ou avaler quelque chose, non ?

— En principe, ces psychotropes violents s'injectent. Mais, quel que soit le mode d'administration, cela laisse des traces. Si ces produits sont efficaces, c'est qu'ils ont un impact sur l'organisme, donc nous l'aurions constaté. Avec tous les moyens que nous avons employés, il n'y a aucune possibilité, je dis bien « aucune », que nous soyons passés à côté d'une drogue.

— Et un poison ?

— Poison ou drogue, c'est rigoureusement la même chose. Certes, les effets changent, mais pas le fait que tous deux laissent immanquablement des traces dans l'organisme.

Comme elle fixait le médecin avec des yeux emplis d'incompréhension, celui-ci crut bon d'ajouter :

— Il faut chercher ailleurs, commandant.

Déstabilisée, Élisabeth Guardiano fit quelques pas vers la large fenêtre. Son regard se perdit sur les crêtes des montagnes tandis que son esprit tentait d'imaginer ce qui avait pu se passer.

Après quelques secondes, elle se tourna vers les deux cadavres. Toujours ces mêmes visages terrifiants, ces traits figés par une hargne meurtrière.

— Alors, qu'est-ce que tout ça signifie ? Ils n'étaient quand même pas possédés par le diable !

— Allez savoir ! ironisa le biologiste en lui adressant un clin d'œil.

– 12 –

Franck De Rolan se passa de l'eau sur le visage. Les gouttelettes dégoulinaient sur sa peau et tombaient dans le lavabo de l'hôpital.

Il leva la tête et se détourna pour ne pas croiser son regard dans le miroir. Il savait ce qu'il y verrait : une fébrilité qui contrastait avec sa carrure de géant. Le trac. La trouille, tout simplement.

Il se dirigea vers l'essuie-mains, tira trois serviettes de papier et s'essuya. Puis il prit une grande bouffée d'air pour se donner du courage.

De Rolan se rendit au comptoir d'accueil. Après qu'il se fut identifié, une infirmière lui indiqua un numéro de chambre. Il emprunta l'interminable couloir de l'hôpital et s'arrêta devant la 217.

À cet instant, une femme en blouse blanche en sortit.

— Je peux vous aider? demanda-t-elle d'un air méfiant.

— Oui, bonjour, je suis le capitaine De Rolan, gendarmerie nationale, répondit-il en montrant sa carte. J'aimerais lui poser quelques questions.

Le visage de la femme se ferma.

— C'est une très mauvaise idée, cet enfant a subi un choc traumatique extrêmement violent. Son discours n'est pas cohérent. La priorité est de lui permettre de recouvrer une certaine stabilité psychique. Les seules personnes habilitées à communiquer avec lui sont des thérapeutes.

— C'est très important.

— Je suis navrée mais, en tant que médecin, je me vois dans l'obligation de vous refuser l'accès à cette chambre. Dans son intérêt.

— J'enquête sur des disparitions et ce gamin peut m'aider.

— Je regrette.

— Vous avez des enfants ?

— Je… ce n'est pas de moi qu'il s'agit. Il…

— Est-ce que vous avez des enfants ?

— Oui, mais je ne…

— Si l'un de vos enfants s'était fait enlever, vous n'aimeriez pas qu'un flic zélé mette tout en œuvre pour le retrouver ?

— Bien sûr que si, mais…

— Et si ce flic vous disait : « Écoutez, madame, j'ai bien une piste sérieuse, mais je n'ai pas pu entrer dans la chambre du témoin, car son médecin trouve que ce n'est pas raisonnable. J'y retournerai dans deux ou trois semaines. Espérons simplement que votre gamin ne soit pas mort d'ici là », vous réagiriez comment ?

Elle pinça les lèvres.

— Vous avez cinq minutes.

De Rolan ouvrit la porte et pénétra dans la chambre.

L'enfant était allongé dans son lit, la tête tournée vers la fenêtre.

— Bonjour, dit-il d'un ton qui se voulait détendu. Je m'appelle Franck. Comment vas-tu ?

Il demeura dans la même position, comme s'il n'avait pas entendu.

— Je souhaite bavarder avec toi quelques instants. Tu veux bien ?

Comme l'enfant ne répondait toujours pas, De Rolan s'approcha timidement du lit.

— Tu sais, je suis désolé pour tes parents…

— Non.

— Comment ?

— Vous mentez. Vous n'êtes pas désolé.

— Mais…

— Je le sens au ton de votre voix.

De Rolan accusa le coup.

— Alors, disons que je suis triste pour toi. Là, tu vois, je ne mens pas, n'est-ce pas ?

L'enfant fixait toujours la fenêtre.

— Voilà ce que je te propose : on ne parle pas de ce qui s'est passé hier, OK ? Je me doute que ça a dû être difficile et je ne veux pas t'embêter avec ça. Je souhaite juste te poser des questions très simples.

N'obtenant aucune réaction, De Rolan poursuivit :

— La camionnette qui se trouve dans la grange, elle servait souvent ?

— Oui.

— Tu es sûr ? Parce qu'elle était recouverte d'une bâche. Donc, je me suis dit qu'ils ne devaient pas beaucoup l'utiliser.

Aucune réponse.

De Rolan s'approcha encore et s'assit délicatement sur le bord du lit.

— J'ai vraiment besoin de ton aide, mon garçon.

Son intonation avait changé, perdant toute assurance pour devenir suppliante.

Il observait l'enfant avec des sentiments confus, contradictoires. Alors qu'il le dévisageait, il distingua une large tache sombre sur son maigre bras dénudé. Il fronça les sourcils et souleva un coin de la couverture.

D'autres ecchymoses. Le gamin tira aussitôt les draps vers lui pour dissimuler ses stigmates.

— Qui t'a fait ça ?

— Personne.

— Que t'est-il arrivé ?

— Je suis tombé dans l'escalier.

— Cette fois, c'est toi qui ne me dis pas la vérité. Qui t'a fait ça ?

L'enfant hésita un instant puis, se tournant vers De Rolan, lui répondit en plongeant dans ses yeux :

— C'est le Mangeur d'âmes.

— Qui est-ce, ce Mangeur d'âmes ?

L'enfant détourna le regard et fixait à nouveau la fenêtre :

— Il est ici.

— Dans la montagne ?

— Pas seulement. Il est partout.

— « Partout » ?

— Il a le pouvoir de se promener, de corps en corps, pour faire le mal. Il prend l'apparence de gens normaux. C'est lui qui m'a fait ça. C'est lui qui tue.

De Rolan prit conscience de l'ampleur du désordre psychologique dans lequel se trouvait ce gamin.

— Je vais te montrer des photos, dit-il en tirant son téléphone de sa poche. Tiens, regarde, ce sont des enfants que je recherche. Tu les as vus ?

Il observait toujours les montagnes.

— Mon garçon, c'est très important. Tu vas peut-être sauver des vies. Est-ce que tu veux bien m'aider ?

L'enfant tourna la tête vers l'écran où défilaient trois photos.

— Alors, tu les connais ? Tu les as déjà vus ?

— Oui.

— Tous les trois ?

— Oui.

Le visage de De Rolan devint livide.

— Et… où sont-ils maintenant ?

— Vous le savez très bien.

— Non, au contraire, je les cherche.

— Vous savez. Ça aussi, je l'ai deviné à votre voix.

De Rolan ne voulait pas poser d'autre question. Il voulait s'enfuir, échapper à la réalité, préserver ce qui subsistait d'espérance. Il sentit ses yeux devenir humides, ses mains trembler.

— Ils sont morts, n'est-ce pas ?

— Oui.

— Tous les trois ?

— Oui.

Les yeux de De Rolan s'emplirent de larmes.

— Est-ce que… Est-ce qu'ils ont… beaucoup souffert ?

— Oui.

De colère et de haine, sa mâchoire se comprima jusqu'à la douleur.

— Qui a fait ça ? demanda-t-il entre ses dents.

— Le Mangeur d'âmes.

— Arrête avec ça ! cria De Rolan. Dis-moi qui a fait ça, putain !

— Le Mangeur d'âmes ! hurla l'enfant. Le Mangeur d'âmes, je vous dis !

La doctoresse fit aussitôt irruption dans la chambre et ordonna à De Rolan de sortir sur-le-champ.

– 13 –

Franck De Rolan posa ses mains sur le toit de la voiture d'Élisabeth Guardiano qui fit descendre sa vitre :

— Alors ? Qu'est-ce que ça a donné, l'audition du petit ?

— Rien du tout.

— Ah bon ? Il n'a rien dit ?

— Non, il a juste évoqué le Mangeur d'âmes, dont vous m'aviez parlé. Je n'ai rien pu en tirer.

— Il n'a pas vu les enfants que vous recherchez ?

De Rolan hésita un peu.

— Hein ? Non. Non. Il ne les a pas vus.

— Ça ne m'étonne pas. Je n'ai pas encore reçu le rapport définitif, mais les gars de l'Identité judiciaire sont formels : il n'y a pas une goutte de sang dans cette camionnette. Pas non plus d'empreintes d'enfants. Vous ne craignez pas d'avoir fait fausse route ?

— Non, je suis convaincu que ce couple est responsable de l'enlèvement des enfants.

— Je ne veux pas vous contrarier, mais vous n'avez pas grand-chose pour étayer vos propos.

— Vous non plus.

— Comment ça, « moi non plus » ?

— Vous enquêtez sur un double homicide extrêmement violent mais assez simple dans la mesure où ils se sont entretués. Une affaire que neuf flics sur dix auraient déjà bouclée sans se poser plus de questions. Pourtant, au fond de vous, une petite voix vous murmure qu'il y a quelque chose d'autre, je me trompe ?

— Et cette « petite voix », elle ne vous dit rien, à vous ?

— Oh si ! Elle me dit que ce couple avait un secret. C'est certain. Un truc assez vilain.

— Du genre ?

— Le gamin que je viens de voir, il est couvert d'ecchymoses.

— Vraiment ? Qui lui a fait ça ?

— Selon lui, le Mangeur d'âmes.

— Et selon vous ?

— Rien qui me permette de l'affirmer, mais je pense à ses propres parents.

— Vous croyez qu'il était maltraité ?

— Possible. Vous m'avez dit que la porte de la cave était fermée de l'extérieur, vous vous en souvenez ?

— Oui, parfaitement.

— Vous en avez déduit que ses parents avaient voulu le mettre en lieu sûr, lui épargner un danger, une menace. Vous avez pensé ça, car vous êtes normale. Protéger un enfant, c'est un réflexe. C'est la logique même.

— Mais vous arrivez à une autre conclusion.

— Oui. Je me demande s'il n'était pas simplement enfermé à la cave.

— Vous voulez dire, comme une brimade ?

— Exactement.

— Par ce froid ? Sans lumière ? Je sais bien qu'il y a des pourris mais…

— Là encore, vous raisonnez comme quelqu'un de sensé. Je suis convaincu qu'il était maltraité par ses parents. Il a les bras couverts d'hématomes. Si ça se trouve, il passait plus de temps dans cette cave que dans sa chambre.

— Je vais demander des infos aux services sociaux et prendre rendez-vous à son collège. J'espère que vous avez tort.

— Je l'espère aussi. Mais je n'ai plus trop d'illusions, hélas.

— Vous êtes persuadé qu'ils sont mêlés aux disparitions d'enfants, n'est-ce pas ?

— J'en suis sûr et certain.

— Comment pouvez-vous être si catégorique ?

— Parce que je le sens.

Durant plusieurs secondes, sans rien dire, elle le fixa dans les yeux, sans prononcer un mot. Elle semblait le jauger.

— Je préviens la Brigade scientifique. Je vais leur demander de passer cette cave au peigne fin.

De Rolan hocha la tête :

— Merci.

— Montez. Nous retournons sur place. En attendant que les équipes arrivent, vous jetterez vous-même un coup d'œil à la maison. C'est toujours utile d'avoir un avis complémentaire.

De Rolan fit le tour du véhicule et s'installa à côté de sa partenaire qui démarra aussitôt.

— En quarante-huit heures, c'est la deuxième fois que vous m'invitez dans votre voiture. Je vais finir par penser que vous voulez m'emballer.

— Vous pourriez arrêter avec vos sous-entendus ?

— Où est le mal ? Vous avez le droit d'être attirée par moi. Je suis costaud et j'ai du charme, non ?

— Votre espèce d'humour, là, ça gâche tout.

— Mais physiquement, comment me trouvez-vous ?

— Je vous trouve marié ! J'ai bien vu la marque qu'a laissée votre alliance à votre annulaire. Qu'est-ce que vous croyiez ? Qu'en l'enlevant, je ne remarquerais rien ?

— J'espérais bien, oui.

— Vous êtes tous les mêmes !

— Et vous, vous êtes mariée ?

— Vous êtes très indiscret.

— Ça veut dire non.

— Je n'ai pas dit ça !

— Vous ne l'avez pas dit, mais vous n'êtes pas mariée.

— Cela ne signifie pas que je n'ai personne dans ma vie.

— Vous avez quelqu'un ?

— Nous sommes arrivés.

Elle rangea son véhicule en bordure de route, en prenant soin de rester légèrement en retrait afin de ne pas effacer une éventuelle trace qui aurait échappé à la police scientifique.

Le théâtre du drame était ceinturé d'un épais brouillard qui avait avalé le paysage. Les ténèbres de la veille avaient laissé place à un fond blanc qui absorbait tout : le relief, les distances. Avec le jour, le néant avait seulement changé de couleur.

Ils soulevèrent le ruban jaune et traversèrent le jardin.

— De jour, cette maison est encore plus lugubre, pesta Guardiano.

Elle gravit les quelques marches du perron, et arracha les scellés de la porte d'entrée.

— J'espère que vous avez le cœur bien accroché, l'avertit-elle en entrant.

Ce n'était pas exactement la même scène que celle qu'elle avait laissée la veille. Les deux corps avaient été enlevés, bien sûr, mais, au-delà de cela, il y avait quelque chose de différent. La lumière du jour avait remplacé les ampoules, donnant au sang une couleur inédite. La mort s'était faite plus insidieuse, éthérée.

L'odeur, en revanche, était toujours aussi irritante.

— Wow ! s'exclama De Rolan. Il faut le voir pour le croire !

— Et encore, vous n'avez pas tout vu..., répondit Guardiano qui gardait en mémoire ses échanges avec le médecin légiste.

— Ça vous dérange si je fais un tour ?

— Au contraire, nous sommes là pour ça.

De Rolan passa de pièce en pièce, comme on découvre un bien immobilier dont on projette de se porter acquéreur, sans trop savoir ce que l'on cherche. Tantôt il ouvrait un placard, tantôt il jetait un œil par la fenêtre.

Élisabeth Guardiano l'observait sans piper mot. Elle savait que l'instinct d'un enquêteur chevronné était une ressource inestimable. La vérité pouvait surgir d'un détail.

De Rolan emprunta l'escalier et poursuivit sa visite au premier étage.

La chambre des parents était aussi laide et le mobilier aussi dépareillé que le reste de la maison. Il examina une penderie. Désagréable impression de fouiller dans l'intimité de gens que l'on sait morts. Surtout dans de telles conditions.

Il ouvrit le tiroir d'une commode, puis un autre.

— Eh bien ! Ils ne devaient pas s'ennuyer, s'amusa De Rolan.

Intriguée par ce qui pouvait provoquer une telle remarque, elle s'approcha et découvrit une collection de vibromasseurs et d'ustensiles sado-maso. Il saisit un phallus géant en latex et l'observa, incrédule. Le godemichet ondulait dans sa main comme un serpent en gélatine.

Elle se mit à rougir et tira sur les manches de son blouson.

— Rangez ça.

Il sourit et jeta le sextoy dans le tiroir puis se rendit dans la pièce voisine.

C'était une chambre d'enfant avec des posters recouvrant les murs lambrissés, un pupitre de travail et des coffres à jouets. Le lit était placé contre l'appentis, dos à la fenêtre.

De Rolan demeura quelques instants au milieu de la pièce, pour tenter de s'imprégner des lieux.

Guardiano était restée dans le couloir.

— Vous ne venez pas ?

— J'y suis déjà allée hier.

— Difficile d'imaginer qu'il s'agit d'une chambre d'enfant martyr, avoua-t-il. Si jamais les services sociaux sont passés, ils n'y auront vu que du feu.

Tous deux descendirent jusqu'à la cave. De jour, les soupiraux grillagés laissaient filtrer un peu de lumière dans le sous-sol. Ils durent tout de même s'aider de leur lampe pour éviter de se cogner contre les meubles ou de se prendre les pieds dans le fouillis d'objets.

— C'est ici que se cachait l'enfant, indiqua-t-elle en désignant un recoin derrière une étagère.

À terre se trouvait une couverture de laine que De Rolan ramassa avant de la plier soigneusement en quatre, comme si l'attention qu'il y prêtait pouvait estomper l'horreur.

Lorsqu'il reposa la couverture, des particules dorées virevoltèrent. Il s'accroupit et passa sa main sur le sol.

— Des miettes de pain.

— Les restes d'un casse-croûte. Se pourrait-il qu'il ait passé pas mal de temps dans ce recoin ? s'inquiéta-t-elle.

— J'en ai peur.

Lorsqu'il se redressa, le rayon de sa lampe balaya le mur et révéla une pierre saillante. Les contours se dessinaient davantage, comme si elle était descellée. Il l'agrippa et la tira à lui. Elle dévoila un trou assez profond. De Rolan se pencha et braqua sa torche dans l'orifice. Il y avait quelque chose. Une forme indéfinissable. Il y introduisit avec difficulté sa grande main, mais, du bout des doigts, il parvint quand même à saisir l'objet.

C'était une petite peluche grisâtre et pelée.

— Je crois même que c'est là qu'il vivait.

— Mon Dieu ! Comment peut-on infliger ça à un gamin ?

Une insondable mélancolie dans le regard, De Rolan observait la peluche dans le creux de sa paume. Deux perles de verre et un éternel sourire cousu.

— Je ne sais pas.

Il la fourra dans sa poche en se promettant d'aller la remettre à l'enfant dès qu'il en aurait l'occasion.

En remontant, ils ne purent éviter de repasser par la scène du drame. De Rolan s'y arrêta, toujours aussi incrédule devant un tel témoignage de violence. Avant de franchir la porte, il inspecta un porte-clés mural où trois trousseaux étaient accrochés.

— Le père, la mère et le fils, indiqua Guardiano. On a fait des relevés d'empreintes digitales. Personne d'autre n'est censé avoir la clé de leur maison.

— Elle était verrouillée de l'intérieur lorsqu'on les a découverts, c'est ça ?

— Oui, ce sont mes équipes qui ont forcé la porte d'entrée après l'appel paniqué du facteur.

— Hmm, pas simple, votre affaire. Désolé de ne pas vous avoir été plus utile.

— Ça méritait d'être tenté. Venez, sortons.

En quittant le chalet, Guardiano referma la porte du mieux qu'elle put en attendant que de nouveaux scellés soient posés.

Sur le perron, elle ramassa la lettre recommandée que le facteur était venu remettre :

— Le pauvre. Il paraît qu'il court encore.

— Vous n'avez pas relevé les empreintes sur l'enveloppe ?

— À quoi bon ? Elle est arrivée après le constat de meurtre.

— Vous avez raison. Et qu'est-ce qu'elle raconte, cette lettre ?

Guardiano ôta son gant et la décacheta. Elle la parcourut rapidement avant de la glisser dans la boîte aux lettres.

— Sans intérêt. Une entreprise leur fait des histoires à cause de noms de domaine qu'ils ont déposés sur Internet.

Tous deux traversèrent le petit jardin et regagnèrent la voiture.

De Rolan s'immobilisa devant le véhicule tandis qu'elle déverrouillait les portes.

— L'ordinateur.

— Faites des phrases !

— Ils ont un litige à propos de leur site Internet.

— Et alors ?

— Vous avez vu un ordinateur dans la maison, vous ?

– 14 –

Franck De Rolan ouvrit fiévreusement chaque placard, chaque tiroir, ôta les coussins du canapé, retourna littéralement le rez-de-chaussée.

De son côté, Élisabeth Guardiano fouillait l'étage avec autant d'impétuosité. Elle vidait les armoires, passait la main sur le linge plié et soulevait même les matelas.

Lorsqu'elle le rejoignit dans le salon, elle le trouva à quatre pattes sous une table en bois accolée au mur. Il farfouillait parmi les fils électriques qui sortaient d'une multiprise. Il en saisit un en particulier et le tira jusqu'à son extrémité.

— Regardez, c'est un câble d'alimentation pour un ordinateur portable.

— Bien vu.

Se relevant maladroitement à cause de sa carrure, De Rolan déplaça la table avec son épaule. Le meuble s'écarta du mur d'au moins cinquante centimètres et retomba bruyamment.

— Quelle délicatesse ! plaisanta Guardiano.

— Ça donne à votre affaire une tournure inédite, déclara-t-il en s'époussetant.

— Oui, désormais nous savons que quelqu'un s'intéressait à cet ordinateur.

— Il devait sans doute contenir des documents compromettants. Mais qui impliquent-ils ?

— Ne vous emballez pas : ce sont… enfin, c'étaient des gens modestes. Lui était chômeur depuis plus d'un an, et elle travaillait comme vendeuse dans une boulangerie depuis deux mois. Je doute qu'ils aient été en possession d'informations capables de faire s'effondrer la Bourse ou de révolutionner le pays.

— Il faisait quoi avant de se retrouver au chômage ?

— Il était employé chez un artisan. Un maçon qui l'a licencié.

— Pour quelle raison s'est-il fait virer ?

— Je crois que son patron le soupçonnait de travailler au noir pour des clients.

— Un classique.

— Depuis, il essayait de monter sa propre boîte.

— Toujours comme maçon ?

— Oui, à son compte.

— Ça explique qu'il ait eu besoin d'une camionnette.

— Très juste.

— Comment savez-vous tout ça ? Vous n'êtes là que depuis hier soir.

— Un flic du coin m'a fait un compte rendu après avoir posé quelques questions à droite, à gauche. Je lui avais demandé de se renseigner quant à leurs activités aux dates où les enfants que vous cherchez ont été kidnappés. Je me suis dit que ça vous aiderait.

— Merci beaucoup.

— Ne me remerciez pas, ça n'a rien donné : à cette époque-là, ils étaient au chômage, tous les deux. Impossible de savoir où ils se trouvaient.

— Vous avez vérifié leur emploi du temps, la veille de leur mort ?

— Oui. Elle s'est pointée au travail comme elle le fait chaque jour. Sa patronne n'a rien relevé d'anormal dans son comportement ni dans ses propos. Elle ne semblait pas stressée, ne montrait aucun signe d'inquiétude ou de préoccupation. Après avoir fini sa journée, elle a regagné son domicile.

— Directement ?

— Oui. Quant à lui, il passait son temps à la maison. Il allait parfois boire un coup au bistro, mais ce jour-là personne ne l'y a vu.

— Quelle vie trépidante !

— Je vous avais prévenu.

— Et leur fils ?

— Au collège, matin, cantine et après-midi. Il est rentré par le bus scolaire qui s'arrête un peu plus bas.

Elle acheva sa phrase en désignant de la main un abri en béton que l'on apercevait au loin, sur le bord de la route.

— En revanche, reprit-elle, on ignore tout d'éventuels déplacements le soir ou la nuit précédant le drame. Je ne peux pas garantir qu'ils soient restés chez eux.

— Personne n'est ressorti.

Elle l'observa, amusée plus qu'agacée cette fois de cette tendance à n'exprimer sa pensée que sous forme de langage télégraphique, comme si chaque mot superflu était décompté de sa solde.

— Vous pouvez développer ou je dois me contenter de ça ?

— L'espèce de grange qui leur sert de garage était entourée de neige. Depuis la tempête, personne n'est sorti, sinon leur véhicule aurait laissé des traces.

— Bien joué.

— Merci.

— Aucune des personnes interrogées n'a remarqué le moindre changement dans leurs habitudes. Personne n'a évoqué de crise dans le couple, de dispute, d'intention de divorce. Bref, rien qui laisse présager ce carnage.

— Étrange.

— Je ne vous le fais pas dire. J'ai aussi inspecté leurs portables en supposant qu'un coup de fil avait pu ouvrir les hostilités. Peine perdue : ils n'ont pas reçu un seul appel depuis la veille au soir. Ni l'un, ni l'autre. J'ai quand même requis un relevé complet auprès de leur opérateur téléphonique, on verra ce que ça donne.

— Il y a nécessairement un élément déclencheur.

— Oui, mais pour l'instant je ne le connais pas. Venez, nous avons terminé ici.

Machinalement, De Rolan souleva la table qu'il avait bousculée pour la remettre en place. Mais, au lieu de poursuivre son mouvement, il la reposa et l'observa en fronçant les sourcils.

— Eh bien, qu'y a-t-il ? Ne me dites pas que vous vous êtes fait un tour de reins ? le charria Guardiano.

— Non… Cette table est anormalement lourde.

La policière regarda alors le meuble avec nettement plus d'intérêt. Le plateau et le fond contenaient un espace suffisant pour dissimuler une cachette.

De Rolan chercha un tiroir, une ouverture, un mécanisme, une serrure, mais ne trouva rien. Pourtant, il en était certain, ce double fond abritait quelque chose.

Il s'empara du meuble, le souleva aussi haut qu'il put et en fracassa les pieds contre le sol. Ils volèrent en éclats. De la table, il ne restait plus que le plateau. Il l'agita et un bruit provenant de l'intérieur lui confirma que son intuition était bonne. Il l'agrippa et força pour l'écarteler. Ses ongles blanchirent sous l'effort et, tout à coup, le bois céda. En s'éventrant, la cachette libéra plusieurs grosses liasses de billets de banque qui se répandirent sur le sol.

— Bingo ! s'exclama-t-il.

— La vache !

Franck De Rolan s'assit sur ses talons pour attraper l'une des liasses et dénombra les billets qui défilaient un à un entre ses doigts avec un bruissement de papier.

— Il y en a pour combien ?

— Dix mille euros multipliés par… (il compta du doigt le nombre de liasses) … sept. Soixante-dix mille balles ! Qu'est-ce que vous disiez à propos de leurs revenus modestes ?

— Je suis pourtant formelle. On n'a mené qu'une enquête rapide, c'est vrai, mais leurs rémunérations ne peuvent justifier une telle somme en argent liquide chez eux.

— Je ne m'attendais pas non plus à trouver autant de fric ici.

— Même en multipliant les chantiers au noir, il lui faudrait des années pour amasser un tel butin !

— Ce sont des grosses coupures, consciencieusement disposées, comme à la banque, pour faciliter le comptage. Ça dépasse les petites combines. Ils ont fait des « affaires » avec quelqu'un.

Guardiano fit claquer ses doigts :

— Les enfants que vous recherchez ! Si ça se trouve, cet argent est le prix de leur libération.

— Non. C'est une hypothèse séduisante, mais aucun parent n'a reçu de demande de rançon. D'ailleurs, ce ne sont pas des familles particulièrement riches. Et puis, enlèvement et séquestration d'enfant, c'est vingt ans de réclusion, avec des codétenus qui n'ont pas trop le sens de l'humour quand on s'en prend à des gosses.

Du coup, soixante-dix mille euros, c'est trop peu au regard du risque encouru.

— Un chantage ? Ça expliquerait la disparition de leur ordinateur. Il pouvait contenir des éléments compromettants.

De Rolan se mit à réfléchir, puis, après quelques instants, acquiesça :

— Possible.

– 15 –

Persuader sa hiérarchie de faire revenir la Brigade scientifique au chalet n'avait pas été aisé, mais Élisabeth Guardiano était une femme persévérante. Elle avait exagéré les faits, ajouté des détails, évoqué des circonstances troublantes. Menti.

Si l'Identité judiciaire ne trouvait rien, elle se ferait taper sur les doigts. Elle prenait donc un risque considérable pour suivre l'instinct d'un homme qu'elle ne connaissait pour ainsi dire pas. Pourtant, elle avait décelé en lui une farouche détermination à aller au bout de cette enquête. Ce type voulait remuer la merde, et cette ville en était remplie. Il considérait sa mission comme sacrée. Il y avait des flics comme ça.

Depuis plus de quarante-cinq minutes, les équipes de policiers passaient le sous-sol au crible. Ils avaient du mal à y circuler avec leur matériel tant la pièce était encombrée.

À l'extérieur, un second groupe était à l'œuvre. Ils avaient commencé par soupirer avant d'exprimer plus bruyamment leur mécontentement. Car, au préalable, il leur avait fallu se débarrasser, à l'aide de pelles de déblaiement, des soixante-dix centimètres de neige qui recouvraient le petit jardin.

Une fois le terrain dégagé, les policiers avaient sorti un étrange engin qu'ils descendirent précautionneusement du haillon. Il s'agissait d'un radar à pénétration de sol, conçu pour détecter la présence éventuelle d'un corps. Ses ondes étaient capables de discerner des formes et de distinguer les matières à plusieurs mètres de profondeur.

Scrupuleusement, un policier quadrilla le jardin avec l'appareil, tandis qu'un collègue surveillait le résultat sur son écran de contrôle. L'outil ressemblait à s'y méprendre à une tondeuse à gazon, ce qui, en plein hiver, donnait à la scène un côté loufoque.

Pendant ce temps, De Rolan et Guardiano patientaient dans le salon. L'attente était intenable. Dès qu'un scientifique faisait irruption dans la maison, les deux enquêteurs s'imaginaient que c'était pour leur annoncer une découverte. Ils n'avaient ôté ni blouson ni gants, car avec ce va-et-vient la porte d'entrée demeurait constamment ouverte, laissant s'engouffrer le froid.

Les opérations de recherche se déroulaient plus longuement qu'ils l'avaient escompté, et ils finirent par s'installer dans le sofa.

— Un canapé en cuir tout neuf, maugréa De Rolan, et une télé dernier cri… C'est ce que les gens modestes achètent le plus souvent lorsqu'ils gagnent subitement une importante somme d'argent. Bon sang, ça aurait dû nous titiller !

— On ne peut pas penser à tout. Il faut surtout établir l'origine des fonds et la raison pour laquelle ils leur ont été versés.

Un policier vint les trouver dans le salon :

— On a terminé.

Les deux enquêteurs se levèrent comme un seul homme.

— Commençons par le jardin, c'est le plus simple. Rien du tout. Aucun corps n'a été enfoui ici.

Guardiano et De Rolan échangèrent un regard. Ni l'un ni l'autre n'auraient pu dire s'il s'agissait ou non d'une bonne nouvelle.

— En ce qui concerne la cave, on y a effectué pas mal de prélèvements. Vous recevrez les résultats dans quelques jours. Sauf si vous avez besoin d'expertises d'ADN au labo. Si c'est le cas, vous devrez en faire la demande et, forcément, il faudra beaucoup plus de temps.

— En attendant, vous pouvez m'en dire plus ? s'enquit Guardiano.

— Vos soupçons étaient fondés. Des restes de nourriture jonchaient bien le sol. Pas uniquement des miettes. On a retrouvé une coquillette, un bout de poisson pané…

— D'accord, l'interrompit-elle, mais sinon, rien de plus incriminant ?

— On a trouvé des traces de sang…

De Rolan fit la grimace.

— … mais rien de sérieux. Une petite blessure ou une coupure. Personne n'a été tué dans cette cave.

— Vous êtes sûr ?

— Catégorique. Le sol n'a pas été lavé depuis des mois. On voit distinctement qu'il n'y a que quelques gouttes de sang. Ce n'est pas récent. Il y a beaucoup d'outils dans ce sous-sol, quelqu'un s'est peut-être blessé en bricolant.

— Ou en tabassant son gamin, ajouta De Rolan d'un ton tranchant.

Le policier ne sut pas comment répondre à cette remarque. Mal à l'aise, il préféra enchaîner avec des éléments concrets :

— Si j'ai bien compris, vous soupçonnez ce couple d'avoir séquestré des enfants, c'est ça ?

Tous deux acquiescèrent d'un signe de tête.

— On n'a retrouvé aucune entrave ici, poursuivit-il. Pas de crochet dans le mur, pas de chaîne, rien de tout ça. Pas non plus de traces de lutte. Par ailleurs, la porte de la cave n'est pas très solide. Elle n'aurait pas résisté à quelques coups d'épaule, même à ceux d'un enfant. Si le gamin y était cloîtré, c'est juste que ses parents le lui avaient ordonné et qu'il craignait de leur désobéir. Et aussi qu'il n'avait nulle part où se réfugier. Mais un enfant kidnappé ne serait pas resté là-dedans plus d'un quart d'heure sans chercher un moyen de s'échapper.

— Qu'ont-ils bien pu faire d'eux ? grogna De Rolan.

— Ils ont peut-être une résidence secondaire ? tenta le policier.

— Non, on a vérifié, intervint Guardiano. On a vite fait le tour de leurs actifs.

— Bon… Et vous êtes vraiment sûrs qu'ils ont enlevé des gamins ? relança le technicien.

— Je l'étais.

— Franchement, capitaine, si vous deviez kidnapper des enfants, vous les enfermeriez dans une simple cave ? Bien que la maison soit plutôt isolée, n'importe qui est susceptible d'entendre crier depuis la route. Ce serait sacrément risqué.

Le soupir que De Rolan poussa s'apparentait à une capitulation.

— Je vous le répète : aucun gosse n'a été séquestré et encore moins tué ici, capitaine.

En guise de conclusion, il leur adressa un signe de tête et quitta les lieux.

— Putain ! explosa Guardiano.

— Je suis désolé.

Comme elle ne répondait pas, il se sentit obligé d'ajouter :

— Vous avez eu tort de me faire confiance. Je vous ai mise dans la merde. Il faut croire que mes convictions ne reposaient sur rien d'assez solide. Je vous demande pardon.

Elle se planta devant lui, les mains sur les hanches :

— Je sais que c'est vous qui avez raison.

— Ah bon ?

— C'est ça qui est insupportable ! Je vais me faire passer un savon par mes supérieurs, alors que je suis convaincue, comme vous, que ces gens ne sont pas nets.

— Hélas, sans preuve, nous sommes à poil.

— Qu'est-ce qu'il en dit, votre chef ?

— Mon chef ? Eh bien… jusque-là, j'ai carte blanche.

— Vous avez du bol.

— Je vous rappelle que c'est la seule piste dont mon service dispose pour retrouver les enfants. Si on attend les bras croisés, on sait que, tôt ou tard, on déplorera une nouvelle disparition. Pas étonnant qu'il me laisse le champ libre.

— Moi, ma hiérarchie ne va pas comprendre tout ce remue-ménage, toutes ces dépenses. On va probablement m'appeler pour me dire de rentrer et d'arrêter les frais.

À cet instant, le téléphone de Guardiano se mit à vibrer.

Elle le sortit de sa poche et décrocha :

— Allô ?… Elle-même… Quoi ?… Merde ! Où ça ?… Ne vous inquiétez pas, je trouverai… Oui, j'arrive tout de suite !

Elle se tourna vers lui.

— Un autre mort.

– 16 –

La scierie se trouvait à trois kilomètres de la ville, en remontant vers les cols. Pour s'y rendre, il avait d'abord fallu suivre la route principale avant de bifurquer sur un chemin étroit et cahoteux qui conduisait jusqu'à une enfilade de bâtiments dont on aurait pu croire, à tort, qu'ils étaient à l'abandon.

Un véhicule de police était stationné à côté d'un pick-up en mauvais état et d'un rutilant coupé Mercedes.

Élisabeth Guardiano rangea sa voiture en épi, à proximité des autres. À peine fut-elle sortie qu'un policier en uniforme l'interpella :

— Commandant, suivez-moi, c'est par ici. Ah ! bonjour, capitaine De Rolan, pardon, je ne vous avais pas vu.

— Je suis tellement petit…, marmonna-t-il.

— Je crois que je vous ai fait déplacer pour rien, poursuivit le policier. De toute évidence, c'est une mort accidentelle, mais puisque vous êtes en ville, j'ai tout de même préféré vous prévenir…

— Vous avez bien fait.

— D'habitude, il ne se passe pas grand-chose dans le coin. C'est même très calme. Quelques poivrots, des accidents de la circulation… Alors, trois morts en deux jours, ça fait beaucoup.

Le policier leur fit traverser une cour entourée de plusieurs baraques de bois et, tout au fond, un imposant hangar.

Un homme d'une soixantaine d'années vint vers eux et les salua d'un air grave.

— C'est vous qui avez découvert le corps ? lui demanda Guardiano.

— Oui, j'ai aussitôt prévenu la police.

— Pouvez-vous m'expliquer la raison de votre présence ici ?

— Je suis client de la menuiserie. J'ai fait fabriquer une série de planches en urgence, et je suis venu voir si elles étaient prêtes.

— Des planches ? Vous faites des travaux en plein hiver, vous ? questionna De Rolan, suspicieux.

— Eh bien, oui, ma remise s'est affaissée à cause des chutes de neige. J'ai commandé de quoi la réparer avant que tout ce qui s'y trouve se mette à pourrir. J'ai téléphoné pour savoir si je pouvais venir chercher mes planches. Ça sonnait, ça sonnait, ça sonnait. Pas de réponse. Je lui ai laissé plusieurs messages, mais il ne m'a pas rappelé. Alors, je suis venu directement.

— Et vous l'avez trouvé mort ?

— Voilà.

— Comment saviez-vous qu'il était mort ?

— Comment je… Oh, bah vous allez voir, y a pas de doute possible.

Comme le petit groupe se mettait en marche vers la scierie, l'homme s'adressa à eux timidement :

— Excusez-moi… Dites, ça vous dérange si je rentre chez moi ? Je ne me sens pas très bien après ce que j'ai vu. Et je n'ai pas tellement envie de revoir ça.

— Vous souhaitez être conduit à l'hôpital ?

— Non, ce n'est pas à ce point-là. Mais j'ai besoin de me changer les idées, vous comprenez ?

— Nous avons vos coordonnées ?

— Oui, naturellement. J'ai présenté mes papiers à votre collègue.

Guardiano jeta un coup d'œil au policier en uniforme qui, d'un signe de tête, lui confirma que l'homme était digne de confiance.

— OK, mais à condition que vous ne quittiez pas la ville, ordonna Guardiano. On aura des questions à vous poser.

— Entendu.

Sans le regarder s'éloigner, les enquêteurs s'approchèrent d'une double porte en bois dont l'un des battants était entrouvert.

Le policier en uniforme entra le premier. Son visage devint soudain livide, bien qu'il tentât de sauver les apparences en adoptant ce qu'il aurait voulu être du flegme :

— Je n'ai touché à rien.

Guardiano et De Rolan pénétrèrent dans une grande salle ouverte sur l'extérieur, remplie de troncs d'arbres, de treuils et d'engins élévateurs suspendus dont les chaînes pendaient en se balançant doucement dans un cliquetis métallique. Au centre, un gigantesque billot et une scie circulaire de près d'un mètre de diamètre.

De part et d'autre de la lame, un homme littéralement coupé en deux.

— Putain de merde, lâcha De Rolan.

La victime était étendue sur le ventre. La lame était entrée par l'épaule gauche, le sciant jusqu'à la cuisse. La jambe avait été complètement sectionnée et avait roulé sur le sol.

Sur le billot et par terre, il y avait une formidable giclée de sang. Cette vomissure rouge, éclatante, avait quelque chose d'obscène.

Quelques instants leur furent nécessaires pour s'extraire de l'hypnose de cette vision d'épouvante.

Afin de ne pas souiller la scène, ils observèrent une certaine distance avec la victime et firent simplement le tour de la pièce en longeant les murs. Guardiano sortit son téléphone et prit des clichés sous tous les angles. De Rolan, lui, semblait préférer inspecter l'ensemble afin de détecter toute anomalie.

— Il n'est pas mort depuis longtemps, annonça-t-il.

Le lieu exhalait un étrange parfum, mélange de sève, de bois coupé et d'odeur piquante de sang.

— Un accident. C'est l'option la plus probable, déclara froidement Guardiano.

— Mais pas la plus plausible. (Il tenait l'interrupteur à la main.) Regardez, ce boîtier bleu, c'est la télécommande de la scie, elle contient un bouton de sécurité. Si on le lâche, la lame s'immobilise immédiatement.

— Vous vous y connaissez en scierie ?

— Non, mais il m'arrive de bricoler. C'est un principe de sécurité très courant.

— Ça ne l'a pas empêché de se blesser, dit-elle en indiquant la main gauche de la victime.

Il y manquait l'auriculaire et la dernière phalange du majeur. Ses doigts indemnes portaient la trace d'une vilaine cicatrice.

— C'est une vieille blessure. Ça n'a rien à voir. Tous les menuisiers ont un doigt en moins. Avec ce type de scie rotative, impossible d'être coupé en deux de la sorte.

— Il y a peut-être eu une défaillance du système de sécurité ?

— Il faudra vérifier. Mais je n'y crois pas une seconde.

— Bon, alors option numéro deux : le suicide. S'il fallait tenir le bouton jusqu'au bout, c'est qu'il était consentant.

— La bière.

— Faites des phrases !

— Lorsque quelqu'un souhaite se donner la mort, vous croyez qu'il s'ouvre une bière ?

— Il a peut-être éprouvé le besoin de se donner du courage.

— Avec une bière ?

— Pourquoi pas ?

— Il ne l'a même pas terminée. Et là, qu'est-ce que c'est ? demanda-t-il en désignant une assiette.

— On dirait un plat de haricots rouges, non ?

— Vous pensez qu'il s'est fait un chili avant de se dire : « Tiens, je me couperais bien en deux cet aprèm' ! »

— Personne ne peut s'infliger une mort aussi cruelle.

— Votre troisième option, c'est le meurtre, n'est-ce pas ?

— Bien sûr. Sauf que la sciure est répandue uniformément sur le sol. Si quelqu'un avait pénétré ici, nous le verrions. Surtout que, pour pousser un gaillard comme ça sur une scie, il faut une sacrée force.

— Le précipiter sur sa lame d'une main tout en maintenant le bouton de sécurité de l'autre, ce n'est pas le scénario le plus plausible, il faut l'avouer. Et puis, vous avez raison, il y aurait immanquablement des traces de lutte.

— Et de sang ! renchérit Guardiano. Si quelqu'un s'était tenu à côté de la victime au moment où elle se faisait découper, il aurait été maculé de sang et ça aurait goutté partout.

— Alors ? intervint l'agent de police, qu'est-ce que vous en concluez ?

Les deux enquêteurs se tournèrent vers lui avec la même mine déconfite.

Plutôt que de lui répondre, ils préférèrent refaire un tour de la pièce, en quête du moindre indice, de la moindre trace d'un éventuel assassin. Au moment où ils étaient sur le point d'abandonner, Guardiano fut parcourue d'un frisson :

— Oh ! s'exclama-t-elle en pointant du doigt un tronc d'arbre couché.

De Rolan plissa les yeux. Il ne vit d'abord rien, puis soudain :

— Putain !

– 17 –

L'homme avait claqué la portière de son coupé Mercedes et mis le contact. Les 435 chevaux du 8 cylindres rugissaient sous le capot. Il enclencha la marche arrière et amorça son demi-tour pour rejoindre la route lorsqu'il aperçut dans le rétroviseur les policiers, au loin, courir vers lui en faisant de grands signes.

Il coupa le moteur et sortit à leur rencontre :

— Je peux vous aider ?

— Monsieur, vous êtes le seul témoin du drame, déclara Élisabeth Guardiano, essoufflée par la course. Avant de vous laisser rentrer chez vous, nous avons besoin de vous poser quelques questions supplémentaires.

— Entendu. Je vous écoute.

— Je vous prie de faire un effort de concentration. Est-ce que vous avez croisé quelqu'un en vous rendant ici ?

— Vous voulez dire, sur le chemin qui conduit jusqu'à la scierie ?

— Exactement.

— Non, répondit l'homme.

— Vous êtes sûr ?

— Absolument. Du reste, en arrivant, ma voiture patinait un peu dans la neige et je me suis fait la remarque que je devais être le premier à venir ici depuis la tempête, car il n'y avait pas d'autres traces.

— Le menuisier, est-ce qu'il était seul ?

— Oui, il n'y avait que lui. Ce n'est pas étonnant, il est célibataire, sans enfants.

— Il n'a pas d'employés ?

— Si, l'été il embauche des ouvriers en CDD, et parfois des stagiaires parce qu'il y a beaucoup plus de travail. C'est à la fois une scierie et une menuiserie, vous savez. Alors, il fait appel à plusieurs corps de métier. Mais en ce moment, il y a moins d'activité, forcément. C'est pas la saison.

Tandis que Guardiano posait ses questions, De Rolan jetait de discrets coups d'œil à cet homme : ses chaussures cirées ne comportaient aucune trace de sang ni de sciure, ses mains manucurées étaient exemptes de griffures et de marques de lutte, ses vêtements n'étaient ni froissés ni tachés. Il était impossible qu'il fût impliqué dans la mort du menuisier.

— En venant, n'avez-vous rien remarqué d'anormal ?

— Comme quoi ?

— Je ne sais pas moi, un bruit, un véhicule.

L'homme prit quelques instants pour réfléchir. Puis :

— Non, vraiment, désolé. Je n'ai rien noté de particulier. Pourquoi ? Ce n'est pas un accident, selon vous ?

Guardiano voulait éviter que la rumeur d'un homicide se répande en ville, au risque de créer un vent de panique. D'ailleurs quel homicide ? Personne ne comprenait les circonstances de la mort du menuisier.

— C'est un accident. Mais nous devons tout de même mener une enquête. La routine.

L'homme opina sans avoir l'air totalement convaincu.

— Vous connaissez bien les lieux ?

— Ici ? Oui et non. Je dois venir une ou deux fois par an, pas plus. Je suis mal placé pour vous renseigner.

— Quelles étaient vos relations avec la victime ?

— Mes relations ? répéta-t-il d'un air étonné. C'est un bien grand mot. Je ne le connaissais pour ainsi dire pas.

— Vous ne savez pas s'il était dépressif ?

— Non.

Guardiano hésita. Devait-elle sortir la deuxième statuette en bois qu'elle venait tout juste de découvrir auprès du cadavre du menuisier ? Elle mit sa main dans sa poche : à travers le sachet en plastique, elle sentait le relief de la figurine au bout de ses doigts ; les cornes, la queue fourchue.

À quoi bon ? Et puis, elle ne savait même pas précisément ce qu'elle pouvait lui demander…

— Bien. Je vous remercie. Si nous avons d'autres questions, nous vous contacterons. J'aime autant vous prévenir, vous devrez faire une déposition au poste. Un agent vous donnera rendez-vous.

— Pas de problème.

— Commandant, puisque c'est un accident, je peux aussi y aller, moi ? sollicita l'agent de police.

— Vous avez appelé une ambulance pour rapatrier le corps ?

— Bien sûr. Elle sera là d'ici une petite heure, environ.

— Pas avant ?

— Nous sommes obligés d'en faire venir une de la vallée, vu l'état de la victime.

— Je comprends. Alors, vous pouvez partir. Nous restons là. Nous en profiterons pour faire le tour des lieux.

Le policier les salua et rejoignit son véhicule.

— Vous êtes sûre que c'était une bonne idée de le congédier ?

— Lui ? fit-elle d'un ton assez méprisant en regardant l'agent de police manœuvrer pour repartir. Il était sur le point de tomber dans les pommes. Vous avez vu la tête qu'il faisait devant le corps ?

— Il y a de quoi.

— Je n'ai aucune confiance dans les autorités de cette ville. Je préfère qu'on règle ça vous et moi, conclut-elle alors que les deux véhicules disparaissaient derrière les épicéas.

— Qu'est-ce qui ne vous plaît pas ?

— Rien de spécial, c'est juste que je n'ai pas le *feeling*.

— Vous marchez beaucoup à l'instinct.

— Jusqu'ici, ça m'a plutôt réussi. Je n'ai jamais résolu une affaire sans me fier à mes sentiments.

— Montrez-moi la statuette.

Guardiano lui tendit le sachet en plastique contenant la figurine.

— On est d'accord que c'est la même ? avança De Rolan.

— En tout cas, la ressemblance est frappante.

— Vous y comprenez quelque chose, vous ?

De Rolan et Guardiano échangèrent un long regard empli de désarroi. Ils partageaient ce sentiment extrêmement frustrant que, quelle que fût la cause de la mort, elle ne pouvait s'expliquer que par une intervention extérieure. D'une manière ou d'une autre, il y avait un coupable. Et cette statuette en était la macabre signature.

Soudain, De Rolan s'exclama :

— Là !

Quelqu'un venait de sauter d'une fenêtre. Un individu à la silhouette svelte, d'allure sportive, dont la tête était dissimulée sous une capuche, filait vers les bois.

Il s'élança aussitôt à sa poursuite en hurlant à Guardiano :

— Faites le tour ! Faites le tour ! Il faut le coincer !

La silhouette avait une bonne quarantaine de mètres d'avance et courait vite.

De Rolan traça en ligne droite, sauta un petit parapet et atterrit dans la neige. L'homme grimpait une côte de plus en plus sévère à une vitesse déconcertante. De Rolan traquait sa proie avec acharnement, sans la quitter des yeux. La silhouette disparut derrière un épais massif d'arbustes. De Rolan choisit de prendre par la gauche, vers l'aval. Cela semblait plus logique quand on cherchait à s'enfuir. Le fugitif avait pris à droite, vers l'amont. De Rolan jura.

De son côté, Guardiano avait fait le tour du bâtiment pour rien. Témoin inutile, elle vit les deux hommes s'éloigner avant de les perdre de vue.

De Rolan commençait à peiner. La montée était de plus en plus ardue et le souffle lui manquait. Ses pieds s'enfonçaient dans la neige, ralentissant ses pas. Ses muscles, eux, lui brûlaient. Pourtant, mû par la hargne d'en découdre, il ne voulait rien lâcher. Il poursuivit sa chasse, chaque foulée étant plus lourde que la précédente.

Par endroits, la pente était si sévère que De Rolan avait l'impression d'être à quatre pattes.

L'homme bénéficiait désormais d'une avance considérable. Il avait atteint une partie rocheuse abritée de la neige par les frondaisons des hauts sapins. Il bondissait de rocher en rocher avec une agilité surprenante.

De Rolan ne parvenait pas à suivre le rythme imposé par le fugitif. Il trébucha sur une pierre glissante. Se releva immédiatement. Mais chaque seconde perdue creusait l'écart.

Il se faisait distancer. À bout de forces, il cessa de courir et se contenta de marcher.

Pourtant, au loin, il trouva un salut inespéré : à une centaine de mètres se dressait une falaise de roche brune, véritable paroi naturelle empêchant toute fuite.

Vraisemblablement déconcerté, le fuyard se tenait au pied de cet obstacle. Il s'agita de droite à gauche, comme un lion en cage.

De Rolan savoura ce moment qui précédait la victoire.

Avec une assurance retrouvée, il se dirigea vers sa cible.

— Toi, tu vas dérouiller !

Tout à coup, la silhouette s'élança vers les rochers et en amorça l'escalade.

— C'est une blague, gronda De Rolan, incrédule.

Il reprit sa course tandis que le fugitif gravissait la paroi rocheuse avec l'aisance d'une araignée.

Au pied du rempart, De Rolan se rendit à l'évidence : l'ascension était impossible pour le novice qu'il était. La pierre hostile et glissante ne lui laissait aucune chance.

Il recula de quelques pas, tira son arme de l'étui et fit une sommation en haletant :

— Gendarmerie nationale, descends tout de suite !

L'homme grimpait de plus belle. Son corps gracile et souple se déhanchait élégamment tandis qu'il approchait du sommet.

De Rolan pointa son Sig Sauer et visa.

— Descends ou je tire.

À cette distance, avec son cœur qui devait battre à 170, il n'avait pas la moindre chance de toucher sa cible. L'extrémité du canon tanguait comme le mât d'un bateau par gros temps.

Impuissant, il observait sa proie lui échapper.

Alors qu'il était presque parvenu en haut de la paroi rocheuse, le fuyard fit une pause. Il ne trouvait pas de prise pour poursuivre son ascension. Il fit une délicate volte-face sur une partie plus plane. Dans sa manœuvre, son pied glissa et il manqua tomber dans le vide. Des pierres se détachèrent de la paroi qu'elles frappèrent en rebondissant avant de se taire dans la neige fraîche.

Intérieurement, De Rolan appelait la chute. Mais l'homme retrouva des appuis sûrs.

Manifestement handicapé par son petit sac à dos, le fuyard ne savait par où passer. Il se réfugia alors sur un rocher saillant lui permettant de se tenir debout. Il ôta son sac et en tira un objet noir et plat qu'il lança au loin de toutes ses forces. L'objet sembla d'abord planer avant de disparaître derrière un rideau de sapins où il tomba sans bruit.

Ainsi délesté, il reprit son ascension avec plus de vélocité que jamais. En quelques secondes, il avait atteint le sommet et se volatilisa.

La muraille s'étendait de chaque côté, sur plusieurs centaines de mètres. Le temps de la contourner, le fuyard serait loin.

De Rolan rengaina son pistolet. Les mains sur les cuisses, il soufflait comme un bœuf. Il cracha dans la neige et jura encore.

Dans sa chute, l'objet s'était certainement enfoncé dans l'épaisse couche neigeuse et, à moins de retourner tout le secteur, on ne le retrouverait qu'au printemps.

Pourtant, De Rolan partit en direction de l'endroit où l'objet avait dû tomber, scrutant la neige à chaque pas, à la recherche d'une trouée. Partout, elle était lisse et immaculée.

Il traversa un petit vallon enneigé du haut duquel il avait une vue dégagée. Rien.

De Rolan regarda le ciel, puis sa montre et jura de nouveau. D'ici peu, le jour aurait disparu.

S'il poursuivait ainsi, il courait le risque de passer la nuit dehors. Personne ne savait précisément où il se trouvait. Pas même lui.

Il fallait rentrer. C'était le plus sage. Il reviendrait le lendemain, avec des renforts. Pourtant, au lieu de faire demi-tour, il se remit en marche, inspectant l'étendue blanche.

La neige était particulièrement épaisse. Et le sol accidenté lui donnait de mauvais appuis. Il faisait des zigzags afin de ne manquer aucune parcelle. La progression était laborieuse, exténuante, mais il resta concentré.

La neige n'était plus aussi lumineuse, les contours étaient moins nets. Les formes et les couleurs commençaient à se confondre. La température venait encore de chuter.

Nouveau coup d'œil à sa montre.

Son pantalon était trempé jusqu'à mi-cuisse et ses pieds étaient gelés. Par moments, il était saisi de tremblements qui parcouraient tout son corps. Le cuir de son blouson avait durci comme du carton.

Il arracha une branche morte et s'en fit une canne pour soulager ses efforts.

Saisi par le froid qui commençait à engourdir chacun de ses muscles, il s'immobilisa un instant et réalisa qu'il s'était mis en danger.

Cette fois, la nuit tombait pour de bon. La neige tendait vers le bleu foncé et les arbres semblaient dessinés au fusain. Chaque nouvelle rafale de vent le poignardait plus profondément que la précédente.

Ses mâchoires claquaient bruyamment l'une contre l'autre. Il continuait d'avancer à une allure incertaine, sans trop savoir où se diriger, lorsqu'il entendit le ruissellement de l'eau vive. En contrebas coulait effectivement un ru bordé de rochers. Et là, au milieu du ruisseau, il distingua une forme rectangulaire.

Il se laissa glisser sur les fesses et atterrit les pieds dans l'eau glaciale.

C'était un ordinateur portable. Dans la chute, il s'était fracassé contre les rochers et avait rebondi pour terminer sa course dans l'eau. De Rolan l'ouvrit avec peine et des touches du clavier se détachèrent. L'écran était brisé et de l'eau s'en échappait.

Saisissant la carcasse de l'appareil, il l'écartela, révélant un dédale de circuits imprimés. Là, il préleva très soigneusement le disque dur et le fourra dans sa poche.

– 18 –

Élisabeth Guardiano avait fait quelques pas dans la neige et le puissant rayon de sa torche balayait la lisière des arbres désormais plongée dans l'obscurité.

Elle éprouvait quelque appréhension à se retrouver seule, dans un lieu inconnu, par cette nuit noire comme l'abysse, alors qu'un cadavre coupé en deux gisait à quelques mètres. Et, surtout, elle s'inquiétait pour son partenaire qui n'avait pas reparu depuis un laps de temps anormalement long.

Elle cala sa lampe entre ses cuisses, ôta son gant qu'elle fourra dans sa bouche, sortit son téléphone portable et composa le numéro de De Rolan. Elle tomba directement sur la messagerie.

Elle hésitait entre renouveler ses appels et agiter sa torche pour l'aider à se diriger à travers la forêt, lorsqu'elle aperçut un halo entre les arbres, suivi de bruits de pas dans la neige.

— Ah, vous voilà ! s'exclama Guardiano. Bon sang, vous êtes tout pâle !

— Il faut que je trouve un moyen de me faire muter dans les Caraïbes.

— Je suis soulagée. Cinq minutes de plus et je prévenais les secours.

— Vous vous faisiez du mouron pour moi ?

— C'est normal, non ? Vous avez vu combien de temps vous êtes parti ? Avec la tombée de la nuit, j'ai commencé à me faire du mauvais sang.

— Méfiez-vous, vous êtes en train de vous attacher à moi.

— Vous ne vous arrêtez donc jamais ? s'agaça-t-elle en tirant sur les manches de son anorak.

— Hélas, si. Je m'arrête au pied d'une paroi rocheuse infranchissable que notre homme a escaladée aussi aisément qu'un bouquetin. Vous voyez, contre toute attente, j'ai mes limites.

— Vous pourriez l'identifier ?

— Non. Il avait une belle longueur d'avance. Avec sa capuche, je n'ai même pas pu voir la couleur de ses cheveux.

— Un indice ? Quelque chose ?

— Rien du tout. Désolé, rétorqua-t-il en espérant qu'elle ne remarque pas la proéminence dans son blouson, causée par le disque dur. Et vous ?

— J'ai suivi les traces en sens inverse, pour savoir d'où l'intrus venait avant de pénétrer dans la maison. Malheureusement, elles mènent à un sentier où elles se perdent dans d'autres traces. Impossible de remonter plus loin.

— Encore une fois, on n'a rien.

— Qui vous a dit que je n'avais rien ?

Dans la lumière vagabonde de leurs lampes, ses yeux brillaient de malice :

— Suivez-moi.

Elle le guida jusque vers la fenêtre d'où l'individu s'était enfui.

— Ici, dit-elle en éclairant une série de traces de pas dans la neige.

— Eh bien ?

— C'est celui que vous poursuiviez.
— Oui, je m'en doute. Et alors ?
— Vous ne remarquez rien ?
— Non.
— Mettez votre pied à côté.

De Rolan obtempéra et laissa son empreinte de pas. Elle était sensiblement plus grande.

— Vous voyez la différence ? demanda Guardiano.
— Petite pointure. C'était une femme !
— Peut-être pas.
— Que voulez-vous dire ?

Sans répondre, elle laissa à son tour une trace de pas.

— Moi, je chausse du 38.

Son empreinte était également plus grande que celle de l'inconnu.

— Un gamin ?

– 19 –

La lueur des gyrophares se reflétait dans la neige et sur la façade des bâtiments. L'ambulance avait été garée au plus près du cadavre afin de rendre son transport le moins pénible possible. Un bouquet de lampes torches s'animaient de toutes parts pour tenter de vaincre l'obscurité tandis que les pompiers soulevaient la dépouille pour la placer dans un sac mortuaire. Après avoir ramassé le bout de jambe sectionnée, ils fermèrent le sac et le déposèrent sur un brancard à roulettes.

— Attendez un instant, leur ordonna Élisabeth Guardiano.

Elle s'approcha du sac et ouvrit la fermeture Éclair d'un coup sec. Elle braqua sa Maglite sur le corps du menuisier qui reposait désormais sur le dos. Son visage exsangue avait la pâleur de l'ivoire. Mais le plus frappant était ce masque empli de haine dont il était recouvert. De sa bouche grande ouverte, il semblait vouloir encore hurler sa rage.

Elle fit descendre le rayon lumineux : au niveau de la braguette, il y avait une auréole que le froid avait surlignée de blanc.

— Merci. Vous pouvez l'emmener, conclut-elle en fermant le sac.

Les pompiers échangèrent un regard dubitatif avant de faire rouler le sinistre chariot.

— C'est pareil, n'est-ce pas ? s'enquit De Rolan.

— Oui. Tout est identique. Il s'est jeté sur sa scie, et ça lui a tellement plu qu'il a joui.

— Comme le couple ?

— C'est dingue, non ? Et encore, je vous épargne les détails !

— Vous ne faites pas venir l'Identité judiciaire ?

— Sous quel prétexte ? Ils vont dire qu'il s'est suicidé ou que c'est un accident. Et que pourrons-nous objecter ?

— Pas grand-chose, en effet.

— Et puis, je ne vous cache pas que si je les mobilise une deuxième fois pour rien, mes supérieurs vont me tomber dessus. Non, il faut qu'on progresse dans notre enquête avant d'engager des moyens extérieurs. Puisqu'il s'agit d'une mort violente, il y aura une autopsie. Je m'en contenterai. Mais je n'en attends pas de miracle. C'est à nous de faire la lumière sur le mystère des gens qui se donnent la mort… involontairement ! Ou, si vous préférez, que quelqu'un assassine sans être sur les lieux. Avouez qu'il y a de quoi s'arracher les cheveux.

— Nous.

— Hein ?

— Vous avez dit « nous devons élucider ». Je vous rappelle que c'est votre enquête à « vous ».

— Arrêtez de jouer à ce jeu-là avec moi. Vous êtes trop intelligent pour ignorer que nos deux affaires sont liées. De quelle façon ? Je n'en ai aucune idée. Mais cessez de faire comme si vous étiez sur la touche.

— Je suis heureux de vous l'entendre dire.

— Maintenant qu'on a fait cette mise au point, j'irais bien faire un tour dans la baraque de ce pauvre type. Qu'en dites-vous ?

— Je ne sais pas refuser une proposition romantique venant d'une jolie femme.

Élisabeth Guardiano esquissa un sourire.

— Vous n'en loupez pas une ! J'ai compris. Il faut que je m'y habitue.

Le premier bâtiment était rempli de planches de différents gabarits, et de gros outillage. Ils y pénétrèrent, mais, après quelques pas, comprirent qu'ils n'en tireraient rien. Si quoi que ce soit avait été dissimulé dans ces lieux, il leur faudrait des semaines pour espérer le trouver.

Le second bâtiment était plus petit et paraissait moins rudimentaire. C'était un atelier qui abritait des ébauches de meubles : un empilement de tables grimpant jusqu'au plafond, des chaises attendant leur garniture, plusieurs armoires et, sur un établi, des tiroirs orphelins posés les uns sur les autres.

— Regardez-moi ça, interpella Guardiano en désignant une table non encore vernie.

— Elle ressemble à s'y méprendre à celle que nous avons trouvée dans le chalet du couple.

— C'est sa jumelle.

De Rolan se pencha pour l'examiner de près et caressa le bois brut :

— Sauf que celle-ci ne comporte aucun compartiment secret.

— Ils connaissaient probablement le menuisier.

— Dans la ville, je doute qu'il y ait plusieurs menuisiers. Donc, il a dû fournir des tables à pas mal de gens.

— Avec un double fond? Vous imaginez la confiance qu'ils devaient avoir en ce type, qui du coup savait où ils cachaient leur argent?

— Mouais, je ne suis pas convaincu. Cette table n'était peut-être pas un modèle unique. Il se peut qu'il l'ait conçue pour se prémunir des cambrioleurs et qu'il la propose à la vente à tout le monde.

— Et la statuette? Vous ne trouvez pas que ça leur fait un sacré point commun? Ils sont tous morts en présence d'une figurine du diable. Ce n'est quand même pas courant!

— Vous pensez que c'est lui qui l'a fabriquée?

Elle réfléchit un instant puis déclara :

— Non, je ne crois pas.

— Pourquoi pas? Un menuisier qui sculpte des figurines en bois, j'ai connu plus inepte. Il avait tout le matériel requis, conclut-il en passant la main sur un râtelier d'outils.

— Qu'il ait l'habileté et l'outillage pour la sculpter, ça ne fait aucun doute. Pourtant, ce n'est pas lui.

De Rolan se baissa pour ramasser une poignée de copeaux de bois qui jonchaient le sol :

— C'est du pin. Le même bois que la figurine.

— Ici, tout est en pin. Ça ne prouve rien. Je vous répète que je ne pense pas qu'il en soit l'auteur.

— Je ne suis pas aussi catégorique que vous…

Elle se planta devant lui et le fixa. Son regard était plus malicieux que jamais :

— Vous le faites exprès?

— De quoi parlez-vous?

— Ce n'est pas la première fois que je constate ça, chez vous. Vous défendez des thèses dont vous savez pertinemment qu'elles sont fausses. Pourtant, vous argumentez, vous insistez, en faisant semblant d'y croire. Pourquoi faites-vous ça? Pour me tester?

— Je n'ai pas besoin de vous tester. Je sais très bien à qui j'ai affaire.

— Ah oui ? Et alors, quel est le verdict du capitaine De Rolan ?

— Vous êtes une femme brillante. Et vous le savez. Mais vous êtes aussi butée, parfois. Et moi j'aime explorer toutes les possibilités avant de privilégier une hypothèse. Voilà pourquoi je défends certaines théories jusqu'à ce qu'elles cèdent à force d'avoir été tordues en tous sens.

— Et alors, elle tient bon, votre thèse ? Vous êtes convaincu que le menuisier est le sculpteur du démon de bois ?

— Non.

— Tiens donc ! Et pour quelle raison ?

— S'il a tué ou s'il a participé au meurtre de ce couple, quel intérêt de déposer un indice qui, tôt ou tard, nous conduira à lui ? Par ailleurs, pourquoi la placer à l'endroit où il voulait se donner la mort ?

— Je suis heureuse de constater que nous sommes d'accord.

— Vos petites rides.

— Hein ?

— C'est surtout pour cette raison que j'aime vous contrarier. Ça fait apparaître de petites rides sur votre nez, près des yeux, ça vous donne un charme fou.

Elle eut beau chercher, elle ne trouva rien à rétorquer et rougit comme une adolescente. Elle en prit conscience et s'empourpra de plus belle.

De Rolan la délivra de son embarras :

— Si ce n'est pas le menuisier, alors qui sculpte ce diable ? Et pour quelle raison ?

— Vous avez un avis, là-dessus ?

Il passa une main dans ses cheveux et grimaça.

— C'est difficile à dire. Une étrange impression, depuis le début de cette histoire… Je peux vous parler franchement ?

— Ça va de soi, répondit-elle, étonnée d'une telle question.

— Depuis que nous sommes arrivés ici, j'éprouve un sentiment… Je ne sais pas comment décrire ça. Comme un pressentiment. Je suis content que vous m'ayez parlé de mon « instinct », l'autre fois. Parce que c'est précisément de ça qu'il s'agit. En principe, c'est une enquête vite bouclée, non ? Un couple s'entretue, statuette ou pas, on plie bagage et hop, affaire suivante.

Il tendit le bras en direction de la scierie, puis poursuivit :

— Sauf qu'il y a un nouveau mort, avec la même figurine. On en conclut que les décès sont liés. Pourtant… personne d'extérieur n'est intervenu. Et là, nous sommes catégoriques, n'est-ce pas ?

— Exact.

— Alors, j'en déduis que quelqu'un savait qu'ils allaient mourir. Il l'avait prédit. Et, en signe de sa prescience, il dépose une statuette sur la scène du crime à venir.

— Par quel prodige peut-on deviner la mort avant qu'elle survienne ?

– 20 –

La lourde porte de bois ouvragé se referma en résonnant dans toute la nef. À travers les vitraux, la lueur de la lune pénétrait timidement, laissant deviner l'alignement des colonnades ainsi que les rangées de bancs et de prie-Dieu.

Elle ôta la grande clé d'acier de la serrure et la fourra dans sa blouse en même temps qu'elle en tira un vestige des années 1980 : une lampe de poche à pile plate dont le halo mourant lui permit de se rendre jusqu'au disjoncteur général, qu'elle actionna.

Lorsque la lumière se fit, elle trempa le bout de ses doigts dans le bénitier, posa un genou à terre et se signa face au christ de chêne suspendu au milieu du chœur.

Elle eut un peu de mal à se relever. C'est qu'elle n'était plus toute jeune. Ses petits-enfants avaient raison de lui dire de se ménager ; l'âge marquait son territoire. Mais cela faisait trente-trois ans qu'elle aidait au service liturgique. Elle se sentait utile. Utile à sa petite communauté de chrétiens. Utile au prêtre. Utile à Dieu, peut-être ?

Comme chaque matin, avant l'aube, elle sortit son couteau et gratta la cire durcie des cierges qui avaient achevé de se répandre pendant la nuit, emportant avec eux quelques prières.

Elle fit ainsi le tour des bas-côtés et du transept, raclant la cire morte et la déposant dans un sac plastique. Lorsqu'elle eut terminé, elle soupesa son sac et fit triste mine. D'année en année, le sac s'allégeait en même temps que le nombre de fidèles.

Elle le posa contre un mur et consulta sa montre.

L'angélus n'allait plus tarder à sonner.

Mais où était monsieur le curé ? Lui, d'habitude si matinal. Est-ce qu'il aurait…

Un claquement résonna dans toute l'église. L'écho empêchait d'en localiser la source.

— Mon père ?

Elle scruta autour d'elle, puis regarda la porte au cas où elle eût commis la négligence de mal la refermer. Avec ce vent… Elle était parfaitement close.

— Mon père ? C'est vous ?

Il n'était pas dans la sacristie. Avant de venir ici, elle avait frappé au carreau et n'avait obtenu aucune réponse.

Le claquement se mua en grincement.

Sur le mur opposé, dans une chapelle dédiée à sainte Marie-Madeleine, une porte entrouverte se mouvait, poussée par un courant d'air.

Elle traversa la nef pour aller la fermer lorsqu'elle remarqua, dans l'alignement des rangées, un siège manquant.

— Mon père ?

Elle pénétra dans la chapelle et referma la porte. Mais, prise d'un doute, elle la rouvrit et passa la tête de l'autre côté.

C'était curieux. Habituellement, cette porte était toujours verrouillée.

Avait-elle perçu un bruit venant de là-haut ou était-ce simplement le vent qui sifflait en s'engouffrant par les ouvertures ?

Elle se décida à gravir cet escalier qu'elle détestait tant.

Les hautes marches de pierre n'en finissaient plus. Le souffle commençait à lui manquer et elle sentit la cadence de son cœur augmenter.

Une fois arrivée en haut, la vieille dame aurait dû s'en trouver soulagée. Pourtant, ce fut un tout autre sentiment qui l'envahit : la terreur.

– 21 –

Le domicile de la victime était le dernier bâtiment qu'il leur restait à explorer. Il s'agissait d'une petite bicoque de plain-pied, vieillotte et sale, que l'obscurité rendait lugubre.

Guardiano et De Rolan débouchèrent sur une cuisine qui servait également de salle à manger. La pièce ne devait pas être différente soixante ans auparavant : toile cirée à carreaux rouges et blancs, vieille cuisinière en fonte, placards en Formica, crédence en mosaïque, calendrier des éboueurs au mur.

Ils fouinèrent au hasard, ouvrant un tiroir, soulevant le couvercle d'une soupière, déplaçant un bibelot. Ils tentaient de se familiariser avec les lieux afin de repérer toute anomalie, espérant sans le formuler réitérer ce formidable coup de chance qu'avait été la découverte du compartiment secret dans le chalet du couple.

Ils débouchèrent sur un salon étonnamment grand, meublé d'un canapé d'angle faisant face à un écran de vidéoprojecteur.

Là, ils reprirent leurs fouilles, en vain.

Ils poursuivirent leur visite jusqu'à un bureau dont le plan de travail ne comportait rien d'autre qu'une paire d'enceintes miniatures et une souris.

— Voilà ce que l'intrus était venu chercher, déclara De Rolan en désignant les fils débranchés qui pendaient.
— L'ordinateur.
— Toujours le même rituel. C'est troublant.
— Pas exactement le même, non.
— Effectivement, cette fois il y a eu effraction, concéda De Rolan en désignant la fenêtre entrouverte du bureau dont l'une des vitres était brisée. Notre visiteur est entré et sorti par ici.
— Alors, pourquoi ne pas avoir fait de même dans le chalet ?
— Il devait avoir la clé du chalet mais pas celle de chez le menuisier.
De Rolan était tiraillé entre le besoin de conserver secrète sa trouvaille et son désir d'aider sa partenaire. Le disque dur dans la poche de son blouson lui sembla tout à coup un fardeau plus inconfortable qu'il l'avait imaginé.
— L'intrus... ce gamin que j'ai poursuivi, il avait un sac à dos. J'en suis sûr. Il a pu glisser le PC dedans avant de prendre la tangente.
— Possible, mais il peut aussi s'agir d'un bête cambriolage.
— Vous voyez bien qu'il n'a touché à rien : placards et tiroirs sont fermés et rien n'a été dérangé. Je comprends que vous vous fassiez l'avocate du diable, mais, de grâce, ne niez pas l'évidence.
Le regard de Guardiano étincela :
— Attendez une minute...
À la manière d'une pénitente, elle joignit les mains et les colla devant sa bouche tandis qu'elle réfléchissait. Elle finit par lâcher :
— Il s'est introduit dans le domicile du menuisier alors que nous inspections la scène de crime. À dix

ou quinze secondes près, vous lui tombiez dessus. Pourquoi courir un risque aussi inouï ?

— Il voulait vraiment cet ordi.

— D'accord, mais pourquoi le voler aussitôt après la mort du menuisier ? Réfléchissez. C'était risqué, non ? Il aurait pu patienter jusqu'à la tombée de la nuit ou même jusqu'au lendemain. Il aurait été tranquille.

— Ah, je comprends votre raisonnement. C'est intéressant. S'il attend trop longtemps pour s'en emparer, quelqu'un pourrait mettre la main dessus avant lui.

— Et ça, il ne le veut pas.

— On tient quelque chose, là, se réjouit De Rolan. Rembobinons le film. Imaginons que nous sommes dans le chalet, nous venons de trouver un couple qui s'est entretué, est-ce que nous inspecterions le contenu de leur ordinateur ?

— Pas forcément, non.

— Non ! Exactement. Parce que nous n'aurions aucune raison de le faire dans une affaire de meurtre conjugal basique. Et nous n'examinerions pas non plus celui du menuisier aujourd'hui, car sa mort s'apparente à un accident ou, éventuellement, à un suicide. Alors même que nous savons que quelque chose d'étrange est survenu, nous ne faisons qu'une fouille très sommaire à son domicile. Autrement dit, nous avons toutes les raisons de nous foutre royalement de ces ordis.

— Alors là, vous allez plus vite que moi. Je ne vous suis plus du tout.

— Ce n'est pas nous qu'on veut priver d'informations. C'est quelqu'un d'autre ! Quelqu'un qui, apprenant le décès du menuisier, se précipiterait pour tenter de récupérer ce que ces ordinateurs contiennent. Ça ne doit pas tomber entre de mauvaises mains !

— Brillant, concéda Guardiano.

— Je vous remercie.

— Ne vous emballez pas, ce n'est qu'une théorie et elle n'explique pas tout. Loin de là.

— On a avancé quand même, non ?

— Il nous reste à comprendre le rôle qu'a joué ce gamin dans la mort du menuisier.

— Il n'y est peut-être pour rien.

— Oh si ! s'exclama-t-elle.

— Qu'est-ce qui vous fait dire ça ? Si ça se trouve, il était simplement venu pour voler l'ordi.

— Alors, comment a-t-il fait pour apprendre si rapidement la mort du menuisier ?

— Quelqu'un a pu le prévenir.

— Qui donc ? On n'a pas la moindre trace d'un complice.

— C'est quoi, votre théorie ? s'enquit De Rolan.

— Entre le moment où le corps a été découvert et le vol du PC, il s'est passé combien de temps ?

— Pas beaucoup.

— Pas assez pour que quelqu'un vienne à pied depuis la ville.

— Sans doute.

— Donc, le gamin se serait trouvé sur place quand le menuisier est mort.

— Il l'a tué ?

— Non. Je ne crois pas que ce soit le gamin qui tue…

Elle fouilla dans sa poche et en sortit la statuette diabolique qu'elle dévisagea curieusement :

— … mais, d'une façon ou d'une autre, le Mangeur d'âmes, oui.

– 22 –

Élisabeth Guardiano avait passé une nouvelle nuit abominable peuplée de corps déchiquetés, coupés en deux, d'oiseaux tombant du ciel et de taches de sang souillant la neige.

S'éveillant en sursaut de nombreuses fois, elle prenait conscience de la complexité de cette affaire et du mal qu'elle aurait à convaincre sa hiérarchie d'y consacrer tout le temps nécessaire.

Le matin même, après une douche chaude, alors que le jour ne s'était pas encore levé, elle avait décidé de s'informer sur ce mystérieux Mangeur d'âmes que le jeune garçon avait mentionné à plusieurs reprises.

Elle se rendit à la mairie dès l'ouverture. Le maire en personne l'accueillit en grande pompe, sans doute encore confus de s'être fait surprendre en flagrant délit d'indiscrétion à l'hôtel. Il avait vaguement entendu parler d'une légende intitulée « Le Mangeur d'âmes », mais ne put la renseigner davantage et la redirigea vers la bibliothèque municipale dont le responsable était réputé pour son érudition, et plus particulièrement ses connaissances en histoire. « Il est aussi vieux que cette ville », avait déclaré le maire, pour plaisanter. Elle avait failli lui rétorquer « J'espère qu'il est moins angoissant » mais elle s'était abstenue.

Délaissant sa voiture, elle arpenta la ville à pied.

Cachée par les hautes crêtes des monts acérés, voilée par le brouillard épais, la lumière matinale tardait à poindre.

Les rues se ressemblaient, ternes et sinistres, dotées d'un éclairage urbain lugubre. Des immeubles sans charme et des maisons banales formaient un quadrillage inhospitalier à travers lequel elle évoluait, pressée de le quitter. D'anciens commerces au rideau de fer baissé succédaient à d'autres dont la vitrine était recouverte d'un linceul de poussière. Ce n'était pas seulement la misère sociale qui était frappante, c'était la détresse des gens qui n'attendaient plus rien.

Elle passa devant un marchand de couleurs dont la vitrine était flanquée d'une pancarte « Bail à céder ». Elle s'imagina que cette boutique avait emporté avec elle les couleurs de la ville, n'y laissant qu'un dégradé monochrome.

La plupart des rues ne comportaient pas de plaques, certaines maisons n'avaient pas de numéro. La semi-obscurité n'arrangeait rien. Aussi déambulait-elle sans certitude dans cette agglomération qu'elle n'aimait pas.

Sur le même trottoir se tenait une vieille femme qui l'observait, immobile. Ses cheveux longs et gris dissimulaient en partie son visage buriné et couvert de rides profondes. L'aura orange des réverbères lui donnait un teint cireux.

Guardiano s'approcha d'elle pour lui demander son chemin, mais la vieille l'interpella la première :

— Vous êtes une brebis égarée.

— Effectivement, je cherche…

— Le premier sceau a été brisé.

— Je vous demande pardon ?

— « Le dragon se plaça devant la femme qui allait accoucher, afin de dévorer son enfant dès qu'il serait né. Elle mit au monde un fils, un enfant mâle. »

— Un enfant, dites-vous ? Et qui est…

— Vous ne comprenez donc pas ?

— Non, je…

— Ils prétendent que je suis folle, mais je ne suis ni sourde, ni aveugle, dit-elle en écarquillant les yeux de façon inquiétante.

— Que me voulez-vous ?

— Ce qu'ils font… Blasphème ! Ce sont des suppôts de Bélial. Je vous le dis, la gouve est vide. La gouve est vide !

— La gouve ? Qu'est-ce que c'est que ça ?

— Ils ont commis trop de péchés ! grogna-t-elle en lui agrippant le bras avec force.

— Lâchez-moi, vous me faites mal, lui intima Guardiano en se dégageant.

— « Voici, il vient avec les nuées… »

— De qui parlez-vous ?

La vieille pointa son index griffu vers le visage de la policière :

— « … tout œil le verra, même ceux qui l'ont percé ; et toutes les tribus de la terre se lamenteront à cause de lui. »

— Écoutez, je ne comprends pas un traître mot de ce que vous me racontez, trancha Guardiano en tournant les talons. Laissez-moi tranquille !

La vieille la regarda s'éloigner en déclamant :

— « C'est le moment d'avoir du discernement : celui qui a de l'intelligence, qu'il interprète le chiffre de la bête, car c'est un chiffre d'homme : et son chiffre est six cent soixante-six. »

Élisabeth Guardiano s'enfuit d'un pas rapide, elle se retourna plusieurs fois vers la vieille folle qui continuait de psalmodier en la fixant toujours de ses yeux hallucinés.

Encore déstabilisée, elle avançait sans trop savoir où elle allait et, alors qu'elle se croyait perdue, elle fut surprise de tomber sur la bibliothèque municipale.

L'édifice était aux antipodes de ce qu'elle s'était attendue à trouver : il s'agissait d'une maison fortifiée de l'époque médiévale qui avait été investie par les services administratifs de la mairie.

Elle se hâta d'y entrer, comme si un danger la menaçait à l'extérieur.

La bibliothèque était un endroit curieux : mélange de voûtes gothiques et de rayonnages en aluminium ; elle hésitait entre tradition ancestrale et modernité bon marché. On aurait pu penser que ce lieu recelait quelques secrets fantastiques, qu'à côté des livres de poche figuraient d'anciens grimoires étonnants.

L'odeur, aussi, était atypique. Subtils effluves d'humidité émanant des vieilles pierres, du papier jauni, du cuir et de la poussière.

Au guichet, elle interpella le préposé :

— Bonjour, je suis le commandant Guardiano, j'ai rendez-vous…

— Avec moi ! s'exclama un homme, l'air enchanté, qui devait avoir dans les 75 ans. Soyez la bienvenue, madame. Je suis l'adjoint au maire, attaché aux affaires culturelles. Et, par ailleurs, bibliothécaire bénévole. Alors, comment trouvez-vous notre petite ville ?

À court de mensonge, Guardiano préféra botter en touche :

— Eh bien, je vous avoue que je n'en ai pas vu grand-chose pour le moment. Je suis là depuis peu.

Les néons crachaient leur lumière crue sur une salle de lecture complètement déserte.

— J'espère que vous aurez l'opportunité de rester quelques jours de plus. Nous n'avons certes pas un grand patrimoine, et nous avons été durement touchés par la crise, mais il règne ici une atmosphère à nulle autre pareille.

— Oui, je l'ai bien ressentie…

— Ah ! Parfait. Tenez, asseyons-nous, dit-il en l'invitant à entrer dans la salle. Nous serons tranquilles. À cette heure, il n'y a jamais grand monde.

Très galamment, il tira une chaise et attendit qu'elle s'y fût assise pour s'installer en face d'elle.

— Alors, en quoi puis-je vous être utile ? Vous enquêtez sur ce couple, n'est-ce pas ?

— En effet. À première vue, il s'agit d'une affaire très simple. Toutefois, il y a quelques détails qui ont attiré mon attention. Et comme je suis plutôt perfectionniste, je souhaiterais vérifier chaque point.

— C'est tout à votre honneur.

— Ces gens avaient un enfant. Lorsque je l'ai interrogé, il m'a parlé du Mangeur d'âmes.

— Le Mangeur d'âmes, dites-vous ?

— Oui, il a répété ce nom à plusieurs reprises, y compris le lendemain à mon collègue. C'était une véritable obsession. Je me doute que ce gamin était perturbé par la mort de ses parents, mais, ce nom, le Mangeur d'âmes, il ne l'a probablement pas inventé. Or, je sais que la région est riche en légendes et en superstitions, alors je me demandais si vous aviez connaissance d'une histoire s'y rapportant.

— *Le Mangeur d'âmes*. C'est un conte d'antan que l'on racontait pour faire peur les soirs de veillée.

— Vous le connaissez ? s'étonna Guardiano.

— Je ne m'en souviens plus exactement, mais je vais vous le dénicher.

Lorsqu'il se leva, son corps frêle sembla se désarticuler. Le vieil homme se dirigea vers une étagère. Il promena son index sur la tranche des livres tandis qu'il inclinait la tête pour en parcourir les titres. Son doigt s'arrêta sur un ouvrage séculaire qu'il tira à lui.

— Ah, voilà.

— Vous avez trouvé ?

— Oui, je savais que ce recueil traînait quelque part. Voyons voir…

Il feuilleta le livre tout en se rasseyant.

— C'est une histoire ancienne, typique de notre petite ville. Même s'il est difficile d'en déterminer la date exacte, elle remonte au Moyen Âge, à n'en pas douter. Heureusement, cet ouvrage est beaucoup plus récent et la version qu'il propose est une traduction moderne.

— Et que raconte-t-elle ?

— Tenez, lisez vous-même, lui répondit-il en tournant le livre vers elle.

La première chose que remarqua Élisabeth Guardiano fut l'illustration. C'était une lithographie datée de la fin du XIXe siècle représentant un garçon dans un paysage de montagne, en compagnie d'un homme aux traits inquiétants. En arrière-plan, on pouvait voir une charrette contenant des amphores, des jarres, des jambons et autres marchandises.

Le Mangeur d'âmes

Cette année-là, un hiver rigoureux frappait le village et la nourriture se faisait rare. Il n'y avait plus ni grain, ni viande, ni fruits. Les joues se creusaient et les ventres gargotaient. Un jour que la famine devenait trop rude, les villageois se réunirent sur la grand-place.

— Il nous faut agir, déclara un paysan. Si nous restons ainsi, nous mourrons tous de faim.

Les villageois approuvèrent dans une acclamation et ils décidèrent que quelqu'un devait partir trouver du secours.

Deux frères furent désignés. Ils étaient jeunes et avaient été épargnés par la rigueur du froid et les affres de la faim.

Aussi, chacun de son côté, prirent-ils la route afin d'aller mander de l'aide et rapporter au village assez de victuailles pour satisfaire l'appétit de tous.

Le premier frère décida de prendre celle qui montait vers les sommets. Son allure était lente et sa peine était grande comme il grimpait la côte.

Le second frère, lui, avait emprunté la route qui descendait. Il marchait plus vite et se fatiguait moins. En chemin, il croisa un homme, vêtu de noirs oripeaux, assis sur un rocher au bord de la route.

— Venez-moi en aide, monsieur.

— Que puis-je pour toi, jeune ami ?

— Mon village se meurt. Je dois trouver de la nourriture.

— De la nourriture, dis-tu ? Aimerais-tu déguster des canetons rôtis ?

— Oui !

— Du civet de lapin aux épices ?

— Oui, oui !

— Voudrais-tu du grave d'écrevisses ? Du cormary ? Du blancmanger ? Du cochon de lait ?

— Oui, oui, oui !

— Tu auras tout cela et bien davantage. Mais pour ce faire, tu devras me nourrir, à ton tour.

— Mais, je n'ai rien à manger.

— Alors je me contenterai de ton âme. Et de celle de quiconque se repaîtra de mon festin. Ainsi, tout le monde mangera à sa faim !

Le jeune garçon hésita puis, pensant à son village qui se mourait, accepta. L'homme chargea une charrette entière de vivres et la confia au jeune paysan.

Ce dernier eut toutes les peines du monde à pousser la charrette jusqu'au village puisque la route montait. Pour se donner des forces, il mangea à sa faim l'un des mets de la charrette. Lorsqu'il parvint enfin à destination, son frère était déjà arrivé avec une charrette de nourriture offerte par l'évêque.

Les villageois chantaient de joie et faisaient ripaille en partageant jambons, pains et rôts. Tout le village mangea à sa faim les succulents mets de l'évêque.

Aussitôt, l'autre charrette se mit à pourrir et fut gagnée par la vermine. Et l'homme en noir disparut dans un hurlement de rage.

Lorsqu'elle eut achevé sa lecture, le bibliothécaire lui apporta quelques précisions :

— En apparence, cette légende est classique et ne présente guère d'intérêt. Sa naïveté est assez caractéristique des fabliaux de l'époque. On y retrouve toutefois une symbolique intéressante : le chemin qui descend est celui de la facilité, on le parcourt sans peine. Pourtant, le voyage de retour est laborieux. C'est le choix du diable, aisé au début, il nous en fait payer le prix plus tard. Le chemin qui monte vers Dieu est plus lent et plus éprouvant, mais sa récompense est à la mesure de l'effort. Et puis, moins subtile, l'intervention salvatrice de l'évêque rappelle aux paysans que c'est vers lui qu'ils doivent se tourner, car il est le représentant du Sauveur. En ce temps-là, il s'agissait d'une forme de propagande du clergé. Cela fonctionnait d'autant mieux que les gens se racontaient ce genre d'histoires entre eux et se les transmettaient. Pourtant c'est, à ma connaissance, le seul conte qui se termine mal.

— Vous trouvez que ça finit mal ? Le village est sauvé et le diable disparaît, c'est un dénouement heureux, non ?

— Vous oubliez que l'un des frères a mangé la nourriture maudite. Son âme appartient au diable.

– 23 –

Les réverbères s'éteignirent brusquement, plongeant les rues dans la pénombre. Dans la ville, la vie s'animait peu à peu.

Franck De Rolan quitta l'hôtel d'un pas rapide, en rasant les murs. Il jetait quelques coups d'œil par-dessus son épaule afin de s'assurer que personne ne le suivait ni ne l'épiait.

Il n'aurait pas souhaité tomber sur Élisabeth Guardiano alors que le disque dur déformait la poche de son blouson. C'était sa prise, sa mission. Et puis il lui avait dissimulé la vérité, il ne pouvait plus faire machine arrière. Aucune excuse ne serait valable, aucun mensonge ne serait susceptible d'être avalé. Surtout pas par une femme si remarquable et fine psychologue. Il se réfugia dans une ruelle adjacente au bureau de poste, tira son téléphone de sa poche et composa un numéro. Après plusieurs sonneries, quelqu'un décrocha :

— Comment vas-tu, Franck ? demanda une voix masculine.

— Bien, merci.

— Comment se déroule ton escapade à la montagne ?

— J'avance. Des phénomènes très étranges se produisent ici.

— Du genre ?

— Je n'ai pas le temps de te raconter. J'ai besoin que tu me rendes un service.

— Oui, bien sûr.

— J'ai mis la main sur un disque dur d'ordinateur portable, j'aimerais que tu l'analyses pour moi.

— Pas de problème ! Mais, tu sais, si tu vas dans un magasin de matériel informatique, tu trouveras de quoi le connecter à ton PC.

— J'ai déjà essayé ce matin. Mais le disque est très endommagé. Je ne parviens pas à lire ce qui s'y trouve.

— Endommagé ? À quel point ?

— Une grosse chute sur des rochers puis un séjour dans l'eau glacée.

— Ah, carrément !

— C'est un vieux modèle. J'ai peur qu'on ne puisse rien faire, mais on doit tenter le coup.

— Naturellement.

— Il est probable qu'il soit protégé par un mot de passe, peut-être même un logiciel de verrouillage ou de cryptage. Tu devras le faire sauter.

— Pas de souci. On a tout ce qu'il faut. C'est juste une question de temps.

— Tu peux faire ça en urgence ?

— Bien entendu, Franck. Tu sais que tu peux compter sur moi. Qu'est-ce que tu cherches en particulier ?

— Je n'en ai aucune idée. Mais il contient des informations qui vont me faire progresser, j'en suis convaincu.

— Bon, je ferai de mon mieux.

— Je te le poste ce matin, tu devrais le recevoir demain.

— Dès que je le récupère, je m'y mets. C'est promis.

— Merci.
— Franck ?
— Quoi ?
— J’espère que tu sais ce que tu fais.

– 24 –

Élisabeth Guardiano était prise de tremblements comme le froid glacial parvenait à se faufiler dans ses vêtements. Elle frotta ses mains gantées l'une contre l'autre. Des volutes blanches s'échappaient de sa bouche.

— Vous êtes sûre de vouloir l'attendre, commandant ? s'impatienta le policier en uniforme qui, malgré son épaisse parka, commençait lui aussi à sentir ses muscles s'ankyloser.

— Oui, oui, on l'attend.

Elle avait répondu du ton sec de celle qui ne veut plus être dérangée. Le policier comprit le message et se tint à l'écart.

Elle scrutait la rue, chaque silhouette. Enfin, la grande carrure de De Rolan apparut.

— Désolé d'avoir tardé à venir. J'aime me faire désirer !

— Qu'est-ce que vous foutiez ?

— Des coups de fil à passer. Pourquoi n'avez-vous pas commencé sans moi ?

— Je ne le sens pas, ce coup-là.

— Quoi donc ?

Elle tirait sur les manches de son anorak avec davantage de nervosité qu'à l'accoutumée. Son visage s'était assombri et elle semblait avoir toutes les peines du monde à le regarder dans les yeux.

— Il y a un problème ? demanda De Rolan qui avait perçu le comportement inhabituel de sa partenaire.

— C'est… tous ces morts… J'ai ma dose. Un de plus, c'est un de trop.

— Pourtant, vous avez dû en voir d'autres à la Crim', non ?

— Ce n'est pas le sang ou les cadavres, c'est juste que…

— Dites-moi la vérité. Il y a autre chose.

— Non, je suis lessivée, voilà tout. Cette ville, cette affaire, tout me sort par les yeux, je suis mal à l'aise.

— Vous voulez que j'y aille seul ?

Elle le regardait enfin en face :

— Vous feriez ça pour moi ?

— Bien sûr. Attendez-moi au café du coin. Je vous raconterai.

Elle n'eut pas besoin de le remercier tant son visage exprimait une profonde et sincère gratitude. Elle tourna les talons et fila d'un pas rapide.

Il la suivit des yeux tandis qu'elle s'éloignait.

Cette femme était à l'image de leur mission : plus complexe que ce que les apparences laissaient croire. Il la cernait avec peine : tantôt forte, combative, froide parfois, tantôt fragile et désireuse d'accorder sa confiance. Elle dévoilait à présent une fébrilité insoupçonnée dont il ignorait la cause.

— Capitaine ?

De Rolan reprit ses esprits et fit volte-face vers son interlocuteur, un policier en uniforme :

— Oui, j'arrive. Il s'est pendu, à ce qu'on m'a dit ?

— Exactement.

— Pour un prêtre, ce n'est pas banal.

Au pied du lieu saint, De Rolan s'arrêta et leva les yeux vers le clocher. Cette perspective avait quelque chose d'étourdissant, de déstabilisant. Cette tentative des hommes de se rapprocher de Dieu le troublait.

La construction de l'église avait débuté au milieu du XIIIe siècle et s'était prolongée jusqu'au XIVe. Ce parfait exemple d'architecture gothique ne présentait pas d'intérêt particulier et était totalement dénué de charme. Sur la façade grisâtre, des saints fissurés semblaient mourir d'ennui.

Précédé du policier, il traversa le narthex où se trouvait une crèche illuminée par des guirlandes et ornée de dessins d'enfants. Ils poussèrent une porte ouvragée qui grinça en s'ouvrant sur la nef.

— Quand l'a-t-on découvert ?

— Il n'y a pas deux heures. C'est une bénévole de la paroisse qui nous a prévenus.

— Qu'est-ce qu'elle faisait là ?

— Elle s'occupe de l'entretien. Elle ramasse les bougies, donne un coup de balai, des trucs du genre. Elle vient régulièrement. Presque tous les jours, je crois. Elle n'a vu personne, mais la porte menant au clocher n'était pas fermée et…

— Je vois.

— Vous voudrez l'interroger ?

— Elle a quel âge ?

— Je ne sais pas précisément.

— Environ ?

— Dans les 75 ans.

— Alors, non.

Déconcerté par cette réponse, l'agent de police dévisagea De Rolan sans parvenir à déterminer s'il plaisantait ou non. Les deux hommes bifurquèrent entre deux chapelles, poussèrent une vieille porte et s'engagèrent dans un escalier en colimaçon simplement éclairé par quelques archières d'où filtraient des rais de lumière. Le passage était si étroit que les épaules de De Rolan frôlaient les murs. Les marches en pierre, usées en leur milieu, étaient inégales et glissantes.

L'ascension n'en finissait pas et De Rolan se demanda s'ils n'allaient pas se retrouver directement au Paradis.

Une dernière porte et ils débouchèrent enfin dans le clocher.

Là, De Rolan ralentit le pas comme s'il avait été mis en garde par une force extérieure.

— Attendez-moi ici, ordonna-t-il au policier.

La lueur du jour naissant s'insinuait paresseusement par les étroites ouvertures, rendant les lieux obscurs. De Rolan alluma sa Maglite et poursuivit sa progression.

Il contourna une cloche de bronze massive, gravée d'inscriptions en latin, manqua se cogner contre un madrier de chêne.

Le plancher craquait à chaque pas. Entre les lattes, les interstices révélaient le vide vertigineux. La poussière y tombait par pincées.

De Rolan promena sa torche au hasard. Dans le halo, un corps semblait flotter dans les airs.

Le prêtre pendait au bout d'une corde. À ses pieds, une chaise était renversée.

Ballotté par le vent qui pénétrait à travers les abat-son, le corps oscillait doucement.

La corde était accrochée à une poutre qui, jadis, actionnait une cloche de petite taille. Le nœud était grossier et si épais que la gorge du curé était entièrement recouverte et que sa tête paraissait minuscule.

Non sans une certaine appréhension, De Rolan s'approcha du prêtre qui, comme s'il avait eu conscience de la présence d'un visiteur, se tourna lentement vers lui.

Un instant, de ses yeux morts, le curé fixa Franck De Rolan.

C'était un homme d'une soixantaine d'années, de petite taille et de faible corpulence. Ses poignets étaient si minces et ses traits si creusés que l'on aurait pu le croire décédé depuis bien plus longtemps.

Son visage ne revêtait pas le masque de haine des autres victimes, au contraire, c'était celui d'un homme que la tristesse avait envahi et qui avait choisi de se réfugier auprès de Celui dont il avait été le dévoué serviteur.

De Rolan poussa un long soupir et s'écarta du corps. C'est alors qu'il les vit.

Jonchant le plancher de bois, au fond du clocher. Des oiseaux morts.

Par dizaines.

– 25 –

Dans le café où elle s'était installée, Élisabeth Guardiano faisait tourner sa cuillère dans sa tasse lorsqu'elle vit entrer une grande et corpulente silhouette. Elle agita le bras pour signaler sa présence.

De Rolan traversa la salle et la rejoignit à sa table en ôtant blouson et gants.

— Vous n'aimez pas les églises ?

— Je ne m'y suis jamais vraiment sentie à mon aise, effectivement.

— Au Moyen Âge, on en a brûlé pour moins que ça, vous savez.

— Nous ne sommes pas au Moyen Âge.

Il fit signe au serveur qu'il prendrait la même chose qu'elle.

— Je sais pourquoi vous n'aimez pas pénétrer dans les églises.

— Tiens donc ? Et pourquoi ?

— C'est parce que vous ne vous y êtes pas mariée. Du coup, vous assimilez ce lieu à un échec personnel.

— Vous pouvez éviter vos spéculations psychologiques à deux balles ? répliqua-t-elle sèchement en tirant sur ses manches.

— Le prêtre s'est bel et bien pendu. Mais rien à voir avec les autres.

— Qu'est-ce qui vous permet de l'affirmer ?

— Ça n'a aucun rapport.

— Expliquez-moi.

— Il s'est pendu à une poutre du clocher, il a donc fallu qu'il monte une belle volée de marches. Déjà, là, ça ne colle plus avec une crise de folie. Au lieu de s'ouvrir les veines dans la sacristie, il grimpe tout en haut.

— Il a pu devenir hystérique une fois là-haut, non ?

— Non.

— Pourquoi ?

— La chaise.

— Quelle chaise ?

— Pour se pendre, il faut une chaise ou un tabouret qu'on renverse d'un coup de pied. Je vous résume le déroulement des faits : il embarque un des sièges de la nef, le trimbale tranquillement dans un escalier étroit en montant jusqu'au clocher. Là, il fait un nœud coulant qu'il se passe autour du cou. Tout ceci va prendre plusieurs minutes. S'il avait été gagné par le même accès de rage que les victimes précédentes, il se serait tué d'une tout autre manière : en se jetant dans le vide, en se poignardant, en se fracassant la tête contre les murs, que sais-je ? Par ailleurs, son visage n'exprimait pas la haine.

— Ah bon ? s'étonna-t-elle.

— Oui, lui, il semblait soulagé. C'était comme s'il était enfin délivré d'un fardeau.

— Ça, c'est votre interprétation personnelle, c'est très subjectif. Je reste convaincue que ce suicide est lié aux autres morts étranges.

— Ah oui ? Qu'est-ce qui vous fait dire ça ?

— Une impression.

— Et dire qu'il y a dix secondes, vous me reprochiez d'avoir une interprétation subjective…

— Vous préféreriez du concret ?

— Eh bien, disons qu'un peu de rationnel dans cette affaire ne me dérangerait pas.

— Voilà du concret : vous savez combien il y a eu de cas de suicides chez les curés, dernièrement ? Trois en deux ans. Dans tout le pays ! J'ai regardé sur Internet en vous attendant. Et combien y a-t-il de morts violentes dans ce trou paumé ? En moyenne, trois par an. Rien que là, nous avons déjà quatre cadavres sur les bras ! Nous sommes en présence d'une très belle anomalie statistique, non ? Alors, peut-être bien qu'il ne s'est pas tué comme les autres, mais vous ne m'ôterez pas de l'esprit que sa mort est liée à cette affaire.

— Admettons. Vous avez vu un crucifix dans le chalet ou chez le menuisier ? Vous avez vu une bible, un évangile ? Moi pas. Ceux qui sont morts n'étaient pas religieux pour un sou.

— Il y a sûrement un lien entre eux. Il faut chercher. Ils sont peut-être allés à l'école ensemble ?

— Le prêtre doit avoir vingt ans de plus que tous les autres.

— Ce n'était qu'un exemple. Je vais demander à un enquêteur du coin de se pencher sur les relations que pouvaient entretenir le couple, le menuisier et le curé.

Le serveur déposa un espresso devant De Rolan. Ce dernier saisit deux sucres et les fit glisser dans la tasse avant d'y faire tourner délicatement sa cuillère.

Guardiano l'observait. Elle fut frappée par la finesse de ses mains : de longs doigts qui se mouvaient avec grâce. Cela contrastait avec cette carrure à la Jean Valjean. À bien y réfléchir, elle trouvait que c'était plutôt représentatif du personnage : capable de briser une table d'un geste, de pourchasser un fugitif au mépris du froid et de la nuit, et, en même temps, d'apporter une analyse très pertinente à l'enquête en cours, de s'émouvoir du destin des enfants qu'il était chargé de retrouver et, enfin, assez subtil pour lui épargner le triste spectacle du curé pendu, sans pour autant la bombarder de questions.

Elle avait déjà remarqué l'élégance de ses mains lorsqu'ils avaient pris le petit déjeuner ensemble. Mais l'intrusion du maire avait interrompu ses pensées. Et puis, ils se connaissaient à peine. Tandis qu'à cet instant, elle avait le sentiment d'avoir trouvé un complice qu'elle cernait de mieux en mieux.

Il y avait aussi cette démarcation à l'annulaire gauche. La marque persistante d'une alliance qui avait tanné sa peau. Elle avait du mal à croire qu'il l'avait ôtée pour la séduire. Alors, était-il divorcé ? Veuf ? Elle mourait d'envie de lui poser la question tout en craignant qu'il réplique par l'un de ses traits d'humour.

— Qu'est-ce que vous regardez comme ça ?

Gênée, Guardiano détourna immédiatement les yeux.

Elle répondit en tirant sur ses manches :

— Rien. Je réfléchissais.

De Rolan s'approcha d'elle en parlant plus bas :

— Il y a peut-être un moyen de relier le curé à cette affaire.

— Lequel ?

Après s'être assuré que personne n'écoutait, il s'expliqua :

— Je me dis… vous savez, cette réputation qu'ont les prêtres catholiques, avec les enfants, tout ce qu'on raconte…

— Les histoires de pédophilie, c'est ça ?

— Oui, voilà.

— Vous ne trouvez pas que ça fait un peu cliché ?

— Cliché ou pas, je vous rappelle que j'enquête sur des disparitions d'enfants. Puisque vous semblez vouloir que la mort de ce curé soit rattachée aux autres décès et à mon affaire, c'est une façon de lier le tout. Pourquoi ce prêtre ne tremperait-il pas dans une sordide histoire avec des enfants ? C'est précisément un gamin qui a piqué l'ordinateur du menuisier…

— Et qui vous a semé en beauté ! le taquina-t-elle.

— C'était un jeune ado et il était du coin. Avec de bonnes chaussures, l'habitude de la neige et un excellent niveau d'alpinisme. Je n'avais aucune chance.

— J'aime bien quand vous vous sentez vulnérable.

— Vous n'arriverez pas à me déstabiliser, lui répondit-il avec un grand sourire.

— J'en suis parfaitement capable, au contraire.

— Revenons à nos affaires, voulez-vous ? Vous ne trouvez pas que les enfants jouent un rôle prépondérant, depuis le début : vous en découvrez un dans la cave, moi j'ai trois gamins disparus, et, pour finir, celui qui m'a échappé, comme vous venez gentiment de me le rappeler.

— C'est vrai, mais c'est loin de constituer une preuve.

— Des enfants d'un côté, de l'autre un prêtre qui se donne la mort, il y a de quoi se poser des questions. Cette théorie n'est pas plus abracadabrante qu'une autre.

— Il a laissé une lettre d'adieu ? s'enquit-elle.

— Non.

— Vous avez inspecté la sacristie ?

— Je n'y ai rien trouvé de révélateur. J'ai demandé à la visiter seul, ce qui m'a permis de vraiment fouiller consciencieusement. Aucune cachette, aucun élément suspect.

— Pas de statuette ?

— Je vous l'aurais dit.
— Du côté des témoins ?
— Une bénévole qui aide à l'entretien et qui accompagne certaines cérémonies, quelques paroissiens… Ils jurent que c'était quelqu'un de bon et droit. Il était particulièrement à l'écoute d'autrui. Ils sont choqués par sa mort.
— C'est aussi ce que les gens disent de leur voisin tueur en série, alors…
— Exact.
— Votre bénévole qui fait le ménage, elle a des cheveux gris, longs et raides qui lui tombent sur le visage ?
— Pas du tout. Blonde, chignon, lunettes. Pourquoi ?
— Pour rien. Bon, je vais prendre rendez-vous avec l'évêché et tenter d'en savoir plus sur les histoires de pédophilie dans la région.
— Pendant que vous y êtes, renseignez-vous sur les oiseaux.
— Quels oiseaux ?
— Lorsque nous nous sommes rencontrés, un oiseau s'est écrasé contre votre pare-brise. Le lendemain matin, un autre contre une vitre de l'hôtel. Et là, je viens d'en découvrir des dizaines, morts dans le clocher. Je ne suis pas ornithologue, mais des oiseaux qui tombent du ciel, ce n'est pas normal.
Elle fronça les sourcils.
— Et vous voulez que je pose la question à l'évêque ?
— Pourquoi pas ?
— Ne me dites pas que vous croyez qu'il peut y avoir une explication… mystique ?
— Il faut bien qu'il y ait une explication.

– 26 –

Cette histoire de curé suicidé avait suscité une vive émotion dans la communauté catholique de la région, déjà mise à rude épreuve par la série de morts violentes. Aussi Élisabeth Guardiano avait-elle obtenu sans délai un entretien avec l'évêque du diocèse.

Elle avait immédiatement sauté dans sa voiture et parcouru la route de montagne qui descendait vers la vallée où se trouvait l'évêché.

Sans lui accorder un sourire et faisant preuve d'une grande économie de mots, un diacre l'avait accompagnée dès son arrivée jusqu'à un vaste bureau dont il ouvrit la porte après avoir frappé, et la referma derrière elle.

La pièce était luxueuse et sombre comme un tableau de Georges de La Tour. Il y régnait une atmosphère particulière ; des siècles de mysticisme et d'intrigues de pouvoir avaient laissé leur trace. Lorsqu'elle s'avança, ses pas claquèrent sur les tomettes ocre.

— Merci, monseigneur, d'avoir accepté de me recevoir, surtout si rapidement.

— Je vous en prie.

D'un geste de la main, il l'invita à s'asseoir en désignant l'un des imposants fauteuils Louis XIII placés face à son bureau de même style.

C'était un homme de belle allure, aux tempes grisonnantes et portant un bouc soigneusement taillé. Il aurait sans doute été satisfait d'être comparé à Richelieu, avec qui il semblait cultiver une certaine ressemblance. Las, il aurait tout aussi bien pu interpréter un vampire dans un film de série B. Élisabeth Guardiano se garda bien de partager à voix haute ce constat.

Ce fut le prélat qui entama la conversation :

— Quel drame ! Il s'agissait d'un serviteur de Dieu dévoué et apprécié de ses paroissiens. Son geste est incompréhensible.

— Je crois savoir que les suicides de prêtres sont très rares.

— Fort heureusement, oui. Hélas, depuis quelques années, l'Église doit en déplorer quelques-uns. C'est affreusement triste. Qu'un être humain ressente un si grand désespoir qu'il ne souhaite plus vivre…

— Pardonnez-moi, monseigneur, mais le suicide n'est-il pas proscrit par l'Église catholique ?

— Si, naturellement. C'est un péché mortel. Le Seigneur nous soumet à des épreuves auxquelles nous devons faire face. Lorsqu'elles nous semblent insurmontables, nous Le prions pour qu'Il nous guide. Ce n'est pas si facile. Alors… espérons que, dans Son infinie clémence, le Seigneur le laisse accéder au Royaume des Cieux.

Il appuya sa phrase d'un signe de croix.

— Qu'est-ce qui peut amener un homme de Dieu à de telles extrémités ?

— Par respect pour sa mémoire, nous devons effectivement nous interroger sur sa motivation. Il se trouve que le ministère sacerdotal est plus éprouvant qu'il n'y paraît. C'est une vie d'austérité et de dévotion. Il faut affronter, chaque jour, une multitude de contraintes que vous ne soupçonnez pas…

— Monseigneur, avec tout le respect que je vous dois, on ne se suicide pas à cause des vicissitudes du quotidien, vous le savez pertinemment.

L'évêque se montra embarrassé. Il se frotta le front, inclina la tête, puis fit une moue qui semblait vouloir dire « c'est vrai ».

— Les trois derniers suicides de prêtres ayant eu lieu dans ce pays ont eu pour cause…

— Des accusations de pédophilie, coupa-t-il. Oui, je sais.

— Vous comprenez que, dans ce contexte, la police judiciaire se pose la question de savoir s'il peut y avoir une affaire.

— Commandant. Je vais vous parler sans détour : certains membres de l'Église n'ont pas eu le comportement qui convenait pour lutter contre ces actes odieux et contre nature. Le Très Saint-Père s'est prononcé de façon parfaitement claire sur le sujet. Mais, de grâce, ne faites pas porter sur chaque serviteur de l'Église une présomption de culpabilité.

— Ce n'est pas mon intention.

— Je vous en sais gré.

— En réalité, je souhaite simplement comprendre quelles sont les raisons de son suicide.

— Je puis vous garantir qu'il n'avait aucune tendance pédophile et qu'il n'a perpétré aucun acte répréhensible. C'était un pécheur, comme nous tous, mais c'était un brave homme, et il n'était coupable d'aucune activité criminelle.

— Comment le savez-vous ?

— Je suis… j'étais son confesseur.

— Et que vous a-t-il révélé ?

— Je ne puis vous le dire. Le secret de la confession est protégé par le droit canonique. Et par le droit pénal aussi, d'ailleurs.

— Ce qui signifie que, s'il avait commis des crimes innommables, vous ne seriez pas autorisé à me les rapporter.

— C'est exact. Toutefois, je ne vous aurais pas non plus déclaré qu'il n'en avait commis aucun. Dois-je vous rappeler que le mensonge est un péché ?

Élisabeth Guardiano hocha la tête.

— Dans ce cas, pourquoi s'est-il donné la mort ?

L'évêque quitta son siège pour faire quelques pas. Il semblait réfléchir à la façon appropriée d'exprimer sa pensée sur un sujet si délicat, le tout sans trahir le sceau sacramentel.

— Notre-Seigneur Jésus-Christ nous délivre des péchés, mais… pour l'homme, le fardeau est parfois bien pesant.

Elle plissa les yeux d'un air méfiant :

— Je ne suis pas sûre de comprendre.

— La confession est un sacrement religieux aussi libérateur pour le fidèle qu'amer pour celui qui le délivre. Il est des péchés plus lourds que d'autres, des pécheurs plus… difficiles à absoudre. Il devait intercéder auprès de Dieu pour des actes qu'il réprouvait formellement.

— Attendez, vous voulez dire que… Ce n'était pas lui qui était en cause, n'est-ce pas ?

L'évêque ne répondit pas, aussi poursuivit-elle sa réflexion :

— En revanche, certains de ses paroissiens qu'il recevait en confession se livraient à des actes qu'il réprouvait et condamnait…

L'homme de Dieu gardait toujours le silence.

— … Des crimes si odieux… qu'un brave prêtre en vient à ne plus supporter de vivre…

L'évêque se pinça les lèvres.

— Des actes pédophiles ? s'indigna-t-elle. Ce n'est pas lui qui était en cause, n'est-ce pas ? Il ne faisait que recueillir des témoignages abjects !

— Lorsqu'une personne se présente à nous pour confesser ses péchés, il est de notre devoir de lui faire prendre conscience de la gravité de ses agissements et de lui intimer de revenir dans le droit chemin. Parfois, cette mission est un succès et la satisfaction est immense, parfois c'est un échec et le résultat est dramatique. Dans cette ville, beaucoup ont souffert.

— Mais qui ? Donnez-moi leurs noms !

— Il ne me l'a pas dit. Et même si je le savais, je ne pourrais vous le révéler, conclut-il en se rasseyant.

Guardiano s'agitait dans son fauteuil. L'idée que des actes pédophiles aient pu être commis la révoltait au plus haut point. Elle voulait secouer cet évêque et le forcer à tout dévoiler.

— Monseigneur, je vous en conjure, si vous ne pouvez me le dire, alors, au moins, donnez-moi un indice, soumettez-moi une énigme, parlez par métaphores, je ne sais pas, moi…

Le prélat sourit.

— Dieu n'est pas un avocat que l'on berne en jouant sur les mots ou en déplaçant une virgule.

— Peut-être, mais en attendant d'être accueillis au Royaume des Cieux, des gosses innocents sont maltraités ici-bas et je dois empêcher ça !

— Je comprends et sachez que j'adhère à votre combat. Hélas, il ne m'a livré aucun nom. Je vous en fais la promesse. Je regrette sincèrement de ne pouvoir vous aider davantage.

La policière inspira profondément pour recouvrer ses esprits.

— Est-ce que quelqu'un qui se confesse régulièrement aura un crucifix chez lui ?

Il parut étonné par cette question :

— Cela n'a rien d'obligatoire mais, en général, un catholique pratiquant aura des objets religieux chez lui, oui. Pourquoi me demandez-vous cela ?

— Pour qu'un individu consente à confesser un crime aussi grave, c'est qu'il est d'une grande piété. D'ordinaire, on évite d'attirer l'attention sur soi.

— Je suis d'accord. Mais quel est le rapport avec l'objet de votre visite ?

— Un collègue enquête sur des disparitions d'enfants. Et ses soupçons se portent sur un couple qui s'est entretué dans des circonstances étranges. Mais nous n'avons trouvé aucun objet de culte. Ni à leur domicile, ni sur eux. J'ai du mal à croire que l'un d'eux fréquentait l'église.

— Dans des circonstances étranges, dites-vous ?

Elle soupira.

— C'est le moins que l'on puisse dire. Sur la scène de crime, nous avons retrouvé ceci.

Elle tira le sachet de plastique transparent contenant la statuette en bois et la tendit à l'évêque. N'appréciant manifestement pas son geste, il refusa de la saisir.

— Est-ce que cette statuette a une signification quelconque ? lui demanda-t-elle.

— C'est le diable !

— OK. Mais est-ce que cette représentation-là peut avoir une signification particulière ?

— Non, je ne vois pas.

— Qui sculpte ce genre d'objet ? Dans quel but ?

— Je vais vous surprendre mais, pas besoin d'être un suppôt de Satan pour sculpter cela. On trouve des représentations du diable dans la culture folklorique de plusieurs régions. Je ne vous cache pas que je désapprouve la fabrication et le commerce de ce type d'objets, cependant ce n'est pas apparenté au satanisme.

— Il s'agirait du Mangeur d'âmes. Cela vous parle-t-il ?

— Satan, le Malin, Belzébuth, l'Adversaire, Lucifer… le diable a bien des noms. Et il a d'innombrables visages. Alors, pourquoi pas le Mangeur d'âmes ? C'est assez emblématique de sa volonté de nous tendre des pièges pour que nous péchions.

— Mais avez-vous déjà entendu ce nom auparavant ?

— Cela ne m'est pas inconnu. C'est un conte du coin, non ?

— Oui. Vous le connaissez ?

— J'ai dû le lire, autrefois. Ne m'en veuillez pas de ne pouvoir vous éclairer, mais la région regorge de fabliaux fantastiques impliquant le diable, et il est difficile de tous les retenir. *Le Mangeur d'âmes*. Cela me rappelle ce tableau de Fra Angelico intitulé *Le Jugement dernier*. Peut-être le connaissez-vous ?

Avant de lui laisser le temps de répondre, il se leva et se dirigea vers la bibliothèque. Il choisit un épais livre d'art du quattrocento qu'il posa sur son bureau face à la policière et qu'il feuilleta rapidement à ses côtés.

— Tenez, le voici. *Le Jugement dernier* de Guido di Pietro, postérieurement connu sous le nom de Fra Angelico.

Guardiano se pencha vers la reproduction qui occupait une page entière. Il s'agissait d'un tableau inquiétant où Jésus, entouré des saints et des prophètes, juge l'âme des humains et pèse le poids de leurs péchés. Sur la partie gauche, les élus de Dieu chantent et dansent au Paradis, accueillis par les anges. Tandis qu'à droite, les damnés subissent une série de sept tourments avant d'être dévorés par la Bête.

L'évêque tapota du doigt l'emplacement du Démon.

— On y voit très distinctement le diable se repaître des âmes humaines n'ayant pas mérité d'accéder au

Royaume de Dieu. Comme vous pouvez le constater, l'idée d'un Mangeur d'âmes n'est pas nouvelle.

— En effet, on m'a raconté qu'il s'agissait d'un conte remontant au Moyen Âge.

— Cela ne me surprend guère. Comme je vous le disais, cette époque a été exceptionnellement prolifique en légendes diverses faisant intervenir le diable. Les histoires – parfois d'une candeur enfantine – y dépeignent les tribulations de Satan conspirant vainement pour s'emparer de l'âme de pauvres paysans sauvés *in extremis* par leur foi.

— Pourquoi, d'après vous, le nomme-t-on « Mangeur d'âmes » plutôt que « Satan » ou « diable » ? Y a-t-il, je ne sais pas, moi, des occasions particulières au cours desquelles on emploierait un terme plutôt qu'un autre ?

L'évêque prit une grande inspiration, réalisant qu'il allait devoir se lancer dans un exposé théologique qu'il n'avait pas anticipé.

— L'histoire du diable est excessivement complexe et paradoxale. Certains démons sont tour à tour assimilés à Satan puis crédités d'une existence propre. Prenez par exemple Belzébuth, que j'ai cité tout à l'heure, il est considéré comme le bras droit de Satan. Cette idée est confortée par les révélations de la sainte Françoise Romaine, au XVe siècle, qui identifie Belzébuth comme une entité indépendante. C'est donc clair : Satan et Belzébuth sont deux êtres différents. Eh bien, pourtant, saint Luc nous affirme exactement le contraire !

— Comment est-ce possible ?

— Ce sont d'ancestrales légendes et mythologies qui ont été déformées pour des raisons souvent politiques et militaires : il est beaucoup plus facile de motiver son armée en prétendant que l'ennemi est un adorateur du diable. Donc, on transforme la mythologie du pays voisin en une horde de démons. Une fois la bataille achevée, les vainqueurs doivent intégrer ces nouveaux démons à leur propre religion et s'ensuit une belle confusion. Dans mon exemple, Belzébuth n'est autre que Baal-Zebul, une divinité païenne, philistine ou phénicienne, pas plus néfaste qu'une autre. Elle a été « diabolisée » pour être plus aisément combattue. Vous voulez un autre exemple ?

La policière aurait préféré recadrer le propos, mais elle n'osa pas contredire l'homme de Dieu, d'autant qu'il enchaîna sans attendre de réponse :

— Baphomet. Vous en avez entendu parler ?

— Euh… non.

— C'est une sorte d'idole païenne que vénéraient les Templiers et qui leur valut de finir sur le bûcher. En théorie, c'est donc une entité démoniaque. En réalité, il s'agit de la déformation du nom Mahomet, le prophète de l'islam. Vous le constatez, il est impossible d'attacher une signification particulière à un nom.

Le commandant Guardiano tenta de se remémorer les propos délirants de la vieille femme qui l'avait apostrophée dans la rue :

— Est-ce que Bélial fait également partie des noms du diable ?

— Oui. Bélial ou Béliar est un terme antique, lui aussi. Il remonte à la Bible hébraïque. Il personnifie le mal dans la tradition juive et chrétienne de l'Antiquité. Il joue un rôle important dans les manuscrits de la mer Morte. Un nom de plus, en somme.

— Et la gouve ?

— Ah, c'est complètement différent. Elle ne tire pas son origine d'un texte religieux, mais d'un conte hébraïque fort ancien et très méconnu. Je suis étonné que vous le mentionniez. D'où le tenez-vous ?

— D’une vieille femme dont je n’ai pas compris les propos. Que raconte-t-il ?

— Selon cette légende, l’une des dépendances de la maison de Dieu est le réservoir des âmes, la gouve. On dit que, lorsqu’un bébé voit le jour, c’est de ce réservoir que provient son âme. Elle descend du ciel où seuls les moineaux peuvent la voir. D’où leurs chants.

— Des moineaux, dites-vous…

— Oui. Chaque fois qu’un moineau chante, une âme vient au monde et un bébé naît. Quand le réservoir des âmes sera vide, les moineaux ne chanteront plus, et plus aucune âme ne verra le jour.

— Et que se passera-t-il, alors ?

— Lorsque naîtra le premier enfant sans âme, ce sera la fin du monde.

– 27 –

Franck De Rolan s'était confortablement installé dans l'un des fauteuils Chesterfield qui meublaient le bar de l'Hôtel du Casino. Il avait ôté son blouson et discrètement délacé ses chaussures. À plusieurs reprises, son regard avait été happé par l'arrière du comptoir sur lequel trônaient des bouteilles de single malt, dont un dix-huit ans d'âge à la robe caramel. Il était le seul client. Le barman, dans sa veste de velours rouge moirée par l'usure, se languissait de prendre commande et lançait par instants des œillades suppliantes que De Rolan faisait mine de ne pas remarquer.

S'il ne croyait guère à une explication ésotérique, il devait admettre que plusieurs paramètres de cette enquête lui échappaient. Pourquoi un couple avait-il chaviré dans la sauvagerie ? S'ils étaient responsables des enlèvements, pourquoi n'y en avait-il aucune trace ? Comment un homme pouvait-il se jeter sur une scie géante et continuer d'en actionner l'interrupteur ? Pourquoi autant d'oiseaux venaient-ils s'écraser dans cette ville sinistre et abandonnée ? Et, à présent, ce curé sans histoire qui mettait fin à ses jours…

Il était décidément bien difficile de ne pas perdre la raison en tentant de comprendre ce qui se déroulait.

La bouteille de dix-huit ans d'âge le narguait toujours.

Mais ce qui hantait surtout De Rolan n'était pas tangible. C'étaient des paroles. Les mots crus prononcés par l'enfant, à l'hôpital et qui occupaient sans cesse son esprit.

— *Ils sont morts, n'est-ce pas ?*

— *Oui.*

— *Tous les trois ?*

— *Oui.*

— *Est-ce que... Est-ce qu'ils ont... beaucoup souffert ?*

— *Oui.*

Il se leva subitement et alla commander un whisky au bar. Sec.

Il se rassit et admira le liquide ambré qui dansait dans son verre.

Quatre morts et trois enfants disparus, c'était une sacrée raison pour se remettre à boire.

La première gorgée apporta une douce saveur de noix avant que les épices ne surgissent dans une explosion de tanins capiteux. Exactement ce dont il avait besoin.

Il passa sa langue sur ses lèvres et reposa le verre.

De la poche de sa veste, il tira quelques feuilles de papier que lui avait confiées Élisabeth Guardiano. Il s'agissait des relevés téléphoniques des victimes. Elle lui avait demandé de les compulser tandis qu'elle filait chez l'évêque. Ce n'était peut-être qu'une tâche routinière, mais cela prouvait qu'elle lui accordait sa confiance.

De Rolan les tria par ordre chronologique. En inspectant la première page, il fit la moue. Aucun appel n'avait été émis ou reçu par le couple le matin fatidique. Les communications les plus récentes dataient de la veille, soit plus de treize heures avant le drame. Dans ces conditions, il devenait difficile de supposer qu'un coup de fil ait pu tout déclencher. Il reprit une gorgée de whisky. Son verre dans une main, les feuilles dans l'autre, il poursuivit son étude.

En remontant aux jours précédents, des numéros se succédaient, formant une longue liste aride. Il les parcourut, un à un. Certes, quelques correspondants avaient appelé plusieurs fois, mais pas de manière obsessionnelle, et cela n'avait rien d'anormal.

Plus les lignes défilaient, moins il était convaincu de trouver un indice et, en bas de la page, il se contenta de survoler plus négligemment les numéros.

Il posa la feuille sur la table et saisit la suivante qui recensait les communications du portable du menuisier.

Il se livra à la même lecture puis compara les deux feuilles. Ses yeux faisaient la navette d'une page à l'autre. Il aurait tant aimé que certains numéros figurent sur les deux listes ! Malgré son examen attentif, il soupira en constatant que ce n'était pas le cas. Le couple et le menuisier n'avaient échangé aucun appel. Même en remontant quatre mois en arrière, il ne trouva trace d'aucun appel en commun.

Il prit alors le soin de vérifier les communications aux dates des enlèvements d'enfants. Là encore, l'absence d'échanges fragilisait la thèse d'une complicité.

Un peu déçu, il se résigna en buvant une nouvelle gorgée de whisky.

Ce fut lorsqu'il posa son verre sur la table qu'il comprit. Il se jeta alors sur la pile de feuilles et les fit défiler avec précipitation. Celles qui ne l'intéressaient pas volèrent à ses pieds.

Il n'en restait plus qu'une, qu'il examina fiévreusement.

— Nom de Dieu !

– 28 –

— Monseigneur, que pensez-vous des possessions diaboliques ?

— Quelle étrange question !

— Comme je vous l'ai dit précédemment, mon collègue et moi enquêtons sur une série de décès survenus de façon troublante. Les victimes se sont comportées comme des déments sans qu'aucune cause n'explique une telle hargne.

— Les exemples d'individus sombrant dans une extrême cruauté ne sont pourtant pas rares, si ?

— Je fais ce métier depuis quinze ans, je n'avais encore jamais rien vu de tel. Des morts particulièrement violentes, dont on peine à comprendre le motif. Et puis, ces statuettes… Pourquoi le diable est-il omniprésent depuis le début ? Pour finir, ce prêtre qui s'est pendu…

— Et vous avez envisagé que cela puisse être l'œuvre du démon ? demanda-t-il, incrédule.

Embarrassée, Guardiano écarta les bras en signe d'impuissance.

— Commandant, je ne vais pas vous donner un cours de théologie, vous n'êtes pas venue pour cela, mais sachez que pour beaucoup d'hommes d'Église, dont je fais partie, la notion de diable ne doit pas être prise au pied de la lettre. La vision biblique de l'ange banni par Dieu et condamné à demeurer aux enfers jusqu'au Jugement dernier… il s'agit là d'une représentation symbolique destinée à nous faire prendre conscience de notre faiblesse. L'ange déchu, c'est chacun de nous lorsque nous succombons à la tentation. À nous de lutter intérieurement pour lui céder le moins de terrain possible.

L'évêque se tut, mais sa posture indiquait qu'il n'avait pas terminé.

— Tenez, prenons Bélial, dont nous parlions tout à l'heure. C'est un mot hébreu. Savez-vous ce qu'il signifie ?

Guardiano fit « non » de la tête.

— « Sans valeur », qui a d'ailleurs été traduit par « vaurien ». À l'origine, il désigne des gens aux mœurs dissolues, qui portent de faux témoignages. C'est ce que l'on appelle aujourd'hui les « pécheurs », ni plus, ni moins. Pourtant, progressivement, le terme symbolise l'adversaire de Dieu. Vous le voyez, le mal que nous combattons, il se trouve davantage à l'intérieur de nous que dans les profondeurs des enfers.

— D'accord, mais comment expliquez-vous les cas de possessions ?

— Il y a de nombreux fantasmes à ce sujet. Ils sont alimentés par le cinéma, naturellement. En réalité, dans l'immense majorité des cas, il ne s'agit que de crises d'épilepsie, de maladies psychiques méconnues, voire de canulars. Le Malin n'a souvent rien à voir là-dedans.

— « Dans l'immense majorité des cas », mais pas toujours.

— Eh bien, je dois reconnaître que le Vatican forme des prêtres exorcistes qui œuvrent parfois sur des troubles problématiques que la médecine traditionnelle ne parvient pas à traiter. Mais…

L'évêque se mit à sourire avant de reprendre :

— Un officier de police qui évoque la possession, je ne vous cache pas ma surprise.

— Si vous saviez comment ils se sont donné la mort, vous ne trouveriez pas ça si absurde ! Mais, bon, je ne peux pas vous empêcher de douter, ajouta-t-elle avec malice.

Il éclata de rire.

— Commandant, je ne suis pas enquêteur de police, loin de là, cependant, puisque vous m'avez sollicité, m'autorisez-vous à vous prodiguer un conseil ?

— J'en serais honorée.

— Je crois qu'avant d'essayer d'envisager une intervention diabolique, il convient d'étudier toutes les autres possibilités. Je suis convaincu qu'il subsiste des pistes que vous n'avez pas explorées. Si, vraiment, aucune explication scientifique ne permet d'élucider les phénomènes qui se produisent, alors, et alors seulement, penchez-vous sur une hypothèse moins rationnelle.

— Il n'y a pas que ça, monseigneur.

— Quoi d'autre ?

— Avez-vous remarqué le comportement des oiseaux, ces derniers temps ?

— Non, répondit-il, intrigué.

— Ils s'abattent contre les murs, les vitres, ils tombent du ciel. Ce n'est peut-être pas le cas ici, dans la vallée, mais là-haut, c'est… vraiment troublant.

Le visage du prélat avait recouvré son sérieux tandis qu'il l'écoutait attentivement.

— J'ai appris qu'un hélicoptère s'était écrasé il y a quelques jours, mais des oiseaux…

— Par dizaines. Il en tombe sans cesse.

— Il peut y avoir des raisons climatiques… Et pourquoi pas la pollution ? Elle est cause de tant de maux, à ce que l'on raconte.

— Je me suis renseignée. L'usine la plus proche se trouve à plus de soixante-dix kilomètres.

— Il est vrai que la région n'est pas réputée pour ses richesses industrielles. Mais je suis sûr qu'il y a une explication. Par exemple, j'ai lu il y a quelque temps que les oiseaux étaient sensibles aux dérèglements des pôles. C'est lié à leur façon de s'orienter.

— J'ai fait quelques recherches dans ce sens.

— Et ?

— Aucun phénomène rationnel n'explique la mort subite de dizaines d'oiseaux.

— Curieux, en effet.

— Est-ce que dans les textes sacrés, il est fait mention d'oiseaux morts ?

L'évêque fit basculer sa tête en arrière tandis qu'il réfléchissait :

— Des grenouilles, des sauterelles, des sortes de scorpions volants dans l'Apocalypse… Ce ne sont pas les fléaux qui manquent dans l'Ancien et le Nouveau Testament.

Élisabeth Guardiano avait toujours à l'esprit cette étrange vieille femme aux propos incohérents.

— C'est bien dans l'Apocalypse qu'il est question de « 666 » ?

— Oui, c'est le nombre de la Bête. La marque du diable.

— Le diable, encore lui !

— L'Apocalypse est l'ultime chapitre du Nouveau Testament. C'est aussi le plus abscons. Il contient des révélations faites à saint Jean. Certains historiens y voient une propagande contre l'envahisseur romain, d'autres une prédiction de ce qui nous attend avant le Jugement dernier.

— C'est la fin du monde, n'est-ce pas ?

— Oui, c'est cela.

— Et quel en est le premier signe annonciateur ?

— Sept sceaux sont rompus, un par un. Plus tard, sept anges sonnent de leur trompette et cela déclenche une série de fléaux qui s'abattent sur terre : averses de grêle et de feu, la mer se transforme en sang, etc.

— Revenons au début, je vous prie. Est-il stipulé que des hommes s'entretuent ?

— Il s'agit surtout d'un combat entre les forces du bien et celles du mal, la guerre des anges. Toutefois…

Le prélat ouvrit le tiroir de son bureau et en sortit une bible reliée de cuir.

— Attendez un instant, dit-il en feuilletant l'ouvrage à la recherche d'un passage précis. Ah, voilà : Apocalypse, chapitre VI, versets 3 et 4 : « Quand il ouvrit le second sceau, j'entendis le second être vivant qui disait : Viens. Et il sortit un autre cheval, roux. Celui qui le montait reçut le pouvoir d'enlever la paix de la terre, afin que les hommes s'égorgeassent les uns les autres… »

— « Que les hommes s'égorgeassent… »

– 29 –

Il avait coupé le moteur depuis près de dix minutes et, sans chauffage, Franck De Rolan commençait à grelotter dans sa voiture.

Le stress n'aidait pas.

Du plat de la main, il effaça la buée qui avait envahi la vitre et, pour se donner du courage, observa la maison afin de se familiariser avec l'idée qui avait germé depuis le bar de l'Hôtel du Casino.

C'était une luxueuse bâtisse nichée sur un promontoire d'où elle en surplombait d'autres, moins belles, en retrait. Une oasis d'opulence dans un océan de misère.

Il devait suivre son intuition, c'était évident. Même si cela le conduisait à déraper ? Même si c'était totalement illégal ? Au risque de perdre le contrôle ? Il verrait bien. Sa décision était prise.

Dès qu'il avait relevé l'anomalie, un sixième sens lui avait chuchoté à l'oreille qu'il fallait agir. Et il n'était pas du genre à faire taire une telle exhortation.

Pourquoi le type qui avait découvert le cadavre du menuisier avait-il déclaré avoir téléphoné et laissé un message, alors que, sur le listing des appels reçus par la victime, il n'y en avait aucune trace ? « J'ai appelé pour savoir si ma commande était prête. Ça sonnait, ça sonnait, ça sonnait. Pas de réponse. Je lui ai laissé plusieurs messages, mais il ne m'a pas rappelé. » C'étaient ses propres mots, De Rolan aurait pu le jurer.

Ensuite, tout était allé très vite : comment allait-il les transporter, ses planches ? Dans son flamboyant coupé Mercedes ? L'alcantara anthracite de la sellerie s'accommoderait mal des échardes du bois brut.

Pour finir, il n'imaginait pas ce sexagénaire exécuter les travaux lui-même en plein hiver, avec ses mains manucurées, alors qu'il avait manifestement les moyens de sous-traiter cette tâche.

Non, décidément, il y avait trop d'incohérences pour que cet homme ne soit pas compromis. De quelle manière ? Il comptait bien le découvrir.

Il y avait une autre méthode, officielle, réglementaire, il en était conscient : tout révéler à Élisabeth pour qu'elle requière une mise sur écoute ou qu'elle auditionne cet homme. Mais tout ceci prendrait du temps. Or, De Rolan était pressé, avide de réponses, assoiffé de vérité. Et plus seul que jamais. Alors, il allait faire à sa façon.

Il regarda sa montre. Plus qu'une minute.

Sur le siège passager, le brassard fluo estampillé « gendarmerie » le narguait. On était si loin des démarches officielles ! Il le balança dans la boîte à gants.

Un nouveau coup d'œil à l'heure.

Si tout se passait comme prévu, le responsable de la police locale était, à cet instant même et sur ordre de De Rolan, en train d'appeler le suspect et sa femme pour les convoquer au poste afin de compléter leur déposition. Il avait bien insisté : « avec sa femme », pour que la maison soit vide. Ils avaient une fille mais, à cette heure-ci, elle serait en cours.

Le moment était venu.

Il sortit de sa voiture en prenant soin de fermer doucement la portière. Il s'était garé un peu plus haut, à l'entrée d'un chemin dissimulé par un talus enneigé. Il contourna la maison en longeant une allée bordée d'arbres et se cacha derrière un tronc.

Un claquement de portière. Un autre. Un bruit de moteur.

Il s'élança, sauta le muret, puis courut vers l'un des angles de la maison et se colla dos à un mur.

Lorsqu'il entendit la voiture s'éloigner, il passa la tête pour s'assurer qu'il avait le champ libre. Il vit le coupé Mercedes franchir le portail puis emprunter la route où il disparut.

La porte automatique du garage était en train de s'abaisser. De Rolan se précipita et roula sous le vantail horizontal qui hoqueta avant de se rouvrir.

Il poussa une porte qui menait dans un cellier où étaient stockés assez d'aliments pour survivre à un cataclysme. Sans s'attarder, il traversa une cuisine ultramoderne. Puis, il s'immobilisa dans un couloir au sol de marbre. Il hésita entre les pièces du rez-de-chaussée et le premier étage. Il opta pour la première solution.

Il ouvrit une double porte qui donnait sur un très vaste salon luxueusement meublé. Trois canapés en cuir formant un U faisaient face à une baie vitrée dont la vue, par beau temps, devait embrasser toute la vallée.

La pièce voisine était un salon de lecture aux bibliothèques remplies de livres anciens. Une paire de fauteuils, que l'on devinait confortables, étaient disposés autour d'une table basse en acajou.

De l'autre côté du corridor, il trouva ce qu'il cherchait : le bureau. C'était un endroit extrêmement chaleureux, décoré avec raffinement : meubles chinés, luminaires de designers, objets de collection. Il y pénétra et se pencha sur l'ordinateur portable.

Sans tarder, il y introduisit une clé USB trafiquée qui fit sauter les sécurités du système d'exploitation. Puis, il sortit un disque dur externe de sa poche et le connecta. Sur l'appareil, un écran à cristaux liquides indiqua : « Transfert en cours : 0 % – Temps estimé : 41 minutes. »

— Putain…

Télécharger l'intégralité du contenu de cet ordinateur s'avérerait sûrement payant. À condition qu'ils ne rentrent pas entre-temps !

Il passa rapidement en revue les quelques papiers et documents qui traînaient sur le plan de travail. La tâche était rendue pénible par les épais gants qu'il était contraint de conserver pour ne laisser aucune trace de sa visite.

Il se rua sur les tiroirs qu'il ouvrit un à un. Il y trouva des factures, des quittances, des courriers, des fournitures de bureau et, tout en bas, un pistolet !

C'était une arme ancienne, un Luger P08, qui datait de la Seconde Guerre mondiale. De Rolan s'en saisit et libéra le chargeur, constata que les balles de 9 mm Parabellum étaient parfaitement en place, prêtes à donner la mort.

Il porta le canon à son nez : pas d'odeur de poudre. L'arme n'avait pas servi récemment. Il la reposa et referma le tiroir. Sur le plan de travail étaient empilés plusieurs dossiers qu'il examina sans découvrir quoi que ce fût qui l'intéressât. Un agenda en crocodile était ouvert à la date du jour.

Franck De Rolan consulta celle à laquelle le premier enfant avait été kidnappé. La page était noircie de rendez-vous. Il tira son téléphone et prit une photo de la double page. Il fit de même avec chacun des jours correspondant aux disparitions.

Il replaça l'agenda en prenant bien soin de le disposer comme il l'avait trouvé. Et ce fut là qu'un détail retint son attention : les rendez-vous des deux derniers jours avaient tous été annulés. Chaque nom avait été rayé à la main. Deux pages entièrement raturées. Pourquoi avoir supprimé tous les engagements des deux dernières journées ? Depuis que ce couple avait été tué…

Ce n'était pas le moment de réfléchir, son temps était compté.

« Transfert en cours : 9,8 % – Temps estimé : 37 minutes. » Il ouvrit une grande armoire remplie de dossiers dont certains étaient épais de plusieurs centaines de pages. Leur contenu était indiqué sur la tranche. Là encore, il sortit son téléphone et prit le tout en photo. De cette manière, il avait désormais en sa possession le nom des sociétés et des biens que détenaient ces gens.

Il saisit un dossier au hasard et le parcourut : des statuts d'une entreprise, un Kbis, des comptes rendus d'assemblée générale, un rapport du commissaire aux comptes.

« Transfert en cours : 17,1 % – Temps estimé : 34 minutes. »

Il dénicha un classeur intitulé « Dépenses courantes » qu'il posa sur le bureau. Après en avoir ôté l'attache de tissu, il l'ouvrit et y trouva des notes de restaurants et d'hôtels ainsi que des factures, le tout classé par ordre chronologique. Il se rendit directement à la date où le premier enfant avait disparu. Il y avait l'addition d'une brasserie à laquelle était agrafée une facturette de carte de crédit. Il compara le numéro avec celui qui figurait sur d'autres pièces comptables, à d'autres dates, et constata qu'il s'agissait bien du même. Sur la note, un nom était griffonné. Il se précipita sur l'agenda qu'il ouvrit à la même date. Le nom correspondait. Il sortit son téléphone et tapa l'adresse du restaurant dans son navigateur. Lorsque la carte s'afficha, il l'élargit pour comparer avec les villes où les enlèvements s'étaient produits. Trois cents kilomètres, au bas mot, séparaient le concessionnaire du lieu du kidnapping. L'addition avait été réglée à 14 h 51, l'enlèvement s'était déroulé aux alentours de 16 h 30. De Rolan fit un rapide calcul : il aurait fallu rouler à 180 km/h, embarquer le gamin directement et filer. Injouable. Surtout que le trajet ne comportait pas que de l'autoroute. L'autoroute ? De Rolan avait aperçu un ticket de péage qu'il consulta aussitôt : 15 h 07. Et ce n'était pas la direction de l'école du gosse, c'était le chemin du retour ici. Aucun son ne sortit de sa bouche, mais ses lèvres dessinèrent le mot « merde ».

Un alibi en béton.

Il répéta l'opération pour chacune des dates de disparition et trouva systématiquement des justificatifs coïncidant avec ce qui était inscrit dans l'agenda.

Mais s'il n'était pas impliqué dans les kidnappings, il devait bien l'être dans la mort du menuisier. Sinon, pourquoi aurait-il menti ?

« Transfert en cours : 26,8 % – Temps estimé : 30 minutes. »

Il termina d'inspecter le rez-de-chaussée ; la maison ne comportait pas de cave.

Il grimpa au premier étage. Bien que convaincu d'être seul, il exécutait chaque mouvement avec le maximum de discrétion.

Face à l'escalier se trouvaient deux vastes chambres dont les portes étaient grandes ouvertes. Il resta sur le seuil pour les parcourir du regard.

Il se dirigea vers la troisième chambre et, tandis qu'il s'apprêtait à y pénétrer, il s'immobilisa soudain.

Il retourna sur ses pas et se planta devant les deux chambres qu'il venait de quitter. Il passa de l'une à l'autre, en faisant des allers-retours, comme s'il jouait au jeu des sept erreurs. Pourtant, les deux pièces n'avaient rien en commun. Et c'est précisément ce qui titillait Franck De Rolan : elles étaient toutes les deux occupées. En les visitant, il découvrit dans chacune d'elle une salle de bains avec, dans l'une du maquillage, des pinces à épiler, un miroir grossissant, dans l'autre un rasoir électrique, une tondeuse à barbe. Le couple faisait chambre à part.

Mais, ce qui l'interpella le plus, c'était la différence de style des deux pièces : des toiles contemporaines, des sculptures, des livres dans la chambre du mari ; une gravure de l'Enfant Jésus dans les bras de la Sainte Vierge, et un crucifix au-dessus du lit pour son épouse.

Tiens, tiens !

La troisième chambre était occupée par leur fille. Un lit à baldaquin de lin blanc faisait face à une large double fenêtre avec un balcon. Là aussi, des meubles de choix et des étoffes de qualité.

On était décidément à l'opposé du chalet miteux dans lequel il avait découvert des godemichets et où le gamin vivait dans la cave…

Tout à coup, un bruit attira son attention.

– 30 –

Comme la flamme d'un cierge soufflée par une bourrasque, la foi d'Élisabeth Guardiano s'était éteinte. Ses études dans l'établissement privé catholique Saint-Michel lui semblaient si lointaines… Saint Michel, justement. L'archange qui terrasserait le diable lors du combat final. Ce nouveau pied de nez du destin avait de quoi faire sourire. Saint Michel, aussi, qui pesait les âmes au jour du Jugement dernier. Pour cette jeune fille passée au service de la justice, le symbole n'était pas anodin.

À côté du logo stylisé de la Bête transpercée par la lance du héraut de Dieu, elle se souvenait d'avoir crayonné le nom de quelques groupes de rock à la mode. Elle était loin d'imaginer alors la nature du combat qu'elle devrait mener quelques années plus tard dans cette ville sinistre, perchée à flanc de roche.

Cela faisait bien longtemps qu'elle n'avait pas même songé à l'existence de Dieu. Le diable, en revanche, elle avait le sentiment de le connaître.

Au volant de sa voiture, Guardiano ressassait la conversation qu'elle venait d'achever avec l'évêque. Bien sûr, elle rejetait toutes ces histoires de démon, de possession, d'Apocalypse et d'ange annonciateur de meurtres sanguinaires. Pour autant, les faits étaient déroutants : des victimes s'entretuant avec un plaisir jouissif, un prêtre se donnant la mort sur fond de pédophilie, des oiseaux mourant sans raison et, comble du comble, ce Mangeur d'âmes, une créature légendaire mystérieusement exhumée du Moyen Âge dont l'odeur de soufre resurgissait ici, dans les massifs enneigés. En définitive, affirmer que la fin du monde était proche faisait presque figure d'explication logique.

Elle fut tirée de ses pensées par la sonnerie de son téléphone. Elle décrocha en activant le haut-parleur, tandis qu'elle continuait de conduire.

— Élisabeth ?

— Mes respects, monsieur le commissaire. Que puis-je pour vous ?

— J'ai reçu votre rapport provisoire.

— Troublant, n'est-ce pas ?

— Ce qui est le plus troublant, c'est la facilité avec laquelle vous gaspillez l'argent du contribuable ! répondit-il d'un ton cassant.

— Comment ?

— L'équipe de l'Identité judiciaire, vous croyez qu'elle n'a pas mieux à faire que de déneiger un jardin ? Vous trouvez ça normal ?

— Il s'agissait de retrouver des enfants enlevés et assassinés, commissaire.

— Et qu'avez-vous découvert ?

— Rien dans le jardin.

— Et rien dans la cave non plus. J'ai le compte rendu sous les yeux.

— Nous soupçonnions ces gens…

— Qui ça, « nous » ?

— Je fais équipe avec un capitaine de gendarmerie de l'OCDIP qui enquête sur le kidnapping de trois gamins.

— Je croyais que vous préfériez travailler seule ?

— En effet. Seulement, nos affaires sont imbriquées donc nous unissons nos forces.

— Laissez-moi deviner : il vous a confié le soin de faire venir l'Identité judiciaire, pas vrai ?

— Oui.

— Comme ça, c'est la police qui finance l'opération, pas la gendarmerie. Bien joué. C'est malin de sa part !

— Ce n'est pas sa motivation…

— Élisabeth, je ne doute pas que ce capitaine de gendarmerie soit déterminé à mettre la main sur les enfants qu'il recherche. À sa place, nous le serions également. Mais il se sert de vous pour que vous l'aidiez dans son affaire. Je suis surpris qu'une femme aussi brillante que vous ne l'ait pas compris. Je vous ai mandatée pour enquêter sur un double meurtre, et vous voilà embarquée malgré vous dans des disparitions. Vous vous faites mener par le bout du nez et vous ne vous en rendez pas compte. Au final, c'est nous qui payons l'addition. Pour zéro résultat. C'est salé.

— Puisque nous parlons d'argent, que pensez-vous des 70 000 euros qu'on a découverts et placés au séquestre ? C'est une jolie somme, non ?

— Je le reconnais. Mais quel rapport avec leur mort ?

— Je ne sais pas encore, mais…

— Bah voilà. C'est tout le problème ! Élisabeth, vous voulez *absolument* trouver quelque chose, donc vous faites feu de tout bois. Ils travaillaient sûrement au noir et cachaient leurs économies, la belle affaire ! En réalité, personne n'est intervenu pour les tuer, ils ont fait ça tout seuls.

— Commissaire, le légiste a retrouvé de la chair humaine dans leur bouche ! Vous avez déjà vu des gens s'entretuer avec autant de sauvagerie ?

— Non, et alors ? OK, c'est une première. Ça mène où ?

— Ça mérite qu'on s'y intéresse, non ?

— Vous voulez vraiment qu'on parle du rapport du médecin légiste ?

Il avait dit cela d'un ton si vindicatif qu'elle préféra le laisser poursuivre.

— Alors… je cite : « En dépit des caractéristiques singulières décrites ci-dessus, nous excluons toute présence d'une tierce personne. » C'est d'ailleurs ce qu'il vous a dit de vive voix, non ?

— Oui.

— Vous avez consulté le STIC[1] ?

— Oui, personne n'a de casier, pourtant…

— Autrement dit, affaire classée.

— Et le menuisier ?

— Eh bien, quoi ?

— Il s'est jeté sur sa scie. Ce n'est quand même pas banal !

— Et si le boulanger se brûle ? Et si le garagiste se fait écraser par une bagnole ? Vous prétendrez que c'est lié ? Vous affirmerez encore que c'est toujours la même affaire ?

Elle devait reprendre la main, défendre ses convictions. Son intonation dégagea davantage d'assurance :

— Les ordinateurs ont disparu sur chacune des scènes de crime. Quelqu'un s'en est emparé.

---

1. Système de traitement des infractions constatées : fichier de police informatisé français du ministère de l'Intérieur regroupant les informations concernant les auteurs d'infractions interpellés par les services de la police nationale.

— Et vous pensiez y trouver quoi ? Les schémas d'une bombe atomique ? Un complot mondial ?

— Non, mais je vais…

— Vous croyez vraiment que je peux justifier de défrayer pendant plusieurs jours un OPJ[1] pour des ordinateurs volés ? Laissez donc ça à la police locale.

— Il y a d'autres éléments que je n'ai pas consignés dans mon rapport.

— Lesquels ?

— Chaque scène de crime comporte des similitudes : nous y avons notamment retrouvé la même statuette. Placée là par quelqu'un qui savait que ces personnes allaient mourir.

— Elle représente quoi, cette statuette ?

— Heu… le diable, soupira-t-elle d'un air penaud.

— Il ne manquait plus que ça !

Elle aurait voulu lui parler des oiseaux morts, de son instinct et de celui du capitaine De Rolan, mais elle savait que, sortis de leur contexte, les détails de cette affaire n'avaient aucune logique.

— Vous êtes toujours là ? demanda-t-il.

— Oui.

— Bon. Écoutez, Élisabeth, c'est ma faute, reprit-il sur un ton apaisant. Le juge avait exprimé le vœu que vous retourniez sur le terrain, je l'ai suivi sans réfléchir, j'aurais dû m'y opposer. C'était beaucoup trop tôt… Vous n'étiez pas prête. Je pense que votre jugement est altéré et que…

— Putain, commissaire, pendant combien de temps allez-vous me sortir ça, hein ?

— Calmez-vous, je voulais juste dire…

1. Officier de police judiciaire.

— Quoi ? Que vouliez-vous dire ? Que je suis complètement dingue ? Folle à lier, c'est ça ? Que je ne suis plus capable de faire mon boulot aussi bien qu'avant ?

— Excusez-moi. J'ai été maladroit. Ce n'est pas ce que je voulais dire. Simplement, après ce qui s'est passé, il n'est pas surprenant que vous soyez perturbée et que cela ait un impact sur les conclusions de votre enquête. Voilà tout.

Elle leva les yeux au ciel.

Tous deux marquèrent une pause. La violence de l'échange avait laissé des séquelles et il fallait du temps pour encaisser. Ce fut le commissaire qui reprit le premier :

— Élisabeth. Il n'y a pas d'affaire. Rien. Rien du tout. Vous comprenez ?

— OK, admit-elle, sans conviction.

— Je ne sais pas ce qui vous pousse à vouloir continuer et, en définitive, je m'en fous. Je veux que vous cessiez de perdre votre temps alors que vous nous seriez très utile sur un autre dossier. Revenez au bureau et redevenez l'excellente flic que j'ai toujours connue. Prenez la route dès demain, oubliez tout ça et on passe à autre chose. Entendu ?

— C'est une suggestion ?

— C'est un ordre.

– 31 –

Surpris et inquiet, Franck De Rolan s'approcha de la fenêtre d'une des chambres. Il tira légèrement le rideau pour ne pas se faire voir et jeta un œil au-dehors.

— Merde !

La Mercedes noire passait la grille et s'engageait dans le jardin. Le cœur de Franck De Rolan s'emballa.

Son cerveau fonctionnait à plein régime et énumérait les options : fuir ? Se cacher ? Simuler un cambriolage ? Récupérer le disque dur ou l'abandonner sur place ? Les idées se bousculaient dans son esprit.

Profitant des quelques secondes qui lui restaient avant qu'ils soient à l'intérieur, il dévala l'escalier.

Les portières de la voiture claquèrent.

À peine arrivé au rez-de-chaussée, il vit la poignée de la porte du cellier s'abaisser. Il eut tout juste le temps de s'élancer dans la bibliothèque et de se réfugier derrière l'un des fauteuils.

Accroupi derrière un siège, il entendit des pas dans le couloir, la penderie que l'on ouvrait, des vêtements que l'on accrochait, la penderie que l'on refermait. D'autres bruits de pas.

De Rolan était au bord de la panique. Combien de temps allait-il pouvoir rester caché ici ? Et si quelqu'un venait ?

Et le disque dur posé en évidence sur le bureau ? Si quelqu'un y entrait, il l'apercevrait inévitablement.

Les bruits de pas s'étaient dissociés. D'un côté l'homme – le son était plus mat – sur la droite. Peut-être se dirigeait-il vers les toilettes ? De l'autre, la femme. Mais où se trouvait-elle ? Il ne l'entendait plus.

Une chasse d'eau. Un robinet. L'homme traversait le couloir en sens inverse. Pour rejoindre sa femme ?

S'ils étaient tous les deux dans la cuisine, c'était le moment de se précipiter dans le bureau.

De Rolan s'engagea dans le corridor. Non ! Des pas, encore.

Il recula brusquement et regagna sa cachette.

Quelqu'un se tenait dans le salon. Le téléviseur se mit en marche. De Rolan grimaça : le son de la télé l'empêchait de localiser le couple.

Une conversation. Ils étaient ensemble dans le salon.

C'était le moment.

De Rolan se redressa et avança prudemment dans le couloir dont il longea le mur, puis pénétra dans le bureau. Il arracha le câble du disque dur externe et le fourra dans sa poche.

Soudain, la discussion s'interrompit. Des pas. D'un bond, De Rolan s'élança derrière la porte. Quelqu'un entrait dans le bureau.

C'était l'homme. Il se dirigea vers le plan de travail, y déposa plusieurs enveloppes, ouvrit un tiroir, saisit le pistolet, sortit le chargeur pour vérifier qu'il contenait bien des munitions, arma la culasse et le fourra dans son pantalon. Toujours debout, il se mit alors à consulter des documents.

S'il se retournait maintenant, il tomberait nez à nez avec De Rolan !

Ce dernier tendit la main et tira la porte vers lui pour qu'elle le dissimule entièrement.

De Rolan retint sa respiration et demeura aussi immobile que possible.

L'homme se tourna, fit quelques pas, saisit la poignée de porte, et la ferma en quittant la pièce.

De Rolan poussa un soupir de soulagement.

Toutefois, avec la porte désormais close et le son de la télévision, il lui était extrêmement difficile de localiser les occupants de la maison.

Son attention se porta sur la fenêtre. Dépourvue de barreaux, c'était une issue intéressante. Sauf que… elle donnait directement sur la grande baie vitrée du salon. Il serait donc immédiatement repéré et constituerait une cible facile si d'aventure le propriétaire du Luger avait envie de faire parler la poudre. Autant traverser un champ de tir !

Franck De Rolan inspira profondément pour recouvrer son calme et prendre la bonne décision.

La porte principale devait être fermée à clé. Celle du cellier, c'était moins sûr, mais, comment ouvrir le garage ? Où se trouvait la télécommande du portail ? Probablement accrochée au porte-clés de la voiture. Et où était-il ? Il n'en avait pas la moindre idée.

De Rolan se gratta nerveusement le crâne. Tôt ou tard, quelqu'un pénétrerait à nouveau dans cette pièce. Il ne pouvait pas moisir ici. Il fallait trouver un moyen de s'échapper.

Il pourrait sortir par la fenêtre de la bibliothèque, mais cela l'obligerait à traverser tout le couloir. Impossible d'y parvenir sans être repéré.

Puisque le rez-de-chaussée ne présentait que des issues risquées, il envisagea de changer radicalement de tactique : s'enfuir par la fenêtre de l'une des chambres. Celle de la gamine donnait sur la rangée de sapins alignés à l'arrière de la maison. Et elle disposait d'un balcon duquel il pourrait se laisser tomber !

De Rolan dessina mentalement le plan de la bâtisse et évalua le temps qu'il lui faudrait, le bruit qu'il était susceptible de faire et le risque d'être vu. Le résultat lui déplut.

Il regarda par le trou de la serrure. Une ombre traversait le corridor. Il se recula machinalement.

Il perçut une conversation dans le salon. Ils étaient ensemble. Ou bien était-ce la télé ?

L'oreille collée contre la porte, il tentait d'identifier la source des voix. En vain.

Il agrippa la poignée des deux mains et la fit tourner le plus délicatement possible. Puis, il ouvrit la porte en se contentant de laisser un interstice très étroit à travers lequel il balaya du regard le couloir. D'où il se trouvait, il pouvait apercevoir une partie du salon. Un homme s'y tenait, de dos.

S'il grimpait l'escalier, l'homme ne le verrait pas. Sauf s'il se retournait soudainement…

Et la femme ? Où était-elle ? Elle ne parlait pas, ne se déplaçait pas. Impossible de la localiser. Si elle lisait dans le salon ou était affairée dans la cuisine, c'était bon. Sinon…

Il était temps de jouer le tout pour le tout !

Il ouvrit la porte en grand et s'élança dans l'escalier. Soudain, son téléphone vibra dans son blouson.

Il gravit les marches quatre à quatre en portant sa main à sa poche pour atténuer le bruit des vibrations.

Si la femme se trouvait dans la cuisine, elle avait entendu.

Il hésita entre se précipiter par la fenêtre puis détaler dans le jardin, ou attendre pour voir si quelqu'un l'avait repéré.

Le pistolet dans la poche du mari le convainquit de fuir.

— C'était quoi, ce bruit ? demanda une voix féminine au rez-de-chaussée.

Il ouvrit la porte-fenêtre, la referma tant bien que mal, enjamba la balustrade du balcon, s'arc-bouta et sauta dans la neige.

Même diffus, le bruit sourd du géant tombant du premier étage s'entendit du salon.

L'homme fronça les sourcils. Il s'approcha de la baie vitrée et scruta le jardin. Il y avait bien eu un bruit. Avec celui que sa femme avait signalé quelques instants plus tôt, ça faisait beaucoup. Il empoigna son Luger et ouvrit la porte-fenêtre d'un coup sec.

Franck De Rolan s'était collé à l'un des murs de la maison.

Il porta la main à son arme et retint sa respiration.

Les deux hommes n'étaient séparés que par un angle et à peine quatre mètres.

De Rolan ne pouvait plus bouger sous peine d'être découvert.

L'homme fit un pas à l'extérieur. Puis un autre.

Ses doigts s'agitaient sur la crosse de bois du pistolet. S'il avançait davantage, il verrait De Rolan.

Soudain, un gros paquet de neige tomba du toit et s'écrasa sur la terrasse, à proximité de l'entrée.

L'homme jeta un coup d'œil sur la toiture enneigée. Un poudroiement blanc virevolta depuis l'arête du faîtage. Un autre bloc de neige commençait à se détacher.

L'homme sembla rasséréné. Il croyait avoir identifié la source de ces bruits. Pourtant, au lieu de ranger son arme et de rentrer chez lui, il fit encore un pas. Puis un autre.

Cette fois, De Rolan n'était plus couvert par l'arête du mur. Il serra son pistolet tandis que tout son corps tentait de se fondre dans la pierre.

Ce fut autre chose qui attira l'attention de l'homme. Il s'accroupit dans la neige, intrigué par une minuscule forme noire qui avait troué le tapis blanc.

C'était le cadavre d'un oiseau.

– 32 –

Sitôt rentré dans sa chambre d'hôtel, Franck De Rolan balança son blouson sur le lit. D'un geste, il balaya tout ce qui se trouvait sur la tablette qui servait à prendre le petit déjeuner. Il saisit la sacoche à ses pieds et en sortit son ordinateur portable qu'il installa face à lui. Il se laissa tomber sur le siège et connecta le disque dur externe.

Méticuleusement, il étudia un à un tous les fichiers qu'il venait de pirater.

Il visionna des centaines de photos, parcourut des milliers de pages de texte, prit connaissance des sites Internet les plus fréquentés. Chaque fois qu'un document apparaissait, il l'inspectait avec la même minutie, dans l'espoir d'y découvrir un indice.

Pourtant, son zèle ne lui permit pas de mettre au jour le moindre élément incriminant. Mais il n'avait pas dit son dernier mot.

Sans être un expert en la matière, De Rolan n'en était pas à son coup d'essai en ce qui concernait les petits malins qui cachaient ou cryptaient leurs données. Il avait donc fait mouliner une armée de logiciels à l'affût de toute information échappant aux recherches classiques. L'écran affichait une série de barres de progression lui indiquant l'état d'avancement de la détection.

Après quelques minutes, le résultat tomba : rien.

Certes, en arrachant la prise à la hâte pour pouvoir s'enfuir, il avait interrompu le transfert avant son terme. Toutefois, il était peu probable que les quelques fichiers restants aient été précisément les seuls capables de faire progresser son enquête. Non, ce disque dur ne contenait rien de crucial.

Son téléphone vibra, affichant le numéro d'Élisabeth Guardiano. Elle avait essayé de le joindre à plusieurs reprises – c'était elle qui l'avait appelé alors qu'il se trouvait encore dans la maison. Mais il ne souhaitait pas lui confesser son intrusion illégale. Il devait mener sa propre enquête, à sa façon. Il fallait avancer.

Cette femme avait quelque chose de fascinant. Il en appréciait les méthodes, la détermination, le goût du risque. Il n'était pas non plus insensible à son charme. En d'autres circonstances…

Pour autant, il avait bien conscience du jeu qu'il jouait avec elle.

Le téléphone cessa de vibrer.

Il enfouit son visage dans ses mains et tenta de faire le point.

Si les enfants avaient bien été kidnappés par ce couple retrouvé mort, qu'étaient-ils devenus ? Puisque aucun corps n'avait été découvert dans la cave ni dans le jardin, qu'avaient-ils pu faire d'eux ? Et dans quel but les avoir enlevés ?

— *Ils sont morts, n'est-ce pas ?*

— *Oui.*

Toute cette histoire n'avait aucun sens. Alors, quel crédit accorder à un enfant instable, victime de maltraitance et ayant subi un sévère traumatisme ? Pouvait-il délirer, affabuler ? Assurément.

Jusqu'à quel point devait-il écouter son cœur ?

Son cœur, précisément, lui hurlait qu'il voyait juste. Ce gamin souffrait de désordres psychologiques graves, c'était évident, pourtant, en prononçant ces paroles, il avait l'accent de la vérité. Ces enfants, il avait dû les croiser et être spectateur involontaire de leur mort.

De nouveau, la haine gagna De Rolan qui serra les poings. Qu'avait-il voulu dire avec ce « Mangeur d'âmes » ? Le seul témoin potentiel était un enfant aux propos incohérents et qu'il lui était désormais interdit d'approcher !

Il lui fallut quelques instants pour chasser ses idées noires et recouvrer une pensée rationnelle.

D'un côté un couple modeste et un simple menuisier, de l'autre un homme manifestement aisé, possédant une luxueuse maison et une grosse Mercedes. Aucun rapport. Pourtant, il y avait un lien. Lequel ?

Les liasses de billets dissimulées dans le compartiment dérobé dans la table lui revinrent à l'esprit. Une jolie somme. Il pouvait s'agir d'un couple de maîtres chanteurs.

D'accord mais, dans ce cas, quel secret avaient-ils découvert ? Et qui faisaient-ils chanter ? Le menuisier ?

Le plus souvent, ces histoires de chantage concernaient soit un adultère, soit de l'argent non déclaré dans le cadre d'une activité professionnelle. Deux raisons qui ne correspondaient pas au menuisier puisqu'il était célibataire et, de toute évidence, ne roulait pas sur l'or. Même s'il se livrait à un peu de travail au noir, il n'y avait pas de quoi le faire chanter, et encore moins obtenir de lui 70 000 euros.

Non, cela ne tenait pas debout.

De Rolan reprit son analyse depuis le début : et si le couple et le menuisier étaient complices ! Ensemble, ils détenaient un secret qui leur permettait de faire chanter quelqu'un. Qui ? L'homme à la Mercedes ? Possible. Lui et sa femme avaient de l'argent, tout le monde en ville le savait, ce qui faisait d'eux des proies intéressantes. Ils devaient probablement être en mesure de sortir 70 000 euros en espèces sans que cela se remarque. Alors, quel secret cachaient-ils qui pouvait valoir autant de fric ?

Pourtant, si le menuisier était de mèche, pourquoi n'avait-on pas retrouvé le moindre billet à son domicile ?

De Rolan se remémora sa visite des lieux : il y avait plusieurs bâtiments encombrés de meubles et de matériel dont Élisabeth et lui-même n'avaient exploré qu'une infime partie. Ne pas avoir trouvé de billets ne signifiait pas qu'il n'y en avait pas. Sans compter qu'il avait peut-être déjà tout dépensé.

Leur implication commune expliquerait qu'ils aient été assassinés tous les trois. Quelqu'un voulait mettre un terme au chantage par la méthode la plus classique et la plus radicale. La seconde étape était de faire disparaître toute preuve, ce qui justifiait également le vol des deux ordinateurs qui recelaient le moyen de pression.

Une autre question taraudait De Rolan : comment l'homme à la Mercedes avait-il pu se retrouver à la merci d'un trio de maîtres chanteurs à la petite semaine ? Un chômeur, une vendeuse en boulangerie et un menuisier, a priori ce n'était pas le casting idéal pour avoir la mainmise sur des notables de la ville. Comment se faisait-il que ce soit précisément eux qui soient parvenus à découvrir ce secret et personne d'autre ? Quels étaient leurs liens ?

La réponse devait forcément se trouver sur l'autre disque dur, celui du menuisier. De Rolan croisa les doigts pour que son collègue soit en mesure d'en récupérer le contenu et de le lui transmettre.

Alors que sa nouvelle théorie commençait à prendre forme, De Rolan eut du mal à s'en réjouir tant il avait en tête les nombreux écueils qui entravaient sa route vers la vérité.

En premier lieu, quel rôle jouait cette statuette en bois ? S'il s'agissait bien d'une série de meurtres, pourquoi attirer l'attention des autorités ? Le ou les responsables de ces actes avaient la possibilité de tuer – ou, plus exactement, d'inciter à tuer – en privant les enquêteurs d'indice. Pourquoi alors venir gâcher ce privilège en y déposant un objet compromettant ? Par orgueil ? Pour donner un avertissement ?

Ensuite, pourquoi cette figurine représentait-elle le diable ? Fallait-il y voir un message symbolique ? Était-ce de la superstition ?

Il y avait aussi, bien sûr, l'interrogation centrale : comment provoquer des décès d'une telle brutalité sans que personne ne soit impliqué ?

Et, pour finir, comment expliquer que les oiseaux tombent du ciel ? Se pouvait-il que ce soit lié ?

À cette dernière question, De Rolan fit craquer ses cervicales et poussa un long soupir de renoncement en contemplant le plafond.

Soudain, quelqu'un frappa à sa porte. De Rolan alla ouvrir.

Élisabeth Guardiano se trouvait dans l'embrasure. Elle avait les traits tirés. L'impuissance et la déception avaient creusé des sillons sur son front et sous ses yeux. Elle était également plus pâle qu'à l'accoutumée. La lumière anémique du couloir n'arrangeait rien.

— J'ai sonné, mais je crois que la sonnette ne fonctionne plus.

— Un établissement de ce standing ? C'est scandaleux. Je me plaindrai au directeur !

Elle eut un léger sourire qui ne parvint pas à dissimuler sa mélancolie. Elle tira sur ses manches avant de déclarer avec la fébrilité d'une petite fille :

— Je suis venue vous dire au revoir.

— Au revoir ? s'étonna-t-il. Pourquoi ? Vous partez ?

— Demain. Je prendrai la route à la première heure, je voulais vous saluer avant de rentrer. J'ai essayé de vous joindre à plusieurs reprises. Mais je préfère vous l'annoncer en personne. Alors… voilà.

— Que se passe-t-il ?

— On m'a dessaisie de l'enquête. Enfin, non, c'est encore plus pathétique : on m'a dit qu'il n'y avait pas d'affaire du tout.

— Mais… vous avez bien avancé quelques arguments, non ?

— Lesquels ? Les statuettes du démon ? Rapporter les propos de l'évêque ? Avouez qu'il y a de quoi nous prendre pour des cinglés.

De Rolan hocha tristement la tête. L'Administration n'était pas réputée pour son ouverture d'esprit, en particulier pour ce type de sujet.

— Je regrette.

— C'est comme ça, conclut-elle.

Il mesurait parfaitement la déception et la frustration de sa partenaire. Elle était atteinte, cela se voyait. Il tenta une pirouette :

— C'est dommage, nous n'avons même pas eu le temps de coucher ensemble.

— Je vais vous surprendre, mais votre humour va me manquer. Je ne saurais vraiment pas dire pourquoi.

— Je vous invite à dîner ?

— C'est gentil, mais je n'ai pas trop l'esprit à me divertir. Je vais me faire couler un bain chaud, terminer mon rapport, me coucher tôt et partir à l'aube. Quitter cette ville sera au moins un point positif, non ?

Il acquiesça d'un signe de tête qui manquait de conviction.

— Je souhaite sincèrement que vous retrouviez les enfants. Bonne chance.

Avant qu'il puisse répondre, elle tourna les talons et se dirigea vers sa chambre.

De Rolan ferma la porte et demeura immobile. Les yeux dans le vague. Il pesait les conséquences de ce départ.

Désormais, il était seul.

Ne l'avait-il pas toujours été ?

Il ouvrit la porte d'un geste brusque.

— Attendez !

La policière était déjà en train d'introduire sa clé dans la serrure de sa chambre. Elle tourna la tête vers lui :

— Qu'y a-t-il ?

Il la rejoignit et se planta face à elle.

— Retardez votre départ.

— Je ne peux pas, j'ai reçu une injonction.

— J'ai du nouveau.

— Qu'est-ce que c'est ?

— À quel point puis-je vous faire confiance ?

— Je n'aime pas du tout ce type de question. Ça signifie : « J'ai confiance en vous, mais ce que je vais vous dire va vous indigner au plus haut point. Et j'ai tellement honte que j'ai besoin d'en parler. »

— C'est exactement ça. Sauf que je n'ai pas honte.

— Ça peut m'attirer des ennuis ?

— Énormément.

Guardiano soupira :

— Je m'en doutais.

— Mais vous voulez quand même savoir. Parce que vous êtes le genre de femme qui préfère nager dans les emmerdes que dans l'ignorance.

— Pas cette fois, trancha-t-elle en pénétrant dans sa chambre.

— Même si ça relance l'enquête ?

Elle ressortit dans le couloir et le fixa :

— Vous avez découvert quelque chose d'important ?

— Je le pense, oui.

— Pourquoi ne continuez-vous pas seul ?

— J'ai besoin de vous.

Il éprouva immédiatement le besoin de lever l'ambiguïté de sa phrase :

— Mon boulot à moi, c'est de retrouver ces gosses. Je ne suis pas enquêteur criminel. Les meurtres, tout ça… je ne sais pas faire. Et puis, c'est votre dossier, vous vous rappelez ?

— Qu'avez-vous à me dire ?

Il s'approcha d'elle et parla plus bas :

— L'unique témoin de la mort du menuisier, vous avez remarqué sa réaction ?

— Il avait peur.

— Oui. Peur. Mais pas bouleversé à la vue d'un homme coupé en deux. Ce sont deux sentiments très distincts. Il voulait partir, échapper à quelque chose.

— Il vous faudra des indices plus solides que ça pour relancer l'enquête.

— Il nous a déclaré être venu chercher de quoi réparer une cabane ou je ne sais quoi.

— Une remise. Je m'en souviens.

— Si vous deviez transporter des planches, vous prendriez votre coupé flambant neuf ?

— Il n'a peut-être qu'une seule voiture.

— Il est concessionnaire.

— Et alors ? C'était son véhicule personnel. Il ne va pas emprunter…

— Il a un flingue.

— Hein ? Comment le savez-vous ?

— C'est à ce moment-là que vous devez me faire confiance.

— Je crains le pire.

— Je me suis introduit chez lui.

— Quoi ? Mais vous êtes complètement malade !

— Un concessionnaire qui ressent le besoin de porter un pistolet, c'est étrange, non ?

— Mais qu'est-ce qui vous a pris de faire ça ?

— Il n'a jamais appelé le menuisier, il n'a jamais commandé des planches, il n'a même pas de remise à retaper.

— Pourquoi nous avoir menti ?

— C'est une question intéressante, n'est-ce pas ? J'en ajouterai une autre : que faisait-il sur place ?

– 33 –

Du revers de la main, l'infirmière cacha son bâillement. Elle n'aurait su dire combien d'heures supplémentaires elle cumulait depuis le début du mois, et la fatigue commençait à se faire sentir. Les quelques jours qu'elle avait pu poser pour les vacances de Noël seraient les bienvenus.

Elle poussa machinalement son grand chariot en Inox dont l'une des roues couinait. Elle tira un plateau-repas de l'un des compartiments, vérifia rapidement qu'il ne manquait rien et pénétra dans la chambre 217.

— C'est l'heure du repas ! annonça-t-elle d'une voix chantante.

La pièce était plongée dans l'obscurité. Par la lueur qui émanait du couloir, elle parvint à distinguer la table à roulettes et y déposa le plateau.

— Ce n'est pas encore le moment de dormir. Tu es fatigué ? Je vais allumer, tu te rendormiras après avoir mangé, d'accord ?

L'enfant s'était paisiblement blotti sous la couverture.

— À ton âge, c'est important de bien manger, tu sais ?

Elle actionna l'interrupteur. Les néons inondèrent la pièce de leur lumière blanche.

L'enfant dormait toujours.

Quelque chose éveilla les soupçons de la femme. Cette forme, dans le lit…

Elle s'approcha.

En soulevant le drap, elle ne trouva que des serviettes de toilette roulées de manière à imiter un corps.

La salle de bains était vide, de même que le placard avec ses affaires.

Elle sortit en hâte, délaissa le chariot et se planta sur le seuil du bureau des infirmières.

— Le gamin de la 217, il était prévu qu'il sorte ?

— Non, répondit l'une de ses collègues, une blonde élancée à l'accent d'Europe de l'Est.

— Tu es sûre ?

— Oui, oui, certaine. Son psychiatre scolaire est venu lui rendre visite un peu plus tôt. Il a dit qu'il était très fragile et a interdit les visites. La cheffe de service a confirmé. Donc, si tu veux mon avis, le gosse est là pour un moment !

— Il n'est plus là !

— Hein ? Comment ça ?

— Il s'est enfui !

– 34 –

Élisabeth Guardiano se gara à proximité de l'entrée de la luxueuse maison.

— Je n'arrive pas à croire que vous avez pénétré chez ces gens par effraction.

— Je suis un homme plein de surprises.

Elle ne répliqua pas. Tous deux détachèrent leur ceinture et sortirent du véhicule pour interroger « l'homme à la Mercedes ». Il s'était remis à neiger et le vent froid leur sauta au visage.

De gros flocons vinrent se poser sur eux.

Tout à coup, ils entendirent un claquement sec.

Ils se tournèrent vers la maison, d'où provenait le bruit. Un autre claquement, puis un troisième.

Des coups de feu !

Ils se précipitèrent, sautèrent le muret, puis se ruèrent dans le jardin en dégainant leur arme.

Familier des lieux, De Rolan se plaqua contre le mur de la façade. Il savait que, depuis la baie vitrée, il aurait vue sur tout le salon et une partie du couloir.

Guardiano, elle, se dirigea vers la porte d'entrée qu'elle trouva verrouillée.

Empoignant son Sig Sauer à deux mains, De Rolan jeta un coup d'œil à travers la fenêtre. Le salon était vide.

Une nouvelle détonation !

— Police ! hurla Guardiano.

Un coup de feu lui répondit.

De Rolan se précipita vers la porte du garage dont le vantail était baissé. Il rebroussa chemin, retourna sur la terrasse où il s'empara d'une lourde chaise de jardin en fer forgé et l'envoya voler dans la baie vitrée qui explosa.

Il enjamba la vitre brisée dont certains morceaux se dressaient comme des lames. Il braqua son arme sur le salon qu'il balaya du regard. Lorsqu'il fut certain que la pièce était vide, il s'engouffra dans le corridor. Ses pas craquèrent en marchant sur les bouts de verre.

Il passa la tête dans le couloir. Rien.

Il songea à aller ouvrir la porte à Guardiano, mais cela le contraindrait à avancer à reculons en s'exposant à d'éventuels tirs. Il décida donc de progresser seul. Au moins, il connaissait la configuration des lieux.

Il surgit dans la bibliothèque, l'arme tendue. Personne. Il fit de même avec le bureau. Rien non plus.

Il s'apprêtait à pénétrer dans la cuisine lorsqu'il entendit un bruit derrière lui.

Il s'en voulut. Son erreur était grossière. Il avait négligé l'angle mort de l'escalier.

Lentement, De Rolan se tourna. Échec et mat.

Les quelques fractions de seconde qui suivirent furent suffisantes pour qu'il comprenne qu'il allait mourir.

Il ne vit pas sa vie défiler.

Il ne vit pas le visage rassurant de ses proches. Il ne vit qu'un canon noir pointé sur sa tempe.

Il ferma les yeux, résigné. Il avait presque envie d'en rire. Le coup de feu déchira le silence de la maison.

– 35 –

Franck De Rolan n'entendit pas les autres tirs. Il eut simplement l'impression que le temps s'était arrêté.

Il fermait les yeux si fort que cela en était douloureux. Lorsqu'il les rouvrit, un homme s'effondrait sur le carrelage du couloir, au pied de l'escalier derrière lequel il s'était dissimulé. Son Luger lui échappa des mains et glissa sur le sol.

Incrédule, De Rolan cherchait à comprendre d'où son salut avait bien pu venir. En se tournant, il vit Élisabeth Guardiano qui braquait son arme encore fumante depuis la fenêtre de la cuisine. Son visage était anormalement crispé ; son regard reflétait une lueur étrange, une étonnante intensité.

Pour la première fois de sa vie, elle venait de donner la mort.

Elle entra à son tour dans la maison par la vitre brisée. Manifestement sous le choc, De Rolan était resté planté là.

— Ça va ? Vous n'avez rien ?

Il demeura silencieux.

— Répondez-moi ! Vous allez bien ?

Il lui fallut encore un instant pour recouvrer ses esprits.

— Oui, balbutia-t-il. Ça va.

Toujours sur le qui-vive, Guardiano braqua son arme vers l'homme qu'elle venait d'abattre. Son crâne avait explosé lorsqu'il avait été traversé par la rafale de trois balles de 9 mm qu'elle avait tirée. Elle donna un coup de pied dans le Luger, conformément aux procédures qui lui avaient été enseignées.

Elle tendit son pistolet vers l'escalier en prenant soin de s'exposer le moins possible.

Tous ses sens étaient en éveil, guettant la moindre menace. Alors qu'elle avait abattu cet homme par réflexe, sans véritablement réfléchir, elle prenait à présent conscience de la gravité de son geste. Son cœur jouait du tambour et sa respiration devenait plus pénible.

Elle gravit une à une les marches de l'escalier, les deux mains serrées sur la crosse de son pistolet.

Arrivée à l'étage, le stress atteignit son paroxysme : il y avait des angles morts partout ! Si quelqu'un surgissait depuis l'une des pièces, il disposerait d'un avantage de plusieurs secondes.

Heureusement, elle entendit De Rolan qui montait à sa suite. Elle lui jeta un rapide coup d'œil et constata qu'il était à nouveau opérationnel. Il braquait son arme pour couvrir ses arrières.

Elle pénétra dans l'une des chambres. Les jambes arquées, les bras tendus. Elle pointa chaque recoin. Vide. Elle se dirigea vers la salle de bains. Vide également.

Le tandem répéta la même action dans chacune des chambres. Il n'en restait plus qu'une à explorer.

Sur le seuil, la moquette claire était tachée de sang. Les murs, les plinthes étaient maculés de minuscules points rouges.

Ils pénétrèrent dans la pièce et découvrirent une longue traînée rougeâtre qui menait à la salle de bains.

Là, sur le carrelage, reposait le corps ensanglanté d'une femme. Elle gisait sur le dos, le buste criblé. Elle baignait dans une mare de sang qui se répandait lentement dans la pièce.

Guardiano s'accroupit et prit son pouls. Sans surprise. Elle leva la tête vers De Rolan et fit « non ».

Elle se redressa et rengaina son arme.

Les deux enquêteurs faisaient face au large miroir de la salle de bains que deux balles avaient percé. Les projectiles avaient traversé cette pauvre femme et s'étaient rivés dans la glace, sans la briser complètement.

Étrangement, alors qu'ils se tenaient face à leur reflet, De Rolan et Guardiano constatèrent que chaque impact se trouvait au niveau de leurs propres visages. Deux corps, debout, avec la tête éclatée.

– 36 –

Élisabeth Guardiano raccrocha son téléphone d'un air dépité. Les emmerdements commençaient. L'IGPN ouvrait une instruction et exigeait un rapport circonstancié. Un officier qui faisait usage de son arme, ce n'était pas le genre d'affaire que l'on prenait à la légère à la police des polices. Surtout lorsque la victime avait été abattue de trois balles dans la tête.

La lourdeur bureaucratique, ce n'était pas le pire. Il faudrait désormais vivre avec l'idée d'avoir donné la mort.

La mort. Encore elle.

Étrangement, Guardiano ne tirait aucun réconfort du fait de s'être interposée pour sauver un collègue. La faucheuse ne la quittait plus, et elle se demanda combien de temps cette malédiction allait lui coller à la peau.

Lorsqu'on dégainait son arme de service, on nourrissait l'espoir de la ranger sans avoir brûlé une seule cartouche. C'était d'ailleurs ce qui s'était produit chaque fois. Jusqu'à ce jour.

— Si ça continue, à ce rythme-là, il n'y aura bientôt plus un habitant dans cette foutue ville !

Le sarcasme du chef de l'équipe scientifique laissa l'enquêtrice de marbre. Il dut s'apercevoir de sa maladresse, car il enchaîna aussitôt :

— Pour le reste, c'est sordide.

— Dites-moi tout.

— Évidemment, il faudra attendre l'autopsie et mon rapport complet pour que vous ayez des éléments définitifs et utilisables dans la procédure judiciaire. Car je…

— J'ai compris.

— Bien. Je ne vous apprendrai rien sur le fait qu'il a abattu sa femme à bout portant. En revanche, ce qui me surprend, c'est qu'il a visé le bas du ventre. La première balle a fait exploser la vessie et a probablement traversé l'utérus. Au dire du légiste, ça a causé une blessure non létale, mais… affreusement douloureuse.

— Pourquoi trouvez-vous ça étonnant ?

— Eh bien, dans les affaires criminelles impliquant une arme à feu, lorsqu'un individu veut en descendre un autre, il vise généralement le buste. (Ses deux mains délimitaient une zone comprise entre les épaules et le nombril.) À cette distance, même un médiocre tireur ne peut manquer sa cible. Viser le pubis, c'est… très inhabituel.

— Vous pensez que ça peut avoir une connotation sexuelle ?

Le policier répondit par une moue dubitative.

— Il a commencé à tirer depuis le couloir, non ?

— Là aussi, il faudra attendre les conclusions de la balistique mais, en effet, une douille a brûlé la moquette sur le pas de la porte de sa chambre. Cela semble indiquer que le tireur était posté à cet endroit au moment du drame. Sa femme, elle, se tenait dans sa chambre. Sans doute près de la porte puisqu'il y a un peu de sang dans le couloir. Malgré la douleur, elle s'est retournée pour échapper à son agresseur et est allée se réfugier dans sa salle de bains. Là, impossible pour moi de déterminer dans quel ordre il a tiré. Le légiste le dira peut-être. Je sais qu'une balle l'a traversée en évitant les côtes, une autre a pénétré par l'œil et est ressortie par l'arrière du crâne. Les deux projectiles se sont fichés dans le miroir.

— Oui, j'ai vu.

— Autre chose : on a fouillé les poches du mari, et on a trouvé ceci.

Il tendit un sachet stérile contenant une petite statuette en bois. En la voyant, Guardiano fut parcourue d'un frisson.

— Nom de Dieu !

— Ça ressemble drôlement à la figurine que le capitaine De Rolan avait découverte dans la camionnette, non ?

Guardiano l'examina attentivement. La similitude était frappante : même gueule ouverte, même tête cornue, mêmes coups de canif.

— Oui, elles sont rigoureusement identiques. Des empreintes ?

— Toujours pas. Vous pensez que les affaires s'imbriquent ?

— Ça ne fait aucun doute. J'ai simplement du mal à comprendre comment et pourquoi.

— J'ai bien peur de ne pas pouvoir vous aider, commandant.

— Si, vous le pouvez. Il y avait un ordinateur dans le bureau, non ?

— Exact.

— Saisissez-le et envoyez-le au labo. Demandez-leur d'analyser tout ce qu'il contient.

— Très bien.

— Combien de temps faudra-t-il avant d'obtenir leur réponse ?

— Ils ne sont pas réputés pour être rapides. À mon avis, vous n'aurez rien avant plusieurs semaines.

— Spécifiez-leur que c'est urgent.

— Sinon, en ce qui concerne l'homme que vous avez abattu : joli tir groupé, commandant.

— Ce n'était pas une cible en carton, riposta-t-elle en le fusillant du regard. Je viens de tuer un homme.

— Oui, bien sûr. Bien sûr, admit-il, gêné. Nous avons relevé le numéro de série de son pistolet. Il n'est pas répertorié dans le fichier. C'est typiquement le genre d'arme qui a été récupérée sur un officier allemand, pendant la guerre, et qui a été transmise de père en fils sans jamais faire l'objet de la moindre déclaration.

— Il a pu l'acquérir *via* un réseau clandestin, non ?

— J'en doute. C'est une arme ancienne, qui s'enraye facilement. Pour le même prix, on trouve des pistolets beaucoup plus récents et fiables sur le marché parallèle. Il est même possible de se procurer les modèles réglementaires que nous utilisons. Alors, une antiquité comme ça, ça ne se vend plus qu'aux collectionneurs. Sans compter que le numéro de série n'a pas été limé. Aucun trafiquant n'aurait commis une telle imprudence.

— Je vois.

— Vous nous donnez l'autorisation de procéder à l'enlèvement des corps ?

Elle acquiesça d'un hochement de tête, avant de se reprendre :

— Une dernière chose : avez-vous regardé si l'homme avait éjaculé ?

— Hein ?

Il dévisagea Guardiano en se demandant s'il avait bien entendu. Comme elle ne cillait pas, il rétorqua :

— Euh non. On n'a pas vérifié ça, non.

— Ça vous dérange de jeter un œil ? Ensuite vous pourrez remballer.

— Je… je vais voir avec le légiste. Après tout, c'est son boulot, non ?

Sans répondre, Élisabeth Guardiano quitta le salon et rejoignit De Rolan qui était planté dans le jardin enneigé et contemplait le ciel chargé de nuages gris et noirs desquels s'échappaient quelques flocons épars.

— Vous ne vous gelez pas, comme ça ?

— Sans vous, j'aurais été véritablement refroidi, vous savez.

Il se tourna vers elle et plongea ses yeux dans les siens. On y lisait un mélange de gratitude et de fébrilité. La statue avait vacillé, révélant enfin sa vulnérabilité. Il avait frôlé la mort et lui devait la vie. À une femme. Cela faisait beaucoup à avaler en bien peu de temps.

— Merci, murmura-t-il sobrement.

Elle lui répondit par un sourire.

— Vous savez, commença-t-il, je me demande si vous n'avez pas fait tout ça juste pour…

— Stop ! Si c'est pour me dire que je vous ai sauvé parce que je vous trouve irrésistible et que je meurs d'envie de faire l'amour avec vous, je vous préviens, je vais regretter de ne pas vous avoir laissé vous faire canarder !

Cette fois, ce fut lui qui sourit :

— On commence à bien se connaître, non ? Un vrai petit couple.

L'officier de la police scientifique approchait, accompagné du légiste dont les gants en plastique claquèrent lorsqu'il les ôta.

— Vous aviez raison, commandant. Le type, il a joui en tuant sa femme. C'est un truc de fou !

***

Tandis que les équipes de la police judiciaire officiaient dans la maison, en contrebas, sur la voie publique, quelques badauds observaient la scène. Attirés par une curiosité malsaine et inquiets qu'autant de morts surviennent en si peu de temps dans les parages, ils se hasardaient à quelques théories rocambolesques.

Une Range Rover noire se rangea parmi d'autres véhicules. Après quelques secondes, son conducteur en descendit, portant un petit sac de toile qu'il serrait contre lui.

Chaque fois qu'il croisait un riverain, il baissait la tête afin que la visière de sa casquette dissimule son visage.

Alors qu'il remontait le trottoir et passait devant la grille de la maison, il ouvrit son sac et fit mine d'y chercher quelque chose. Le bruit fut imperceptible : une série de clics aussi fugaces qu'un soupir.

Il fit demi-tour et regagna son véhicule. Là, après s'être assuré que personne ne l'avait remarqué, il sortit l'appareil photo, l'alluma et en vérifia le contenu. Sur le minuscule écran, il constata que les clichés étaient conformes à ses attentes : on y voyait un homme de grande carrure et une femme qui semblait tirer sur ses manches.

– 37 –

Le vent glacial emportait avec lui des tourbillons blancs qui rasaient le sol, tandis que les flocons continuaient leur danse.

Pourtant, bravant le froid, Guardiano et De Rolan faisaient les cent pas dans le jardin, en retrait des investigations scientifiques qu'ils craignaient de perturber.

— Même folie meurtrière, même statuette du diable, même orgasme, résuma Guardiano.

— Même affaire, nous sommes d'accord.

— Vous pensez qu'il a tué le menuisier ?

— Non.

— Merci pour cette magnifique démonstration. Et sinon, avec des arguments dans une phrase, ça donne quoi ?

— Nos analyses précédentes sont probablement justes. Pour l'heure, inutile de les remettre en question. Personne d'extérieur n'est intervenu. Ce qui a tué le menuisier, c'est… différent. Un paramètre nous échappe.

— La liste des gens qui trouvent la mort de manière inexplicable s'allonge. Et, pour chacune, la cause du décès n'implique personne.

— C'est le crime parfait, conclut-il.

— Revenons en arrière : pour quelle raison se trouvait-il chez le menuisier ?

— En dépit de leurs différences de statut social, ils se connaissaient.

— Je suis de votre avis. Pour autant, ça ne répond pas à la question.

— Avant de m'introduire ici illégalement, j'ai privilégié une théorie qui reposait sur un chantage. Je me suis dit que les liasses de billets que nous avons découvertes constituaient le prix du silence. Tout tenait debout : ça expliquait la présence de l'homme à la Mercedes dans la scierie, ça justifiait les meurtres puisqu'il voulait se débarrasser de ses maîtres chanteurs, et enfin, ça motivait le vol des ordinateurs qui contiennent les éléments compromettants.

— Sauf qu'en étant lui-même victime, tout s'effondre.

— Je ne vous le fais pas dire.

Guardiano frotta ses gants l'un contre l'autre tandis qu'elle était manifestement en pleine réflexion :

— Et s'il était venu pour avertir le menuisier d'un danger ?

— Je veux bien, mais ça présuppose qu'il était au courant de ce qui allait se produire.

— Il le savait ! s'enthousiasma-t-elle.

— À votre tour de m'éclairer.

— Pour quelle raison porte-t-on une arme habituellement ?

— Pour tuer ou pour se défendre.

— Exactement ! Or, il n'est pas venu le tuer, ni même le menacer. En plein jour, avec sa voiture qui se remarque à trois kilomètres, ce ne serait pas bien malin.

— Il se sentait menacé et éprouvait le besoin de se protéger.

— Ça prouve qu'il avait conscience d'un danger. Et il a voulu avertir le menuisier avant qu'il lui arrive malheur. C'était une sorte de complice ou d'associé en affaires.

— C'est encore un peu bancal, mais on tient un bout de début.

— Il s'est pointé chez le menuisier, mais trop tard.

— Pourquoi ne pas l'avoir appelé ? s'étonna De Rolan. Je suis sûr qu'il ne l'a pas fait, j'ai vérifié les listings téléphoniques, c'est précisément ce détail qui m'a mis la puce à l'oreille.

— Parce qu'il ne voulait pas qu'on fasse le lien entre eux !

Satisfait des avancées de la policière, De Rolan approuva d'un hochement de tête :

— Pour garder le secret à ce point, leurs petites activités devaient vraiment être inavouables.

— Le genre d'affaires dont on ne parle pas au téléphone, de peur que la conversation ne soit enregistrée, par exemple.

— Votre théorie est séduisante, cependant…

— Quoi ?

— Pourquoi ne s'est-il pas enfui dès qu'il a découvert le cadavre de son comparse ? Il aurait évité que l'attention se porte sur lui.

— Non, pas forcément. En arrivant sur les lieux, nous aurions d'abord remarqué des pas dans la neige, et nous aurions conclu que quelqu'un s'était trouvé sur place. Ça aurait aussitôt éveillé nos soupçons. Nous ne serions jamais passés à côté des traces de pneus et, vu leur largeur, on serait facilement remontés jusqu'à sa voiture. Je suis prête à parier qu'il n'y a pas deux cylindrées de ce genre dans toute la ville. Par conséquent, plutôt que de prétendre ne jamais être venu, il a préféré nous faire croire qu'il se trouvait là par hasard, pour une raison futile.

— L'ordinateur.

— Faites des phrases ! supplia Guardiano.

— Il aurait pu en profiter pour voler l'ordinateur puisque nous sommes presque certains qu'il contient des éléments décisifs dans cette affaire. Pourquoi ne l'a-t-il pas fait ?

— Très juste. Il y a une explication simple : là aussi, nous aurions remarqué les traces de pas. Merci la neige.

— Et alors ? Il avait le droit de marcher dans la neige, non ? Je ne vois pas ce qui pose problème.

— Je ne sais pas ce qu'il vous faut ! Le type tombe sur un cadavre et, au lieu de prévenir les flics, il se rend tranquillement au domicile du macchabée, fracture une fenêtre, vole l'ordinateur et retourne le cacher dans son véhicule. Et tout ceci est inscrit dans la neige.

— Vous avez raison. Sans compter qu'un vrai client de la scierie était susceptible de venir interrompre son petit manège.

— Exactement. Il s'est dit qu'il pourrait repasser le chercher plus tard, dès qu'il n'y aurait plus personne dans les parages.

Dans la maison, les équipes scientifiques ayant achevé leur travail sur la scène de crime, les hommes se dispersaient dans les autres pièces afin de compléter leur analyse et d'éclaircir les circonstances du drame.

Un policier pénétra dans la chambre de la jeune fille et constata rapidement que la fenêtre était mal fermée. En s'approchant davantage, il remarqua des traces de pas dans la neige sur le balcon. De même, la rambarde avait été empoignée ou enjambée. Cela se voyait très clairement.

Il appela aussitôt un de ses collègues pour qu'il relève les empreintes.

Puis, il descendit précipitamment, sortit dans le jardin et se posta juste en dessous du balcon.

— Commandant ! Commandant !

Suivie par De Rolan, Guardiano se hâta de rejoindre l'officier.

— Regardez, commandant. Quelqu'un a sauté depuis ce balcon et a atterri ici.

Il désigna un large trou dans la neige.

— Vous êtes sûr ? tenta la policière en jetant un coup d'œil accusateur à De Rolan.

— Certain. Là-haut, la fenêtre n'était pas fermée, et ici c'est très net. Vous voyez ça ? L'individu s'est plaqué contre le mur près de l'entrée, puis s'est enfui dans cette direction.

Il désigna du doigt les traces menant à une rangée de sapins.

— Oui, oui, je les vois très bien.

— Nous en ferons un moulage, à condition que la neige ne soit pas trop molle.

De Rolan s'efforça de reprendre la main :

— Au-dessus, c'est la chambre de leur fille. Si ça se trouve, c'est elle qui a pris la fuite en entendant son père tirer.

— Vous voulez rire, capitaine ? Vous avez vu la taille des empreintes ?

Il se pencha pour mieux les inspecter, et reprit :

— Ça doit être du 44. Au minimum. Pas vraiment une pointure de collégienne.

Guardiano se mordit les lèvres.

— Le dessin de la semelle se distingue clairement, précisa-t-il alors que son index ganté suivait les chevrons entrecroisés imprimés dans la neige.

Par de petits mouvements de pieds, De Rolan effaçait en douce ses propres traces de pas.

— Oh, ben ça ! continua le policier. C'est marrant. Regardez, capitaine, ce sont les mêmes empreintes que vos chaussures !

– 38 –

Les équipes scientifiques regroupées dans le jardin lançaient de nouvelles recherches après la découverte des empreintes dans la neige.

Prudemment, De Rolan et Guardiano s'était éloignés, moins pour laisser les policiers travailler que pour tenter de se faire oublier. S'ils avaient pu se rendre invisibles, ils l'auraient fait bien volontiers.

Lorsqu'ils furent suffisamment à l'écart pour converser librement, Guardiano ironisa :

— Bravo, vous avez été aussi discret qu'un éléphant dans un magasin de porcelaine !

— Je n'ai pas eu le choix. J'aurais aimé vous y voir.

— Eh bien, non, justement, vous ne m'y auriez pas vue ! Et vous savez pourquoi ? Parce que, moi, je ne m'introduis pas chez les gens par effraction ! Figurez-vous que je respecte la loi, moi. Vous devriez songer à en faire autant.

— On ne s'en est pas trop mal sortis, non ?

— Vous plaisantez ? Il y a vos traces partout dans le jardin ! « Oh, c'est une marque de chaussures très courante, vous savez », pfff, heureusement que vous êtes tombé sur un enquêteur bas du front, sinon…

— Merci.

— « Merci » ? De quoi ?

— C'est le mot que vous cherchez : merci.

— Je ne vous suis pas.

— Sans moi et mon intrusion dans la maison, vous seriez en train de plier bagage. Telle que je vous connais, je vous imagine bien ronger votre frein dans votre bureau en repensant à cette histoire. À ruminer parce qu'on vous l'a retirée. Car, et ne me dites pas le contraire, je sais que vous avez envie d'aller au bout.

— Mais vous avez failli y rester !

— Peut-être mais, grâce à moi, nous savions que ce couple cachait quelque chose. Et nous le savions avant leur mort. Sur ce coup-là, nous avions un temps d'avance.

— Pour des gens en avance, on est quand même arrivés trop tard !

— N'essayez pas de cacher mes mérites avec votre ironie. Ma découverte change tout !

— N'exagérez pas. On n'a pas réussi à empêcher le crime de se produire.

— La statuette.

— Eh bien ?

— La statuette !

— C'est fou cette manie de ne pas faire de phrase !

— Nous avions l'intime conviction que ces figurines avaient été placées avant que les drames ne surviennent. L'intime conviction, c'est tout. Aujourd'hui, nous en avons la preuve. Car personne ne s'est introduit dans cette maison après nous. Nous avons trouvé chaque issue verrouillée et nous n'avons croisé personne. Cette statuette était déjà là. Donc elle précède les événements, et ça, nous venons de le démontrer.

— Je dois l'admettre.

— Vous voyez que mon intrusion était utile.

— C'était illégal et irresponsable. Vous avez pensé aux conséquences si un enquêteur fait le rapprochement avec vous ?

— La fin justifie les moyens.

— Alors ça, c'est bien un proverbe à la con ! Vous savez, ce n'est pas seulement votre effraction que je déplore, c'est le fait que vous ne me fassiez pas confiance. Je sais que je me suis parfois montrée distante et que c'est moi qui prends cette affaire en main depuis le début. Cependant, j'attendais davantage de transparence de votre part. Vous auriez dû me prévenir que vous alliez pénétrer dans cette maison.

— Vous n'auriez pas approuvé.

— C'est évident !

— Donc, j'ai bien fait.

— Non ! Ne pas me tenir au courant de votre plan, ce n'est pas correct vis-à-vis de moi. Promettez-moi de ne plus rien me cacher à l'avenir.

— Je ne peux pas.

— Je croyais que nous formions une équipe.

— Nous avons beaucoup de points communs, répondit-il en la fixant droit dans les yeux. Plus que vous n'imaginez. Pourtant, nos méthodes sont différentes. Je ne peux pas m'engager à tout vous dire au risque que vous court-circuitiez mes recherches. Je regrette. Je veux savoir ce qu'il est advenu de ces enfants, et je finirai par y arriver, coûte que coûte. Justice doit leur être rendue. Contrairement à vous, je ne renoncerai pas. Jamais.

— J'obéissais aux ordres. On m'a forcée à abandonner.

— Je sais. Je ne vous en veux pas. Je vous le répète : nous n'avons pas les mêmes méthodes. Et c'est normal puisque nous n'avons pas les mêmes motivations.

— Je ne peux pas vous laisser dire ça. Je suis comme vous. J'ai l'intention de découvrir la vérité sur ce mystère. Comment pouvez-vous en douter ?

— Oui, vous désirez faire toute la lumière, car vous êtes une bonne flic. Moi… Moi, j'ai fait des promesses. J'ai fait un serment à ces gens qui doivent vivre avec ce vide insondable de l'enfant absent. Ils habitent une maison dont l'une des chambres est désespérément silencieuse. Une pièce absurde et douloureuse, pleine de jouets inutiles et des peluches orphelines. Ces parents, je les ai regardés dans les yeux. J'y ai lu toute leur détresse. Je leur ai fait la promesse de savoir ce que leur fils est devenu. Et j'entends la tenir. Ils croient en moi. Ils n'ont que moi. Je ne reviendrai pas bredouille.

— Je vois, conclut-elle comme on encaisse un uppercut.

— Ne me lâchez pas. Plus que jamais, j'ai besoin de votre aide.

Manifestement encore sonnée par les propos de son partenaire, elle hocha néanmoins la tête :

— Je ferai mon possible. Comptez sur moi.

— Sans vous… Ce ne serait pas pareil. Surtout maintenant que vous êtes indéboulonnable.

— Que voulez-vous dire ?

— Vous avez eu votre patron au téléphone, n'est-ce pas ? Je suis sûr qu'il a changé de discours. Au lieu de vous renvoyer au bercail, il veut que vous continuiez d'enquêter, n'est-ce pas ?

— Oui, cette fois il lui était difficile de soutenir qu'il s'agissait d'une affaire banale.

— Donc, vous pouvez me dire merci.

— Je vous remercierai aussi lorsque je devrai signaler dans mon rapport qu'il y avait une troisième personne dans la maison ? Un lourdaud, qui a laissé de grosses traces de semelles partout dans la neige !

— Ça ne marche pas.

— Qu'est-ce qui ne marche pas ?

— Votre stratagème.

— Mais de quoi parlez-vous ? Quel stratagème ? s'impatienta-t-elle.

— Vous essayez de dénigrer mon corps de rêve pour éviter de succomber à mon charme naturel.

— Vous… vous êtes… Je préfère ne pas répondre.

Un policier en uniforme venait à leur rencontre. Au son de ses pas, tous deux se tournèrent vers lui.

— Vous avez pu prévenir leur fille ? l'interpella Guardiano.

— Justement, commandant, c'est ce que je voulais vous dire. Elle n'est pas au collège. Personne ne l'a vue en classe.

— Elle est peut-être chez un proche. L'établissement scolaire a la liste des personnes à contacter en cas d'urgence. Demandez-leur de vous la communiquer.

— C'est ce que j'ai fait.

— Cherchez encore. Elle est bien quelque part.

— Commandant, c'est plus sérieux que ça. Elle s'est complètement volatilisée. Personne ne l'a vue depuis deux jours.

– 39 –

La maison venait d'être débarrassée de la cohorte de policiers en tenue stérile ainsi que de leurs encombrants équipements.

De Rolan et Guardiano étaient à présent seuls dans le grand salon, se sentant impuissants.

Bien qu'il n'en montrât rien, De Rolan demeurait secoué par l'image du canon de pistolet pointé sur sa tête. Cette bouche de métal noir s'apprêtant à cracher le feu et le plomb, ainsi que les détonations qui avaient suivi le hantaient. Pour les balayer, il se força à faire le point sur l'avancement de l'enquête. Il y avait de quoi s'arracher les cheveux puisque, au lieu de se dissiper, le voile s'épaississait encore. Car la fragile théorie qu'il avait échafaudée s'était effondrée comme un château de cartes balayé par le vent. En effet, si ce couple fortuné était victime d'un chantage, pourquoi ce meurtre ? Qu'est-ce qui avait pu inciter cet homme à abattre sa femme ? Où leur fille était-elle passée ? Au moment où il pensait avoir fait des progrès considérables dans l'élucidation de ce mystère, de nouvelles inconnues apparaissaient soudain.

Guardiano le tira de ses réflexions :

— C'est en vous introduisant dans la maison que vous avez vu l'arme ?

— Oui. Elle se trouvait dans l'un des tiroirs du bureau.

— Comment saviez-vous que leur domicile serait vide ?

— J'avais fait diversion pour avoir le champ libre, mais l'agent de la police n'a rien compris à ce que je lui avais demandé. Au lieu de les retenir en attendant que je les rejoigne au poste, il a cru qu'il devait reprendre une déposition lui-même. Au bout de dix ou quinze minutes, je ne sais pas, il les a libérés. Je me suis donc retrouvé bloqué ici, avec eux. Du coup, je l'ai vu fourrer le pistolet dans son pantalon.

— Lorsque vous étiez sur place, comment se comportait-il ?

— Tout à fait normalement, si l'on excepte la présence du flingue. Ils ont échangé quelques mots. Je n'ai pas pu comprendre ce qu'ils se disaient, mais je peux affirmer qu'ils ne se disputaient pas.

— Bon, admettons qu'il ait voulu tuer sa femme de sang-froid, pourquoi avoir attendu tout ce temps ? Pourquoi ne pas l'avoir supprimée sur-le-champ puisqu'il avait l'arme en sa possession ?

— Aucune idée. On dirait que ça l'a pris d'un coup.

— Comme pour le premier couple. Ça fait partie des choses qui m'avaient frappée : ils prenaient tranquillement leur petit déjeuner et, tout à coup, ce déchaînement de violence.

— Il y a quand même une sacrée différence.

— Laquelle ?

— Lui, il portait un pistolet avant de devenir fou.

— S'il éprouvait le besoin de se protéger, c'est qu'il était au courant que sa vie était menacée. Il avait conscience du danger.

— Vous pensez que c'était sa femme, la menace ?

— Je ne crois pas. Si ça avait été le cas, il l'aurait enfermée dans une chambre et il aurait prévenu la police, ou il aurait pris la fuite, ou il l'aurait butée aussitôt après avoir pris son arme. Non, il s'est reclus chez lui pour échapper à un danger extérieur. Mais lequel ?

— Quoi que ce soit, l'arme à feu ne l'a pas dissuadé.

— C'est vrai et ça confirme que quelque chose nous dépasse.

— Tenez…

De Rolan désigna une assiette creuse posée sur un guéridon.

— Une soupe, je bute ma femme, et au lit ! ironisa-t-il.

Guardiano s'installa face au guéridon, dans le fauteuil qu'avait occupé le meurtrier. Tentant de se glisser dans sa peau, elle scruta chaque détail de la pièce, puis se mit à réfléchir tout haut :

— Qu'est-ce qui peut avoir donné à cet homme l'envie de tirer sur sa femme ?

— La soupe était peut-être dégueulasse.

— C'est malin !

Elle continua d'examiner la pièce du regard, puis, ne trouvant rien de concluant, se leva en s'appuyant sur les épais accoudoirs de cuir.

Sans un mot, ils se dirigèrent vers l'escalier où ils enjambèrent l'immense tache de sang. Il subsistait sur le carrelage quelques bouts de chair et d'os.

Ils grimpèrent au premier. Là, Guardiano s'arrêta sur le pas de la porte de la femme :

— Ils faisaient chambre à part.

— Et vous avez remarqué les références religieuses ?

— Oui. Tout l'attirail : crucifix et icône de la Vierge. Elle portait également une croix en or autour du cou.

— On pense la même chose ? tenta De Rolan.

— Qu'elle était du genre à aller se confesser ?

— Exactement.

— Des péchés si abjects qu'un prêtre en vient à se suicider.

Il acquiesça d'un signe de tête, la mâchoire crispée.

— Vous pensez que c'est elle qui a enlevé les enfants ?

— Non. Ils ont des alibis très solides. Et puis, cette maison ne se prête pas du tout à la séquestration d'enfants.

— Mais ce n'est pas une fausse piste, n'est-ce pas ?

— Oh, non ! Elle a confessé ce qu'elle a vu au curé. Donc, elle est soit impliquée, soit témoin. J'ai encore du mal à reconstituer le puzzle.

— Venez.

Elle le précéda dans la chambre de la fille. Tous deux se plantèrent au milieu de la pièce. C'était ici que le contraste avec la première maison qu'ils avaient inspectée était le plus saisissant. Les étagères étaient pleines de livres, un énorme coffre en rotin regorgeait de peluches dont on devinait qu'elles avaient été – jusque récemment – ses meilleurs compagnons. C'était la chambre de rêve d'une gamine qui sortait de l'enfance pour entrer dans l'adolescence.

Guardiano pénétra dans la salle de bains et ouvrit le placard qui se trouvait au-dessus du lavabo.

— Ses affaires de toilettes ne sont plus là. Pas de brosse à dents.

De Rolan lui répondit depuis la chambre :

— Ici, il y a pas mal de cintres vides. Et j'ai l'impression qu'il manque des vêtements. En tout cas, certains tiroirs sont étonnamment peu remplis.

— Ça sent la fugue à plein nez.

— Je commence à comprendre pourquoi le père a annulé tous ses derniers rendez-vous.

— Comment le savez-vous ? Ah oui, en fouillant. J'oubliais !

— Oui. Il a sans doute voulu se rendre disponible au cas où la police du coin la retrouverait.

Alors qu'il continuait d'inspecter la pièce, De Rolan s'attarda devant un mur recouvert d'un patchwork de photos de divers formats : la fille sur un cheval, des copines, ses parents, elle avec un groupe d'amies, elle déguisée en sorcière pendant Halloween, la famille à la plage…

Tous ces gens souriants, ce bonheur exhibé de la sorte sur une scène de crime avaient quelque chose d'indécent.

Au moment où il s'apprêtait à se détourner, une photo retint son attention.

C'était elle, la jeune fille, avec un anorak bleu foncé et une capuche. Elle se trouvait au sommet d'un piton rocheux, et portait un sac à dos.

Une photo insignifiante, parmi d'autres. Sauf que… Cette silhouette et cet accoutrement lui étaient familiers. Cette jeune fille, il la reconnaissait.

– 40 –

Après avoir pris une douche et s'être changée, Élisabeth Guardiano pénétra dans le bar de l'hôtel. La salle était déserte, comme d'habitude. Elle consulta sa montre. Franck De Rolan était en retard.

Elle se surprit à éprouver un certain trac. Pourtant, cela n'avait rien d'un rendez-vous galant. C'était juste l'envie de se retrouver, ce soir-là, pour oublier un temps cette enquête éprouvante et son cortège de morts atroces.

Elle aurait nié farouchement, mais elle s'était maquillée et habillée avec davantage de soin que d'habitude. Elle avait aussi dégrafé un bouton de son corsage.

Devant le barman en veste rouge, elle hésita un peu avant de passer commande et opta pour une coupe de champagne. Ne devait-elle pas célébrer son maintien sur cette affaire ?

Elle se dirigeait vers l'un des fauteuils en cuir lorsqu'elle remarqua que la grande porte vitrée qui conduisait au casino était ouverte.

La salle de jeu n'était éclairée que par une rangée de larges fenêtres qui donnaient sur la ville et la vallée. Elle avait dû être somptueuse, avec sa très belle hauteur sous plafond, ses lustres en cristal et sa moquette épaisse aux élégantes arabesques. Mais, en cet instant, les lieux n'étaient que le lugubre théâtre d'un faste révolu.

Les tables de jeu étaient recouvertes d'un linge blanc. De Rolan s'était installé à l'une d'elles. Il avait tiré le drap et dévoilé un pan de feutre vert râpé par endroits. Un verre de whisky y était posé.

En l'apercevant, il se leva et lui sourit.

— Champagne ? Carrément !

— Que voulez-vous, j'ai des goûts de luxe.

Ils sourirent et trinquèrent.

— J'ai toujours vu cette porte fermée. Je ne savais pas que la salle de jeu était accessible au public.

— Elle ne l'est pas.

— Ah ? Vous avez fait copain-copain avec le barman ?

— Lloyd.

— Vraiment ? Il s'appelle Lloyd ?

Le visage de De Rolan s'illumina d'un sourire goguenard :

— Je ne pense pas, non. Mais ce serait tellement plus amusant.

— Va pour Lloyd.

— C'est étrange…

— Quoi ?

— Je dois vous faire un aveu : je n'ai pas le droit de me trouver ici, dans un casino.

— Parce que vous êtes gendarme ?

— Non, rien à voir. J'avais l'habitude de fréquenter ce type d'établissements, disons, trop assidûment.

— Et vous avez demandé à être interdit de jeu ?

— Oui, le terme exact est « exclusion volontaire ». Ça fait près de dix ans que je n'ai pas mis les pieds dans une salle. Même si elle est abandonnée, je peux vous assurer que ça fait un drôle d'effet. Vous jouez, vous ?

— Non. Enfin, un peu aux machines à sous, pour m'amuser.

— Pas aux cartes ?

— Je déteste trop perdre.

— Je ne sais pas pourquoi, je ne suis pas surpris, rétorqua-t-il, un sourire en coin.

Du plat de la main, il caressa le tapis vert sur lequel était inscrit en lettres d'or mordues par des années de mouvement de jetons : « Texas Hold'em & Omaha ».

— Moi, c'était le poker. J'ai passé des siècles sur des tables de ce genre.

— Vous gagniez ?

— Bien sûr ! Si vous leur posez la question, tous les joueurs de poker vous répondront qu'ils gagnent. La magie de ce jeu nous fait oublier nos pertes et magnifie nos victoires. La réalité est, hélas, moins poétique.

— Vous perdiez beaucoup ?

— Je n'avais pas les moyens de perdre beaucoup. Je me contentais de perdre trop. C'est toujours trop quand on dilapide l'argent qu'on n'a pas. Mais j'y ai vécu des sensations que je ne retrouverai jamais ailleurs. C'est un jeu d'une intensité sidérante. Une partie de poker, c'est une vie entière condensée en quelques heures. Le secret, c'est de rester raisonnable. Hélas, je privilégiais le frisson à la sagesse. Mon banquier ne s'associait pas à mon enthousiasme.

— Ça vous manque ?

— Curieusement, pas trop. Je suis passé à autre chose.

— Vous deviez être un sacré bluffeur.

— Vous n'avez pas idée !

Sa main délaissa le tapis, saisit l'une des extrémités du drap et recouvrit la table d'un geste élégant, comme s'il avait tourné la page d'un gigantesque livre.

— Et vous, Élisabeth, quel est votre secret ?

— C'est drôle, c'est la première fois que vous m'appelez par mon prénom.

— Vous changez de sujet de conversation. Votre secret est donc si sombre ?

— Qui vous dit que j'en ai un ?

— Nous en avons tous un.

— Alors, qu'est-ce qui vous fait croire que j'ai envie de le partager avec vous ?

— Mais, voyons, parce que je suis la personne idéale !

— Ah oui ?

— Évidemment ! Nous ne nous connaissons que très peu, pourtant nous avons une certaine complicité, non ? Déjà, vous m'avez sauvé la vie. Ce n'est pas rien. Mais, au-delà de ça, il y a entre nous une proximité que je qualifierais de rare, vous n'êtes pas d'accord ?

— Continuez.

— Or, nous savons tous les deux que d'ici à quelques jours nous nous séparerons pour ne plus jamais nous revoir. C'est inéluctable. Aucune chance que je dévoile votre secret à quiconque. Je suis un ami éphémère, le parfait confesseur.

— Je n'ai pas besoin d'une confession, Franck.

— Bien sûr que si ! Vous aurez beau tirer sur vos manches autant que vous voudrez, il y a des cicatrices que l'on ne peut cacher. Vos veines tailladées ont fini par se refermer, mais il subsiste quelque chose dans votre regard qui saigne encore.

— Touché, admit-elle en détournant les yeux.

— Aussi forte que vous soyez, vous ne vous en sortirez pas seule. Vous n'avez peut-être pas envie de vous confier à moi, mais vous en avez sacrément besoin.

Machinalement, elle voulut tirer sur sa manche puis s'interrompit.

Elle se dirigea lentement vers l'une des larges fenêtres où son regard se perdit.

Il sembla qu'une éternité avait passé avant qu'elle prenne enfin la parole :

— Mon fils venait tout juste d'avoir 14 ans, il devait rejoindre des amis à scooter. C'était pour un anniversaire. Il était en retard, il roulait trop vite, imprudemment, sans doute. Il n'a pas vu une fillette traverser. Il l'a fauchée. Elle avait 5 ans. Elle est morte lors de son transport à l'hôpital.

— Mon Dieu !

— C'est difficile d'imaginer le sentiment de culpabilité que peut éprouver un gamin de cet âge. Ôter une vie…

Elle marqua une longue pause.

— J'ai fait de mon mieux pour…

Elle s'interrompit de nouveau. Puis elle laissa tomber comme un couperet :

— Il s'est pendu.

De Rolan ferma les yeux.

— C'est moi qui l'ai découvert. Vous n'avez pas idée de ce que c'est que de voir son fils au bout d'une corde.

Il s'approcha et la prit dans ses bras.

— Je n'ai rien pu faire pour le sauver. Pour la première fois, la mort venait de faire irruption dans mon existence. Elle rôdait autour de moi, en moi. Je me suis ouvert les veines. Dans le mauvais sens. C'est ironique, n'est-ce pas ? J'étais trop lâche à la fois pour continuer de vivre et pour me donner la mort. Depuis, j'ai honte de ce que je suis. Honte. Vous ne pouvez pas savoir à quel point.

Il la serra contre lui avec une infinie délicatesse, mais avec cette force rassurante, protectrice, dont elle avait terriblement besoin. C'était un geste naturel, tout simple, authentique et sincère, qui venait de créer un lien primal entre eux. Il n'y avait ni commisération, ni politesse forcée, simplement une chaleur humaine si bienveillante qu'elle en fut troublée et s'abandonna à pleurer, sans pudeur.

Sans qu'il eût prononcé le moindre mot, il lui avait communiqué l'essentiel : une tendresse dont elle s'était privée à force de croire qu'elle n'y avait plus droit.

Pour la première fois depuis la mort de son fils, elle éprouva du réconfort et, intimidée par cette plénitude inédite, elle se dégagea doucement de son étreinte pour reprendre le contrôle.

D'un geste fugace, elle chassa une larme de sa joue. Elle se détourna pour qu'il ne voie pas ses yeux noircis par les coulures de mascara.

— Vous qui vouliez une confession, vous ne devez pas être déçu, dit-elle en s'efforçant de sourire.

Après un temps, il prit la parole :

— C'est une ville étrange qui semble vouloir nous confronter à nos propres démons : cette salle de jeu abandonnée alors que je suis un ancien joueur compulsif, ces disparitions d'enfants alors que vous avez perdu le vôtre. Il y a quelque chose de surnaturel ici… et de malsain. C'est comme si une force supérieure nous avait réunis pour se jouer de nous, avec mépris.

— Peut-être. Je n'avais encore jamais raconté cette histoire à un inconnu. Il fallait des circonstances particulières pour que je m'en libère. Et, vous aviez raison, ça m'a fait du bien de me confier à vous. À votre tour, maintenant. Quel est votre véritable secret ?

– 41 –

Le jour tardait à se lever en ce début de matinée, pourtant le ciel, déjà, montrait des signes de colère.

En prévision des nouvelles chutes de neige qui s'annonçaient, un camion de salage officiait dans la rue, ses lumières orange trouant la brume.

Après avoir tiré le frein à main et coupé le contact, Guardiano se tourna vers son partenaire :

— Vous avez remarqué qu'on prend systématiquement ma voiture ?

— La mienne est sale et je déteste conduire. Et puis, vous faites un excellent chauffeur.

— Vous voulez que je descende pour vous ouvrir la porte ?

— Non, merci. En revanche, je ne suis pas contre un bon massage, ce soir.

Elle leva les yeux au ciel.

Ils sortirent du véhicule et se dirigèrent vers l'établissement scolaire. Une haute grille métallique bloquait l'accès à un bâtiment gris, typique des années 1970, sur le fronton duquel l'un des « l » du mot « collège » manquait. Le vent faisait claquer un drapeau aux couleurs passées.

— Je n'aurais pas dû attendre ce rendez-vous. J'aurais dû venir ici plus tôt. Quelle conne !

— Ah oui ? Et quand ? On ne peut franchement pas dire qu'on ait chômé ces trois derniers jours.

— Certes…

— Ne soyez pas si dure avec vous-même. On a fait les choses dans l'ordre. En si peu de temps, c'est déjà un miracle. Hier encore, vous étiez dessaisie, je vous signale.

Il n'obtint pour toute réponse qu'une sorte de marmonnement résigné.

Au fond, elle savait que Franck avait raison. Ce gamin était la dernière personne qu'ils pouvaient soupçonner. Il ne fallait pas refaire l'histoire comme si tout était clair depuis le début. S'intéresser au gamin tandis que les crimes se multipliaient autour d'eux, que des soupçons de pédophilie planaient sur un curé, cela n'aurait vraiment pas été logique. Pourtant, Guardiano ne pouvait s'empêcher d'y voir un acte manqué. Aurait-elle volontairement retardé une visite au collège ?

Avant qu'ils franchissent le portail, De Rolan saisit affectueusement la policière par le bras :

— Ça va aller ? s'inquiéta-t-il.

Elle considéra le collège : les fenêtres qui donnaient sur des salles de classe, les enfants qui commençaient à s'attrouper avant d'entrer. Des rires, des cris de joie. Ce bonheur simple qui la narguait.

— Je crois, oui.

— Vous êtes sûre ? Je peux y aller seul, vous savez. Ça ne me dérange pas, je comprendrais.

— Non, non. Il est temps que je surmonte mes propres démons.

Comme ils reprenaient leur marche vers l'entrée de l'établissement, elle murmura presque imperceptiblement :

— Merci.

Sur le perron, une femme enveloppée dans un long manteau de laine les attendait. Lorsqu'elle les vit traverser la cour, elle se força à sourire.

— Bonjour, madame, je suis le capitaine De Rolan, gendarmerie nationale. Et voici le commandant Guardiano.

— Bonjour, c'est moi que vous avez eue au téléphone. Je suis la principale du collège. Venez. Ne restons pas dans le froid.

Elle les précéda dans un hall triste que quelques posters punaisés aux murs tentaient en vain d'égayer.

Arrivée devant la porte vert pâle de son bureau, elle s'effaça pour les laisser entrer.

— Asseyez-vous, je vous en prie, dit-elle en accrochant son manteau sur un perroquet qui manqua chanceler.

Ils prirent place sur des chaises inconfortables.

De Rolan jeta un œil vers la porte que la principale avait laissée ouverte, préoccupé que leur entretien, vu sa nature, puisse être capté par quelque oreille indiscrète.

Avant qu'il pût lui en faire la remarque, elle entama la conversation :

— Quelle horreur ! Tuer sa femme de cette façon… Décidément, notre ville est mise à rude épreuve ces derniers jours. D'habitude, c'est si tranquille… Et cette pauvre petite, elle doit être sous le choc.

— Nous aimerions bien le savoir, soupira De Rolan.

— Que voulez-vous dire ?

— Elle est introuvable.

— Ah bon ? s'étonna-t-elle. Vous pensez qu'il lui est arrivé quelque chose ?

— Espérons que ce ne soit pas le cas. Depuis quand n'est-elle pas venue en cours ?

— Depuis avant-hier.

— Il y a bien une procédure dans ces cas-là ?

— Euh… oui, répondit-elle, soudain sur la défensive. J'ai personnellement téléphoné aux parents à plusieurs reprises pour leur demander ce qu'il se passait.

— Et ?

— Je n'ai pas réussi à les avoir. Ni l'un ni l'autre. J'ai laissé plusieurs messages. Mais personne ne m'a rappelée.

— Et ça n'a pas été plus loin ?

La principale blêmit.

— Vous savez, des enfants absents, il y en a tous les jours…

— Quand même !

— Les parents sont des gens de confiance, donc j'ai imaginé qu'elle était souffrante et qu'ils avaient simplement oublié de nous avertir.

— Elle manque souvent les cours ?

— Oh, non. Et, si c'est ça que vous souhaitez savoir, c'est une jeune fille très sérieuse. Ce n'est pas du tout son genre de fuguer ou de sécher, non.

— Que pouvez-vous nous dire sur elle ?

Elle prit un instant pour réfléchir à la réponse la plus appropriée.

— Si je devais la définir en un mot, je dirais que c'est une princesse. Elle est le centre du monde pour ses parents. Pour autant, elle n'est pas arrogante, ni distante. Elle a quelques copines, elle a de bons résultats scolaires et, lorsqu'elle éprouve des difficultés dans une matière, ses parents lui paient des cours de rattrapage.

— L'élève modèle.

— Oui, c'est un peu ça. S'ils pouvaient tous être comme elle…

— Madame, un enfant ne fugue pas sans raison. Est-ce qu'à votre connaissance, elle subissait des pressions ? Est-ce qu'elle aurait pu être victime de harcèlement ?

— Non, non. L'ensemble du corps enseignant est sensibilisé à ces sujets et nous savons détecter très tôt les signes de violences verbales. Je peux vous certifier qu'elle n'en faisait pas l'objet. Même si, par moments, son comportement était assez étrange.

— Qu'entendez-vous par là ?

— Eh bien, rien d'inquiétant mais, quelques fois, des professeurs l'ont surprise en train de pleurer, seule dans un coin.

— Et ça ne vous a pas alarmée ?

— Si, justement. Nous lui avons porté une attention toute particulière. Nous l'avons observée discrètement afin d'analyser les relations qu'elle entretient avec ses camarades et je vous assure qu'elle n'a été victime d'aucune violence sous quelque forme que ce soit. Son professeur d'anglais la connaît depuis le primaire puisqu'il donne des cours d'initiation pour préparer à l'entrée au collège. Il nous a confirmé qu'elle faisait déjà des crises d'angoisse avant de venir ici. La psychologue de l'établissement a été prévenue et elle a conclu qu'il s'agissait d'une déprime passagère dont elle n'est pas parvenue à déterminer la cause, mais qui ne semble pas liée à son éducation.

— Un coup de blues qui dure depuis le primaire ? Vous n'avez rien fait pour lui venir en aide ?

La principale se recula sur son siège comme si elle avait voulu esquiver un coup.

— Monsieur, j'ai deux cent quatre-vingt-quatre élèves sous ma responsabilité. Il est de mon devoir de garantir qu'ils suivent une scolarité normale, conforme aux directives de l'Éducation nationale. En revanche, il m'est impossible de m'épancher sur les états d'âme de chacun. Puisque le corps enseignant a enquêté à son sujet et en a déduit qu'elle n'était pas en situation de danger, nous n'avions aucune raison de nous impliquer davantage.

De Rolan avait laissé le champ trop libre à sa vraie nature, il avait ainsi permis à son indignation d'éclater au grand jour. En conséquence, son interlocutrice était en train de se braquer. Ce n'était pas optimal pour la suite de l'entretien, il se devait de redonner confiance à cette femme afin qu'elle leur livre un maximum d'informations utiles.

— Nous avons le même problème à la gendarmerie nationale. Notre service reçoit chaque année des milliers de signalements superflus, recueille des centaines de témoignages erronés, et on nous reproche parfois d'avoir négligé un détail. En réalité, qui peut prédire que ça a une importance tant qu'un drame ne s'est pas produit ? Et, lorsqu'on s'en rend compte, il est trop tard.

La femme acquiesça d'un hochement de tête appuyé. Son visage se détendit. De Rolan en profita :

— Quelles relations entretenait-elle avec ses parents ?

— Son père la chérissait et la chouchoutait, mais, en même temps, on avait le sentiment qu'elle le craignait un peu. C'est… enfin, c'était un homme autoritaire et souvent cassant. Quant à sa mère…

— Oui ?

— C'était une femme assez secrète. Elle se mêlait peu à la vie de la communauté, n'assistait jamais aux réunions, aux kermesses, aux spectacles scolaires. Et, les rares fois où on l'apercevait, elle avait les traits tirés. Elle paraissait anxieuse, je dirais même malade. Vous savez, comme ces gens qui souffrent d'un ulcère ? Eh bien, elle avait ce visage creusé et fermé.

— Pour quelles raisons était-elle en retrait ? Vous pensez qu'elle n'aimait pas sa fille ?

— Oh, si ! Ne me faites pas dire ce que je n'ai pas dit. Au contraire, elle avait un véritable amour pour sa fille, ça crevait les yeux. Simplement, elle était solitaire, coupée du monde.

— Cette femme semblait très pieuse. L'aviez-vous remarqué ?

— Oui, elle ne s'en cachait pas.

— Revenons à la jeune fille, vous voulez bien ? Y a-t-il, à votre connaissance, un événement qui aurait pu l'inciter à manquer les cours ?

— Oh, bah oui, quand même ! La pauvre petite, tous ces morts en si peu de temps, ça n'épargne personne.

De Rolan et Guardiano échangèrent un regard intrigué.

— De quoi parlez-vous ?

— Mais, enfin ! Le couple qui s'est entretué ? Ce chalet plein de sang ? Ça ne vous dit rien ? Pourtant, tout le monde ne parle que de ça ici.

— Si, si, nous sommes parfaitement au courant. Mais quel rapport avec cette jeune fille ?

— Vous ne savez pas ?

Cette fois, le ton de De Rolan se fit plus pressant :

— Non, que devrions-nous savoir ?

— Le garçon dont les parents sont morts, il est dans sa classe.

— Ah bon ?!

— Oui. C'est son petit ami.

– 42 –

Précédés de la principale, De Rolan et Guardiano grimpèrent quatre à quatre l'escalier qui menait aux salles de classe.

— Dans mon souvenir, les collégiens n'ont pas de classe attitrée, fit remarquer Guardiano.

— C'est exact, ils en changent pour les cours de physique/chimie et de langues vivantes, mais pour toutes les autres matières, ils ont une classe dédiée. Et, de ce fait, ils ont leur propre casier.

Elle les guida à travers un large couloir qui aurait semblé familier à un agent du KGB. Elle s'immobilisa devant une salle et s'effaça pour laisser les enquêteurs entrer.

— Où se trouve sa place ? demanda Guardiano.

— Ici, répondit la principale en désignant un pupitre. Au deuxième rang.

Guardiano s'approcha et fouilla dans le casier. Elle en tira quelques livres de cours et un classeur qu'elle feuilleta rapidement. Il y avait également un cahier entièrement manuscrit dont le contenu semblait plus personnel. L'écriture de la jeune adolescente était élégante, appliquée. Il y avait peu de ratures, et certaines pages étaient agrémentées de dessins griffonnés pendant les cours. Le coup de crayon ne manquait pas d'adresse. Mais la policière fut surtout intriguée par la noirceur dérangeante des esquisses qui correspondait bien peu à l'insouciance que l'on s'attend à trouver chez une jeune collégienne.

Vers les dernières pages, un croquis se démarquait des autres.

Guardiano fronça les sourcils.

C'était un visage inquiétant qui flottait au-dessus des montagnes. De ses yeux colériques jaillissaient des éclairs. En s'abattant, la foudre avait créé un charnier duquel dépassaient des crânes et des ossements.

Guardiano fit signe à son partenaire qui jeta également un œil sur le dessin et se montra tout aussi troublé qu'elle.

— Madame, reconnaissez-vous ces montagnes? demanda-t-elle à la principale.

La femme approcha, saisit le cahier et examina le croquis.

— Oui, c'est le versant sud. Juste ici.

— Vous êtes sûre?

— Absolument. Tenez…

La principale se rendit à la fenêtre et posa le cahier contre la vitre de sorte que le dessin et le paysage se superposaient. La ligne de crêtes des montagnes correspondait parfaitement au tracé effectué par la jeune fille.

— Ce gros éclair, il désigne un point particulier?

— C'est ici. Notre ville.

Interloqués, les deux enquêteurs fixèrent le dessin quelques instants.

— Et le pupitre du garçon? demanda Guardiano.

La principale indiqua une autre place, deux rangs derrière. Élisabeth Guardiano l'inspecta sans y trouver le moindre indice.

— Parlez-nous de lui, voulez-vous ?

— C'est un garçon très… singulier. Il n'est pas très bon élève, pourtant il est loin d'être idiot. Il est souvent « ailleurs ». Il a beaucoup de charisme ; une sorte de magnétisme… C'est difficile à expliquer.

— Comment se déroule sa scolarité ?

— Je pense qu'il ne fera pas de longues études, mais qu'il se dirigera vers une carrière plutôt artistique ou manuelle. C'est tout le contraire de sa petite amie. Je trouve d'ailleurs surprenant qu'ils soient ensemble.

— J'ai interrogé un témoin, intervint De Rolan, qui a prétendu qu'il parlait tout seul.

— Il marmonne de temps en temps, c'est exact.

— Même pendant les cours ?

— Oui, ça lui arrive.

— Et que dit-il ?

— Mystère ! Il parle trop bas pour que ce soit intelligible.

— Vous n'avez jamais entendu de quoi il s'agissait ?

— Non, je regrette. Ses professeurs ne me l'ont pas rapporté. Cependant, il n'était pas question de plaisanteries potaches que les élèves se chuchotent pour se moquer du professeur ou d'un autre enfant.

— Comment le savez-vous ?

— Eh bien, ça ne provoquait jamais l'hilarité. Je dirais même que ça avait l'air de créer un certain malaise.

— Les parents étaient au courant des troubles de leur fils ?

— Évidemment. Je les avais convoqués pour leur exposer le problème. Je m'en souviens parfaitement, car j'avais préparé des formules pour ne pas les froisser ni aggraver la situation. Je voulais les ménager, vous comprenez. Je crois leur avoir assez subtilement décrit les difficultés que présentait leur enfant durant sa scolarité.

— Et comment ont-ils réagi ?

Elle fit la moue.

— Ils m'ont paru nerveux. Ils semblaient éprouver une certaine méfiance à l'égard du corps médical et n'appréciaient pas qu'un psychologue s'intéresse à leur fils. Ils ne me l'ont pas dit de cette façon, bien sûr, mais je l'ai clairement ressenti.

— Donc, il n'y a eu aucune évaluation psychologique ?

— Si. Un psychologue scolaire – qui est aussi psychiatre – est parvenu à les convaincre de lui confier leur fils.

— Et comment ça s'est passé ?

— Je ne saurais le dire. Mais j'ai cru comprendre qu'il avait suivi non seulement l'enfant, mais aussi les parents.

— Famille de tarés…, laissa échapper De Rolan.

— Pouvez-vous me donner le nom du spécialiste, je vous prie ? enchaîna aussitôt Guardiano.

— Naturellement.

La principale consulta son carnet d'adresses puis nota les coordonnées du médecin sur un Post-it jaune qu'elle tendit à la policière.

— A-t-il des copains ?

— Peu. Je doute qu'il se soit confié à eux. En définitive, à part sa petite amie, il ne fréquente presque personne.

— Pourquoi ne sont-ils pas assis côte à côte dans la classe ?

— Les places sont tirées au sort en début de trimestre.

— Ils sont très liés, tous les deux ? demanda Guardiano.

— Comme deux jeunes adolescents qui découvrent l'amour. Je suppose qu'ils ont le sentiment que rien n'est plus fort et que cela durera toujours.

— Avez-vous remarqué des traces de maltraitance ?

— Non, pas personnellement.

— « Pas personnellement » ? C'est une drôle de réponse. Quelqu'un d'autre a constaté quelque chose ?

— Je sais qu'un dossier a été ouvert il y a quelque temps suite à des plaintes. Je crois qu'une voisine avait fait un signalement. Il y a eu une enquête et la visite d'une assistante sociale à leur chalet. C'était il y a deux ans, il me semble.

— Et qu'est-ce que ça a donné ?

— Rien. L'administration a conclu que l'enfant vivait dans des conditions normales, que les parents remplissaient leur devoir. Ses hématomes étaient dus à des bagarres entre gamins et des chutes lors de jeux stupides. Rien de plus.

De Rolàn enchaîna :

— Et vous, qu'en pensez-vous ?

Elle prit une profonde inspiration :

— C'est très difficile à dire. Les comportements des parents sont tous différents, et les apparences sont souvent trompeuses. Certains paraissent sévères et sont en réalité permissifs. D'autres, c'est l'inverse. Bien sûr, eux, ils semblaient autoritaires, mais était-ce suffisant pour les soupçonner de commettre des sévices ? Sûrement pas. Leur enfant devait aussi leur en faire baver avec son agressivité et ses mauvaises notes. Il n'est pas choquant qu'ils aient souhaité serrer la vis. Du coup, tout le monde les voit comme des tortionnaires et s'imagine des choses. Et puis, ça ne veut rien dire. Dans bien des cas, les enfants maltraités ou victimes d'abus ont des parents souriants et très polis avec l'entourage. Ces gens-là savent faire illusion, non ?

— Avez-vous une idée de l'endroit où ils pourraient se trouver, l'un ou l'autre ?

— Pas la moindre.

La principale consulta sa montre :

— Les élèves vont arriver d'une minute à l'autre. Il serait préférable qu'ils ne vous voient pas ici. Ça pourrait faire des histoires. Si vous le souhaitez, nous pourrons poursuivre notre discussion dans mon bureau.

— C'est inutile, madame, conclut De Rolan. Nous avons déjà suffisamment abusé de votre temps.

— Je ne vous cache pas que le travail ne manque pas à l'approche des vacances de Noël.

Le trio quittait la salle lorsque De Rolan, sortant le dernier, aperçut, scotché au mur, le plan de classe où figuraient les photos de chaque élève. Il s'arrêta pour y jeter discrètement un œil. D'un coup sec, il arracha la feuille et la fourra dans sa poche. Personne ne remarqua son manège, Guardiano faisant la conversation à la principale :

— Nous reprendrons contact avec vous si nous avons d'autres questions.

— N'hésitez pas. Je suis à votre disposition.

— Pas la peine de nous raccompagner, nous connaissons le chemin.

La principale les salua, retourna à son bureau devant lequel l'attendait une enseignante.

De leur côté, les deux enquêteurs regagnèrent la sortie.

— Il y a un risque que cette fille ait été victime des mêmes ravisseurs que les enfants que vous cherchez ? demanda-t-elle en tirant sur ses manches.

— Non, répondit catégoriquement De Rolan. Je suis convaincu qu'elle a simplement fugué. Elle ne correspond pas du tout aux profils ciblés des ravisseurs. Ils traquent des garçons de 8 à 10 ans. Pas une fille plus âgée.

— Ils ont pu changer de goût.

— Non.

— Merci pour cet argumentaire.

— À l'OCDIP, nous travaillons en relation avec des psychologues, des psychiatres et des psychothérapeutes qui nous aident à comprendre le fonctionnement des psychopathes et sociopathes au nombre desquels, évidemment, les détraqués sexuels. Bien sûr, leurs fantasmes nous semblent totalement délirants, mais, pour eux, tout est logique. Ils répondent à une pulsion et ils ont toutes les peines à refréner leur désir. Ce stimulus n'est pas interchangeable. C'est d'ailleurs pour cette raison qu'il est si difficile d'assurer leur guérison. Par conséquent, si ce qui les excite c'est de violer et de tuer un jeune garçon, ils ne pourront pas le remplacer par une préadolescente.

Elle le dévisagea avec des yeux pleins de tristesse.

— C'est ce qui est arrivé aux enfants que vous recherchez, n'est-ce pas ?

Il se détourna.

— Je le crois, oui. Depuis le début.

Une sonnerie retentit et les doubles portes de l'établissement s'ouvrirent sur une vague de collégiens qui déferla dans un brouhaha assourdissant.

Dans le hall, ils se dispersèrent avec discipline en rejoignant leurs salles respectives.

Par une porte entrebâillée… De Rolan l'aperçut immédiatement. Elle était là, en évidence, comme un pied de nez.

Il se pétrifia.

— Qu'y a-t-il ? s'inquiéta Guardiano.

Comme il demeurait immobile et silencieux, elle suivit son regard. Cette salle de classe, ces posters, cette affiche de cinéma…

Elle la vit.

– 43 –

Dans ce contexte de décès mystérieux et d'enfants absents du collège, l'enseignant avait perdu son sang-froid. Deux policiers brandissant leur carte et ordonnant l'évacuation de la classe sur-le-champ, il y avait de quoi céder à la panique. Pourtant De Rolan et Guardiano se tenaient en silence devant la tablette qui abritait la statuette de bois, à une distance respectable, comme ils l'auraient fait dans un musée ou une église.

Cette forme longiligne, ces traits, ces entailles franches au couteau… Pas besoin d'être spécialiste en art pour comprendre que c'était l'œuvre du sculpteur des diables disposés sur chacune de leurs scènes de crime.

Guardiano fouilla dans sa poche et en tira une paire de gants en latex qu'elle enfila. À cette vue, le professeur – qui était resté en retrait – devint plus blême encore.

Elle manipula la figurine et l'inspecta sous toutes les coutures. Elle représentait un roi – probablement Charlemagne – et avait été réalisée à titre d'illustration du programme scolaire. Le sujet était différent, mais la ressemblance était frappante. Les pointes de la couronne avaient la même finesse que les cornes du démon, le visage était à peine moins angoissant, les plis du vêtement rappelaient les muscles bandés.

— Savez-vous qui a sculpté ça ? demanda-t-elle à l'enseignant.

— Un garçon dont je ne connais pas le nom. Ce n'est pas un de mes élèves.

— Vous pourriez le reconnaître ?

— Oui.

Elle tira aussitôt son téléphone portable de sa poche et chercha dans ses mails. Il y avait eu plusieurs échanges entre la police judiciaire et les services sociaux chargés de confier l'enfant après le décès de ses parents. Et, dans le dossier, figurait une photo d'identité. Lorsqu'elle la trouva, elle l'afficha en plein écran.

— C'est lui ?

Le professeur s'approcha de l'image qu'elle lui tendait.

— Oui.

Guardiano et De Rolan se jetèrent un regard où pétillait l'excitation.

— Merci, le gratifia-t-elle, vous nous avez été très utile. Le cours peut reprendre.

Bouche bée, l'enseignant les suivit du regard tandis qu'ils quittaient la pièce.

Alors qu'ils se dirigeaient vers la voiture, ils firent le point sur leur découverte :

— Nous tenons donc notre sculpteur ! s'enthousiasma De Rolan.

— Ça ne fait aucun doute.

— Si ce garçon semait ses statuettes sur chaque scène de crime, cela signifie qu'il était au courant que tous ces gens allaient mourir.

— Comment un gamin peut-il prédire que ses propres parents vont s'entretuer ?

— Et surtout, quel sang-froid et quel cynisme faut-il avoir pour sculpter une représentation du diable plutôt que d'empêcher le drame ?

— Peut-être qu'il n'avait aucune envie de l'éviter…

— Vous pensez qu'il souhaitait leur mort ? s'offusqua-t-il.

— On ne peut pas dire qu'il s'agissait de parents modèles, n'est-ce pas ?

— De là à les tuer…

— J'ai vu des mobiles d'assassinats moins justifiés que ça au cours de ma carrière.

— Bon, OK. Admettons. C'était un couple de connards, il voulait se débarrasser d'eux. Mais comment ? C'est toujours le même problème : aucune personne étrangère n'a pénétré dans la maison, et le gamin était bouclé dans la cave !

— Il y a encore plus fort : lorsque le menuisier est mort, le gamin était hospitalisé à quatre-vingts kilomètres de là ! Pareil pour les autres. Comment aurait-il fait s'il n'était même pas dans les parages ?

— Valider cette thèse de l'enfant tueur revient à admettre qu'il a le pouvoir de donner la mort à distance.

— C'est typiquement le genre de phrases que je n'avais vraiment pas envie d'entendre.

— C'est encore moins ce que vous souhaiterez consigner dans votre rapport !

Guardiano déverrouilla les portes de son véhicule :

— Le couple, je veux bien que ce ne soit qu'une crise de démence inexplicable et qu'on se soit emballés depuis le début. C'est dur à avaler vu les coups échangés, mais admettons. En revanche, le menuisier et le mari tireur fou, ça fait beaucoup ! Même mon commissaire ne croit plus à une coïncidence.

— Quelque chose ou quelqu'un a occasionné chez eux un accès de rage. Et c'est en rapport avec cette statuette.

Ils montèrent dans la voiture et Guardiano mit le contact pour profiter du chauffage, sans pour autant démarrer.

Après quelques secondes de silence pendant lesquelles chacun réfléchissait de son côté, elle se lança :

— Puisque ces trois affaires sont liées, étudions les points communs. J'en distingue deux : les accès de folie meurtrière et la statuette. Vous en voyez d'autres ?

— L'argent. Les coupures que nous avons retrouvées dans la table.

— Pour le moment, rien ne prouve que ça les relie.

— C'est vrai. Alors, non, je ne vois rien d'autre. Je dirais que le reste les oppose : âge, situation familiale, niveau social, croyances religieuses, parcours professionnel. Ils ont pris soin de ne pas communiquer entre eux, ou, tout au moins, pas par téléphone. Par conséquent, vous avez raison, ce sont les deux seuls éléments qui les relient, d'après ce que nous savons d'eux.

— Bon. Nous sommes incapables de comprendre ce qui déclenche ces crises, donc ne nous y attardons pas.

— OK.

— Il reste cette statuette. Elle a forcément une utilité ou une signification, sans quoi ce gamin n'aurait pas pris la peine de la déposer systématiquement.

— Au début, j'imaginais une sorte de signature macabre : quelqu'un provoquait ces événements sanglants et il souhaitait que tout le monde sache qu'il en était l'auteur.

— Tout le monde ? À condition de savoir à quoi ça fait référence. C'est franchement obscur.

— Ce n'est pas clair pour nous, mais ça doit bien l'être pour quelqu'un.

— Pour qui ?

De Rolan fit une moue affichant son ignorance :

— Aucune idée. Mais puisque la présence de la statuette précède la mort, ce n'est plus une signature. On en est sûrs.

— Ce serait plutôt…

Elle laissa sa phrase en suspens tandis qu'elle cherchait ses mots.

— Un avertissement ? tenta-t-il.

— Non. Un moyen d'engendrer le mal.

– 44 –

Le son du deux-tons l'incommodait. De même, elle n'aimait pas sortir le gyrophare. Cette ostentation de petits pouvoirs, cette démonstration de force publique, cela lui correspondait si peu. Mais Élisabeth Guardiano était pressée et les véhicules devant elle semblaient avancer au ralenti. Alors, elle avait sorti le grand jeu.

Les yeux rivés tantôt sur la route, tantôt sur le GPS, elle se fraya un chemin entre les voitures qui s'écartaient pour la laisser passer.

Arrivée devant le poste de police, elle se gara en double file, laissant tourner la lumière bleue du gyrophare.

En rejoignant le trottoir, elle s'arrêta net en remarquant cette forme sombre enfoncée dans la neige.

Le cadavre d'un oiseau. Encore.

Elle scruta le ciel à la recherche d'une réponse. Les nuages massifs et pesants dans leur dégradé de gris ne lui en fournirent aucune. Elle se dirigea vers le poste de police. Elle poussa la porte de verre et fut aussitôt accueillie par un policier en uniforme – celui-là même qui avait pris la déposition du mari, juste avant qu'il n'abatte sa femme.

Elle l'interpella sans ménagement :

— Avez-vous des nouvelles de leur fille ?

— Quelle fille ?

— Leur fille, bon Dieu !

— La pauvre ! Heureusement qu'elle n'était pas dans la maison pendant qu'il a tiré sur sa mère, il aurait pu la tuer aussi.

— D'accord, mais vous avez une idée de l'endroit où elle peut se trouver ?

— Bah non.

Il avait sorti ça comme une évidence.

— Je voudrais que vous me montriez les comptes rendus d'auditions des personnes que vous avez entendues à ce sujet. Et je souhaite également que vous me détailliez le dispositif déployé pour la retrouver.

— Bah aucun, répondit-il d'une voix teintée d'étonnement, tandis qu'il la regardait avec de grands yeux ronds.

— Comment ça, « aucun » ?

— Je ne suis pas sûr de vous suivre, commandant.

— Mais enfin, vous avez bien fait quelque chose pour la localiser, oui ou non ?

— Pas encore ! On vient seulement de s'y mettre.

— Hein ? Pourquoi n'avez-vous pas essayé de la retrouver plus tôt ?!

— Mais, commandant, c'est suite à la mort de ses parents qu'on a compris qu'elle avait fugué. Avant, on ne pouvait pas le deviner.

— Quoi ? Comment ça ? Ses parents ne vous avaient pas prévenus de sa fugue ?

— Non. Première nouvelle.

Élisabeth Guardiano joignit ses mains sur sa tête et, dans cette position singulière, se perdit dans ses pensées.

Les parents n'avaient pas signalé la fugue !

Le père semblait adorer sa fille. Quant à sa mère, elle était peut-être étrange, elle n'en demeurait pas moins aimante.

Leur premier réflexe, après la disparition de leur fille, aurait dû être de prévenir la police.

Alors, pourquoi ne pas l'avoir fait ? Tout ceci n'avait aucun sens.

Deux journées s'étaient écoulées sans qu'ils aient de ses nouvelles. Deux longues journées.

Ses parents auraient, à la rigueur, pu être complices de son absentéisme, si, par exemple, elle rêvait de se rendre à un concert ou à un événement quelconque se déroulant en semaine. Elle aurait voyagé en train, dormi chez une copine, puis serait retournée en cours aussitôt après avec un mot d'excuse dûment signé. Mais pas avec un père aussi autoritaire et une mère aussi soumise… Et pendant deux jours ? Cela ne tenait pas debout. Et puis, pourquoi les parents n'auraient-ils pas répondu au téléphone ? Pourquoi le père aurait-il annulé tous ses rendez-vous ?

Non, cette fugue était imprévue, cela ne faisait aucun doute. Mais alors, pourquoi diable ne pas avoir averti les autorités ?

Se pouvait-il qu'elle ait été victime d'un enlèvement ? Cela n'expliquait pas plus le silence de ses parents. Au contraire.

— Je peux vous être utile, commandant ? avança timidement le policier.

Elle fit « non » de la tête, sans daigner le regarder. Elle ne voulait pas perdre le fil de ses réflexions.

Et si…

Et s'ils l'avaient tuée ?

Le pistolet, la crise de démence du père… Cela pouvait coller avec un infanticide.

Sauf que…

Non, ils ne l'avaient pas tuée. Ses placards étaient presque vides, trop de vêtements manquaient. Bien sûr, les parents auraient pu simuler une fugue en dissimulant quelques-unes des affaires de leur fille. Mais, dans ce cas, ils seraient allés signaler sa disparition à la police. En gardant le silence comme ils l'avaient fait, ils attiraient les soupçons sur eux.

Derrière le comptoir, le téléphone se mit à sonner.

Dans quelles circonstances n'appelle-t-on pas la police ? Lorsqu'on a quelque chose à cacher. Les parents avaient donc un secret. Concernant leur fille. Mais lequel ? Qu'est-ce qui peut justifier que l'on prenne le risque de laisser sa propre fille livrée à elle-même ?

Il fallait que ce secret soit obscur.

— Commandant…

D'un geste de la main, elle lui fit signe de ne pas l'importuner.

Craintivement, il poursuivit néanmoins sa phrase.

— Heu… C'est un appel… ça vous concerne, dit-il en lui tendant un combiné qu'elle lui prit des mains.

— Allô ? Oui, commandant Guardiano à l'appareil… Oui… Quoi ? Le gamin s'est échappé ! Mais il n'y a aucune surveillance dans votre hôpital, ou quoi ?… Et depuis quand ? Hier soir ! Bon Dieu, vous ne pouviez pas me prévenir plus tôt !

Elle tendit le combiné au policier qui raccrocha en guettant sa réaction.

Elle inclina la tête en arrière.

Elle ferma les yeux.

Elle venait de comprendre.

– 45 –

Franck De Rolan devait terminer son rapport pour le transmettre à sa hiérarchie qui n'avait pas de nouvelles récentes de l'évolution de son enquête. Ç'était, en tout cas, le prétexte qu'il avait avancé pour se retrouver seul tandis que sa partenaire se rendait au poste de police.

Au lieu de plancher sur son ordinateur, il était posté devant la grille du collège où quelques parents d'élèves attendaient, comme lui, que les enfants sortent.

Il prenait un nouveau risque, car interroger un mineur en dehors du cadre judiciaire était peu recommandé. Carte de gendarmerie ou pas, si le gamin en parlait à ses parents et que ceux-ci s'avéraient un tant soit peu procéduriers, les ennuis commenceraient.

Là encore, sa décision était prise.

Il s'était renseigné sur les horaires de fin des cours. La classe qui l'intéressait allait sortir d'un instant à l'autre.

Pour la millième fois, il jeta un œil sur le papier froissé qu'il tenait en main : cette galerie de portraits qu'il avait arrachée après avoir visité la classe. Il devait mémoriser ce visage.

Il rangea le document dans sa poche et, au moment où il consultait sa montre, la sonnerie retentit. En un instant, le porche de l'établissement fut envahi par une nuée de jeunes adolescents pressés de rentrer chez eux.

De Rolan se planta devant la sortie, de telle sorte que les collégiens passaient automatiquement devant lui en partant.

Il était attentif à chaque visage pour ne pas laisser filer celui qu'il voulait. Il n'avait qu'une poignée de minutes devant lui. Et il n'aurait pas de seconde chance. L'exercice n'était pas facile. La photo était de piètre qualité.

Il scrutait un à un les élèves qui défilaient avec indolence. Il s'attardait parfois sur un physique présentant une ressemblance avant de l'écarter et de reprendre aussitôt son travail d'identification.

Le flot progressait toujours vers la sortie et De Rolan s'agitait en réalisant qu'il avait déjà vu passer la plupart des élèves.

Il ne restait plus qu'un petit groupe de filles qui gloussaient en rallumant leur téléphone portable. Elles passèrent devant lui en l'ignorant.

Puis, plus personne.

La grille du collège se ferma derrière le dernier enfant.

De Rolan se retourna et fouilla désespérément du regard la petite foule qui se dissipait bien vite, tentant, une ultime fois, de trouver celui qu'il cherchait.

Hélas, en moins de trois minutes, il se retrouva seul sur le trottoir, désemparé.

Il tira sur ses gants, fourra ses mains dans ses poches et se résigna à rentrer bredouille.

Soudain, il entendit le bruit de la grille qui s'ouvrait derrière lui. Il se tourna et le vit. C'était lui !

De Rolan fut plus intimidé qu'il l'avait imaginé et il lui fallut un petit moment avant de se décider à l'accoster :

— Bonjour, je suis capitaine de gendarmerie, se présenta-t-il en montrant sa carte.

— Qu'est-ce que j'ai fait ? s'inquiéta l'enfant.

— Rien. Rien du tout. Rassure-toi. Je veux juste te poser quelques questions. Ça ne prendra qu'une minute.

— D'accord.

— Parle-moi de ton voisin de classe.

— Ah, lui !

— Est-ce qu'il te confie des secrets ?

— Oh, non ! Ce n'est pas son genre. Il est super chelou. J'imagine que la mort de ses parents n'a pas arrangé les choses.

— Il parle tout seul, c'est ça ?

— Oui, entre autres.

— Que dit-il ?

— La plupart du temps, je ne comprends rien. Il baragouine. Parfois, il se met à ricaner sans raison. Un jour, j'ai essayé d'engager la conversation avec lui, puisque c'était mon voisin, eh bien, il m'a dit que si je répétais quoi que ce soit, il m'arracherait la langue !

— Tu as alerté tes professeurs ?

— Non, non. C'était le début de l'année, je ne voulais pas avoir d'histoires. Aujourd'hui, je fais comme si je ne l'entendais pas.

— Mais tu as quand même entendu des choses, pas vrai ?

— Oui, un peu, admit-il timidement.

— De quoi parlait-il ?

— C'est difficile à dire. Il était question d'une cave. Oui, c'est ça. Un jour qu'un prof lui reprochait de ne pas avoir fait ses devoirs, il a marmonné qu'il était à la cave. Et il a ajouté quelque chose comme : « Vous allez tous finir à la cave, c'est là que tout se termine », quelque chose comme ça.

— Quoi d'autre ?

— Il y a un truc qui fout la chair de poule, une sorte de créature qui s'empare des gens. Je l'ai entendu dire ça. Elle passe de corps en corps pour transmettre le mal, la mort.

— Le Mangeur d'âmes ?

— Oui ! C'est ça.

— Il t'en a parlé ?

— Non. Je vous dis, il vaut mieux pas trop lui adresser la parole. Je l'ai juste entendu le mentionner.

— Il n'a pas beaucoup de copains, n'est-ce pas ?

— Non. À part sa petite amie. Elle est dans notre classe.

— Parle-moi d'elle, tu veux bien ?

Le gamin parut gêné avant de répondre :

— Si vous voulez mon avis, sous ses airs de première de la classe, elle est aussi guedin que lui.

— Qu'est-ce qui te fait dire ça ?

— Bah, déjà, pour avoir ce mec comme petit copain, faut être sacrément perchée. Et puis, un jour, j'avais oublié un livre dans mon casier, je suis donc retourné dans la classe et je l'ai trouvée en train de pleurer toute seule dans un coin. Pour être sympa, j'ai été la voir et je lui ai demandé ce qui n'allait pas, j'ai posé ma main sur son épaule et elle s'est mise à hurler comme une démente !

— Sans raison ?

— Mais oui ! Je l'ai à peine effleurée qu'elle criait : « Me touche pas ! Me touche pas ! »

— Et ensuite ?

— Elle s'est barrée en courant. Le plus dingue, c'est que, quand le cours a repris, elle semblait parfaitement normale.

— Est-ce que tu as déjà surpris une conversation entre elle et son copain ?

— Non. C'est des coups à finir à l'hosto.

— Tu as une idée d'où elle se trouve en ce moment ?

— Aucune idée.

— Je t'en prie, fais un effort. C'est très important.

L'enfant réfléchit quelques instants.

— Non, vraiment. Vous savez, je crois être la dernière personne sur terre à qui elle confierait ce genre de choses.

De Rolan voulut congédier son jeune interlocuteur lorsqu'une nouvelle question lui vint :

— Est-ce que tu sais si elle fait de l'escalade ?

Le collégien sembla amusé et répondit avec un sourire en coin :

— On voit bien que vous n'êtes pas d'ici ! Tout le monde fait de l'alpinisme. C'est simple, y a rien d'autre à foutre !

De Rolan acquiesça d'un signe de tête et laissa le gamin filer.

En regagnant son véhicule, absorbé par les propos qu'il venait de recueillir et qu'il tentait de mettre en perspective avec ce qu'il savait déjà, il traversa la rue sans prendre garde à la circulation. Une voiture fonça sur lui et fit une embardée pour l'éviter. Malgré le cri du klaxon et le chapelet d'insultes que le conducteur proféra par sa fenêtre, De Rolan n'y prêta aucune attention.

Ses pensées l'accaparaient tant qu'il n'avait pas non plus remarqué la Range Rover noire depuis laquelle un homme épiait chacun de ses gestes.

– 46 –

L'homme avait les bras chargés de paquets qu'il avait empilés tant bien que mal et qui menaçaient de dégringoler à chaque pas.

Il se dirigea vers un pavillon, poussa du coude la porte d'entrée. La tour de colis penchait dangereusement. Élisabeth Guardiano se précipita pour lui tenir la porte ouverte. L'homme sursauta car il n'avait pas senti sa présence. Puis, la politesse reprit le dessus, et il la remercia en entrant. Il déposa ses colis sur une petite table, content d'avoir évité qu'ils tombent dans la neige.

— Je peux vous aider ? demanda-t-il, étonné que la femme qui lui avait ouvert la porte en ait profité pour s'introduire dans son cabinet.

— Je suis le capitaine Guardiano. J'ai eu vos coordonnées par la principale du collège. J'enquête sur ce qui s'est passé ces derniers jours.

— Ah, oui. Naturellement… On raconte toutes sortes de choses. Y compris des théories complètement folles.

— Il y a de quoi, croyez-moi, lâcha la policière.

— Ah ? Et en quoi puis-je vous être utile ?

— Vous êtes le psy d'un jeune garçon que nous recherchons.

— Oui. Ses parents se sont entretués. Quelle histoire sordide. Mais, comment ça, vous êtes à sa recherche ? Il est hospitalisé dans la vallée ! indiqua-t-il, surpris que la police ne fût pas au courant. Je suis allé lui rendre visite après le drame.

— Il a fugué.

— Quoi ?!

Le visage du psychiatre s'était littéralement refermé. Ses yeux s'agitaient comme quelqu'un qui cherche en urgence une solution.

— Vous étiez proches ? s'enquit Guardiano qui avait remarqué la réaction de son interlocuteur.

Il lui fallut quelques secondes pour parvenir à répondre :

— Eh bien, oui, quand même. Je le suivais depuis quelque temps. On m'avait signalé un comportement… disons… inapproprié dans l'établissement où il suit sa scolarité. Il avait des difficultés. J'ai donc été amené à le recevoir. Puis, c'est devenu un patient régulier.

— De même que ses parents.

— C'est exact.

— Avez-vous une idée de l'endroit où il pourrait se trouver ?

— Non. Je suis suffisamment abasourdi d'apprendre qu'il s'est enfui de l'hôpital alors que j'avais demandé à ce qu'il fasse l'objet d'une étroite surveillance.

— Et sa petite amie ? Ils semblaient très proches. Ils sont peut-être ensemble ?

— Je ne la connais pas personnellement. Non, je regrette, je ne vois pas où ils peuvent s'être réfugiés.

— Que pouvez-vous me dire sur ce garçon ?

Le psychiatre s'apprêta à répondre lorsqu'il se réfréna :

— C'est impossible. Je suis tenu par le secret professionnel.

La policière eut l'air exaspérée. Après le secret de la confession, voici que se dressait devant elle une nouvelle muraille l'empêchant d'entrevoir la vérité.

— C'est très important.

— Je n'en doute pas. La confidentialité aussi est importante. Fondamentale, même.

— Vous pouvez me parler de ses parents, au moins ? Vu qu'ils sont morts.

— Pas davantage, non. Écoutez, comme vous le voyez, je ne consulte pas aujourd'hui. Les paquets que je transporte sont des cadeaux de Noël. Le moment est très mal choisi.

Guardiano mit les mains dans ses poches pour bien montrer qu'elle ne décamperait pas avant d'avoir obtenu des réponses à ses questions.

Le psychiatre capitula avec un soupir et ôta son manteau, redoutant que la conversation ne se prolonge.

— Vous voulez savoir s'ils étaient capables de s'entretuer ?

— Pour commencer.

— Je ne le pense pas, non.

— Ils n'avaient pas de pulsion meurtrière ou suicidaire ?

— Rien de tout ça.

— Est-ce qu'ils maltraitaient leur fils ?

— Non ! Pas du tout.

La réponse eut sur Guardiano l'effet d'une décharge électrique.

— Vous… vous êtes sûr ?

— Oui, absolument.

— Mais… Il a des marques…, balbutia Guardiano, qui avait perdu toute assurance.

Le psychiatre fit non de la tête :

— Méfiez-vous de ce garçon. C'est un manipulateur. Il est dangereux. Pour lui-même et pour autrui. Il est capable de tout. Et donc du pire.

– 47 –

De Rolan s'était enfermé dans sa chambre pour se replonger dans les documents qu'il avait piratés lors de son intrusion.

L'intimité du concessionnaire et de sa femme défilait donc à nouveau devant ses yeux. Cette fois, au lieu de chercher des éléments accablants, il voulait désormais comprendre leur fonctionnement, cerner leurs habitudes. La vérité surgissait parfois d'un minuscule détail.

Tout en parcourant les nombreux dossiers contenus sur le disque dur, son esprit ne pouvait se détacher de cette jeune fugueuse.

Il la connaissait. Ou plutôt, il l'avait reconnue.

La jeune fille sur la photo qu'il avait découverte accrochée au mur de sa chambre ressemblait étrangement à la silhouette qu'il avait poursuivie après la mort du menuisier. C'était le même blouson, le même pantalon. À la vue de ce cliché, il avait été aussitôt gagné par le sentiment d'avoir débloqué l'un des cadenas de cette affaire.

De Rolan se mit à mesurer ce que cela impliquait.

Elle pouvait être de mèche avec son père : il l'aurait déposée un peu en amont, de sorte qu'elle ne laisse aucune trace de pas provenant de sa voiture et, tandis qu'il parlait aux policiers, elle se serait chargée de voler le PC. Il ne lui restait plus qu'à briser un carreau pour pénétrer dans le logement et le tour était joué.

Sauf que…

Il avait averti la police tandis que sa fille n'avait pas encore récupéré l'ordinateur. Cela leur faisait courir un risque considérable à tous les deux. Même si la décision de voler le PC avait été prise inopinément et comportait par conséquent une part d'improvisation, personne n'aurait été assez idiot pour prévenir la police avant de commettre un acte répréhensible.

Et puis, cela n'expliquait pas la fugue. Elle était antérieure à la mort du menuisier, ce qui excluait une complicité entre la fille et son père. Sans compter que les traces dans la neige ne provenaient pas de la Mercedes mais d'un sentier.

Non, cette théorie ne tenait pas plus que les autres. Mais alors…

Si le père et la fille n'étaient pas complices, se pouvait-il qu'ils fussent adversaires ?

Elle voulait mettre la main sur l'ordinateur avant son père, ce qui justifierait sa précipitation et le risque encouru. Sachant que son père reviendrait sur place aussitôt après le départ des policiers, il n'y avait pas de temps à perdre.

De Rolan fit défiler une série de photos qu'il avait déjà survolées. À l'aune de ses nouvelles suppositions, il les scruta une à une avec beaucoup plus de soin.

Il s'attarda sur un cliché de la jeune fille qu'il afficha en plein écran. Elle arborait un sourire radieux, pourtant, son regard était empreint de gravité. C'étaient, déjà, des yeux d'adulte.

Et si c'était elle, et non son petit ami, qui tirait les ficelles ? Sans nul doute, c'était lui qui avait sculpté les figurines, mais cela ne faisait pas pour autant de lui le responsable de tout. Les filles ne sont-elles pas matures plus tôt que les garçons ?

Il fallait un sacré cran pour s'introduire au domicile d'un macchabée, voler un ordinateur au nez et à la barbe des policiers.

Il se cala dans son fauteuil, joignit les deux mains sur sa nuque et s'adressa à la photo.

— Pourquoi t'es-tu envolée ?

Pour échapper à la mort ? Mais, dans ce cas, comment savait-elle que son père deviendrait fou au point de se servir de son arme ? Comment aurait-elle pu le prédire ? Et pourquoi n'avait-elle pas tenté de protéger sa mère ? Était-ce parce qu'elle avait elle-même provoqué la mort de ses parents ? Mais par quel moyen ?

Et puis se posait la question du mobile. De toute évidence, cette jeune fille avait une existence idéale : des parents aimants, de bons résultats scolaires, un cadre de vie agréable, des amies, un petit ami. Aucun des motifs habituels de fugue n'était présent. Certes, sa mère était un peu « étrange » selon la principale, mais le fait de ne pas préparer des gâteaux pour la kermesse et celui de ne pas côtoyer les autres parents d'élèves étaient-ils des éléments concluants ? Et la principale du collège avait aussitôt précisé qu'elle lui témoignait beaucoup d'amour. Soudain, le visage de De Rolan se figea. Il s'aventurait sur un terrain qu'il redoutait, mais qu'il ne pouvait contourner s'il voulait connaître la vérité.

La mère, fervente catholique, pratiquante, s'était confessée auprès de son curé. Elle avait avoué des péchés si graves, si sordides, que l'homme de Dieu en avait été ébranlé jusqu'au tréfonds de son être. Il avait tenté de lui faire entendre raison, de la remettre dans le droit chemin, mais il n'avait pas su trouver les mots.

Il avait prié. En vain. Son échec et son impuissance lui avaient fait douter du salut de l'âme. Ses convictions les plus profondes s'effritaient comme les murs d'une chapelle abandonnée. Il n'y croyait plus. Il ne croyait plus. Il avait cédé au renoncement suprême. Il s'était passé une corde autour du cou.

Quel pouvait être ce péché absolu ?

Un crime sombre, abject, impardonnable.

Un inceste.

Bien sûr.

En voyant le crucifix et les bondieuseries dans la chambre de la mère, Guardiano et lui avaient soupçonné un crime pédophile en faisant le rapprochement avec le suicide du prêtre. En toute logique, ils avaient pensé aux trois enfants disparus. C'était une erreur. Ce n'étaient pas ces enfants, les victimes.

C'était leur propre fille !

Cela tenait debout. La jeune adolescente subissait les viols de son père, ce qui causait les dépressions passagères constatées par ses professeurs, la crise d'hystérie dans les couloirs du collège. « Ne me touche pas ! Ne me touche pas ! »

Les équipes pédagogiques n'avaient-elles pas conclu que sa scolarité n'expliquait pas ces chagrins ?

Sa mère en était le témoin muet et coupable. Elle s'en rendait malade, mais elle savait. Cela permettait de comprendre sa tendance à l'isolement, sa solitude. À moins que son mari n'eût fait pression sur elle pour qu'elle sorte peu, pour qu'elle ne parle à personne, de peur qu'elle ne révèle tout.

Quel meilleur mobile pour un assassinat que de vouloir échapper à l'inceste ?

À cette pensée, De Rolan fut pris de nausées.

Il se leva et se rendit au lavabo pour se passer de l'eau sur le visage.

En regagnant son fauteuil, il tenta d'étayer son raisonnement en se replongeant dans le regard profond de la jeune fille.

— Tu t'es vengée, n'est-ce pas ?

Ce devait être elle qui avait causé la mort de ses parents. Il n'en était pas certain, mais il commençait à dessiner cette idée et à la trouver convaincante.

— Tu as d'abord tué les parents de ton petit ami parce qu'ils le maltraitaient.

Lui était enfermé à la cave. Comment aurait-il pu provoquer un double meurtre ?

La bonne élève gâtée et le cancre rêveur. Tout le monde pensait qu'ils n'avaient rien en commun. Ils avaient pourtant l'essentiel : un drame intime qu'ils taisaient. En se rapprochant, ils s'étaient compris. Ils s'étaient confiés l'un à l'autre et s'étaient vengés.

— Puis, tu as tué tes parents.

Leur mort n'était-elle pas un chef-d'œuvre de symbolisme ? La mère, complice passive des actes ignobles de son mari, exécutée par celui-ci. C'était le paroxysme du sarcasme macabre. Quelle subtile vengeance !

Quant au père, il se serait sans doute lui-même criblé de balles si la police n'était pas intervenue.

— Mais comment as-tu fait ?

De Rolan butait sur cet écueil de taille. Aucune explication rationnelle ne parvenait à résoudre ce mystère inébranlable.

Et ce n'était pas le seul problème. Pourquoi avoir tué le menuisier ? Qu'avait-il bien pu faire ?

De Rolan se frotta le crâne comme si des réponses allaient en sortir.

Cela n'avait pas de sens. Le menuisier n'avait pas d'enfants, donc ne maltraitait personne. Il n'avait pas mérité de mourir, il s'était pourtant infligé le trépas le plus cruel et le plus douloureux possible : être coupé en deux.

Son secret était sur le disque dur. Et l'on en revenait à la jeune fille.

— C'est toi qui tires les ficelles. Mais comment t'y prends-tu pour pousser ces gens à s'entretuer ? Comment fais-tu pour ne laisser aucune trace ?

– 48 –

Après avoir quitté le poste de police, Guardiano avait souhaité mener elle-même l'enquête de voisinage, sa confiance dans les autorités locales étant plutôt limitée.

Et puis, il fallait sentir le terrain, éprouver les gens, interpréter les regards, guetter les sous-entendus. Autant d'éléments, en apparence anodins, qui pouvaient s'avérer décisifs et qui disparaissaient dès lors qu'il s'agissait de les consigner dans un rapport.

En quinze ans de PJ, elle avait eu mille fois l'occasion de constater qu'un entretien en face à face était bien plus révélateur que la lecture d'un compte rendu. C'était en jaugeant ses interlocuteurs qu'elle avait forgé son instinct de flic.

La fille avait fugué et le garçon s'était échappé de l'hôpital. Deux enfants en cavale. Ensemble.

Ce noir secret, ils l'avaient en commun.

Elle avait commencé par croire qu'ils étaient victimes de cette affaire. Mais elle réalisait peu à peu que leur rôle était indubitablement plus ambigu.

Il fallait comprendre ce qui avait pu pousser cet homme à exécuter sa femme à coups de pistolet. Et, pour cela, elle n'avait pas ménagé sa peine : la famille, les relations, les voisins avaient été interrogés. Elle s'était rendue à la concession automobile du mari ainsi qu'à la paroisse de son épouse. Elle avait recueilli toutes sortes de témoignages.

Au volant de sa voiture, elle avait sillonné en long et en large cette ville morose et terne, rongée par la récession. Elle n'aimait toujours pas cet endroit mais, au moins, elle ne s'y sentait plus complètement perdue.

Elle souhaitait à présent se poser dans un lieu tranquille où elle serait libre de réfléchir sans être interrompue. Elle avait besoin de se concentrer, de faire le vide afin de compiler et recouper cette masse d'informations pour tenter de dénicher un détail, d'exhumer un indice, de confondre un acolyte.

C'était un exercice dans lequel elle excellait et qui avait contribué à une ascension relativement rapide au sein de cet univers policier majoritairement masculin.

Et puis, avec un peu de chance, l'isolement lui permettrait de se débarrasser de ces maux de tête qui l'indisposaient et qu'une aspirine effervescente ne parvenait guère à dissiper.

Où se réfugier? Elle ne souhaitait pas s'installer dans une brasserie. Trop bruyant, pas assez discret. Elle refusa aussi de retourner à sa chambre d'hôtel qui la déprimait. Elle envisagea d'investir la bibliothèque municipale. L'idée lui sembla d'abord saugrenue, puis elle la considéra sérieusement. C'était un lieu calme et désert où elle disposerait de toute la place requise pour étaler ses documents.

Elle se gara juste devant l'édifice médiéval converti en bâtiment public.

En descendant de voiture, elle regarda instinctivement autour d'elle. Le souvenir de la vieille folle qui l'avait interpellée en proférant des paroles apocalyptiques la fit frissonner.

Le trottoir était désert, pourtant Guardiano éprouvait une certaine anxiété et pressa le pas, de crainte de se trouver de nouveau face à cette étrange vieillarde.

Elle se réfugia à l'intérieur comme un animal traqué dans sa tanière. Là, elle trouva le comptoir d'accueil vide. Elle patienta ainsi quelques minutes puis, comme personne ne venait, elle se décida à s'engager dans la salle de lecture.

Sans trop savoir pourquoi, elle choisit la même table que celle où elle s'était entretenue avec le bibliothécaire.

Après avoir ôté blouson, gants et écharpe, elle tira une chaise et s'y laissa tomber. Elle sortit le carnet Moleskine sur lequel elle avait consigné toutes ses notes depuis le début de cette affaire, puis le dictaphone qui avait collecté les propos des personnes qu'elle venait d'interroger. Elle s'enfonça une paire d'écouteurs dans les oreilles et entama son travail de synthèse, un stylo à la main.

Lorsqu'elle eut griffonné plusieurs pages, elle éprouva le besoin de faire une pause. Ses maux de tête ne se résorbaient pas. Elle mit le dictaphone sur pause et, du bout des doigts, se massa les tempes en fermant les yeux.

Lorsqu'elle les rouvrit, elle sursauta.

Le vieux bibliothécaire se tenait face à elle, les bras chargés de livres :

— Je vous ai fait peur ? Je vous prie de m'excuser.

— C'est moi qui suis désolée. J'aurais dû vous attendre avant de m'installer.

— Vous avez bien fait ! Je rangeais d'anciens volumes à la cave. Il y a si peu de monde dans cette bibliothèque qu'il m'arrive d'oublier qu'elle est parfois fréquentée.

Elle lui répondit par un sourire.

Il déposa ses ouvrages sur une table et les répartit en plusieurs piles.

— Décidément, le diable vous poursuit ! lui dit-il, sans interrompre sa tâche.

Guardiano crut d'abord avoir mal compris. Puis, elle prit conscience qu'il avait bien prononcé ces paroles.

— Le diable ? répéta-t-elle sans comprendre.

— Ah, pardonnez-moi, avec ces nouveaux décès, je croyais que vous étiez venue vous documenter sur le sujet, dit-il en tournant les talons.

— Attendez. Attendez. Pourquoi me parlez-vous de ça ?

Le bibliothécaire la fixa d'un air étonné :

— Eh bien, quoi ? Vous n'avez quand même pas oublié le conte que je vous ai fait découvrir ?

— *Le Mangeur d'âmes*, non, je m'en souviens parfaitement. Mais pourquoi dites-vous « avec ces nouveaux décès » ? Quel rapport avec le diable ?

— Mais parce que la femme qui a été tuée était une descendante de sorcière.

— Quoi ?

La migraine gagnait en intensité et Guardiano n'était plus bien sûre que cette scène fût réellement en train de se produire.

— Je croyais que vous étiez au courant et que c'était la raison de votre venue. On dirait que nous aimons les malentendus, vous et moi, ricana-t-il.

— Que… Je ne comprends rien. Comment ça, une descendante de sorcière ?

Le vieil homme prit une chaise et s'installa en face de la policière.

— Oui, c'était sa « malédiction », comme elle disait. L'une de ses aïeules, accusée de sorcellerie, a été jugée par le tribunal ecclésiastique et condamnée au bûcher.

— Comment le savez-vous ?

— Elle était passionnée de généalogie et moi d'histoire. Nous avons donc uni nos compétences afin de construire son arbre généalogique.

— Et vous avez pu remonter jusqu'à l'Inquisition ?

— Non, non, c'est trop lointain. J'ai fait cette découverte par hasard. Puisque je l'ai aidée dans ses travaux généalogiques, j'ai été sensibilisé à l'évolution de son patronyme à travers les âges, il m'était très familier. C'est alors que, près d'un an plus tard, je suis tombé sur les minutes d'un procès mené ici même et ayant conduit à la condamnation de plusieurs sorcières dont l'une portait exactement le même nom.

— C'était peut-être un homonyme ?

— Pensez-vous ! J'ai fait des recherches complémentaires. Ce procès est d'ailleurs mentionné dans le livre *Errores Gazariorum* rédigé avant 1437. Bien que l'ouvrage soit anonyme, on soupçonne le célèbre inquisiteur Ponce Feugeyron d'en être l'auteur. Par ailleurs, vous savez, au Moyen Âge, cette ville n'était pas si développée. On n'y comptait guère que quelques dizaines de maisons, une église et un couvent franciscain – qui a été détruit dans un incendie au XVIe siècle. Ce n'était qu'un bourg où s'étaient regroupées plusieurs familles d'éleveurs, d'artisans et de bergers. Donc il y a fort peu de risques d'homonymie. Dites, vous êtes toute pâle, ça ne va pas ?

— Si, j'ai juste horriblement mal à la tête. Ça va passer.

— Il y a eu de nombreux cas de sorcellerie dans la région, et dans cette ville en particulier. Pas de chance que ce soit tombé sur cette pauvre femme. Elle l'a très mal vécu. C'est probablement pour cette raison qu'elle était si pieuse. Elle ne manquait jamais une messe. Tout à fait entre nous, c'était quelqu'un de plutôt bizarre.

— Parlez-moi de cette sorcière.

— Oh, vous savez, à l'époque, on avait tôt fait de condamner les gens. Il suffisait de bien peu.

— D'accord, mais, puisque vous avez lu les comptes rendus du procès, vous avez connaissance de ce qui lui était reproché, non ?

— Le frère Bernard Trémey, docteur en théologie et bachelier en droit canon, a exercé son ministère inquisitorial dans cette juridiction pendant de longues années. Figurez-vous qu'il a une rue à son nom, ici même. Mais je m'égare ! À partir de 1430, il a mené une véritable chasse aux sorcières – au sens propre. Puisqu'il n'y avait presque plus de Juifs à persécuter, il fallait bien s'en prendre à d'autres. De pauvres hères furent alors désignés par les inquisiteurs. Ils étaient soumis à la question et avouaient tout ce qu'on leur dictait. L'usage de la torture fut systématique. Lorsqu'on se penche sur les méthodes et les instruments employés, on ne peut que constater l'imagination mortifère des bourreaux. Cela fait froid dans le dos. Souvent, ces pratiques avaient des connotations sexuelles, ce qui, entre parenthèses, est assez révélateur des motivations des juges. Et, pour finir, le bûcher.

— Le feu purificateur.

— Là encore, tout un symbole.

— Plus précisément, quels étaient les chefs d'accusation ?

— Avoir pris part à des réunions de sorciers appelées sabbats, préparer un complot pour renverser le clergé et le remplacer par une anti-Église au service du diable, faire des sacrifices d'enfants…

— Des sacrifices d'enfants ?

— Oui.

— Cela faisait partie des rites sataniques ?

— Ces accusations étaient courantes. La mortalité infantile était très forte. Alors, à une époque où la religion jouait un rôle si prépondérant, il fallait bien désigner des coupables. L'Église en profitait pour faire passer son message : « Ne vous écartez pas de la parole du Christ, braves gens. » Enfin, surtout de celle de ses serviteurs parlant en son nom.

— On leur mettait tout sur le dos.

— Vous avez compris. On reprochait aux sorcières d'être la cause des mauvaises récoltes, de provoquer tant la canicule que les intempéries, d'avoir déclenché la grêle, de répandre les maladies, etc.

— De faire tomber les oiseaux du ciel…, marmonna Guardiano.

— Que dites-vous ?

— Non, rien.

— L'image des sorciers et sorcières va ainsi se créer en mélangeant un résidu d'antijudaïsme et de menace conspirationniste.

— À croire qu'on n'a rien appris depuis.

— Oui, ce sont toujours les mêmes démons qui resurgissent.

Guardiano enfouit sa tête entre ses mains et grimaça. La douleur ne s'estompait pas.

— Vous n'avez vraiment pas l'air dans votre assiette. Vous devriez prendre un cachet.

— J'en ai déjà pris un. Il faut juste qu'il fasse effet. Je ne comprends pas que ça mette tant de temps.

— Alors, je vous conseille d'aller vous reposer.

— J'ai une dernière question. Connaissez-vous d'autres descendants de sorcières dans la ville, de nos jours ?

Le vieux bibliothécaire réfléchit.

— À ce qu'on raconte, les sorcières se transmettent leurs pouvoirs de mère en fille. C'est héréditaire. Elle avait bien une fille, non ?

– 49 –

— Non, Franck, ça, je ne peux pas.

La voix au téléphone était sans appel.

— Si, tu peux, c'est juste que t'as pas les couilles.

— C'est vrai. J'ai pas les couilles. Et tu sais pourquoi ? Parce que si le colonel apprend ça, je suis muté sur la face cachée de la lune, moi !

— Il n'en saura rien.

— Ouais, ça, c'est ce que tu dis.

— J'en ai besoin.

— Démerde-toi autrement.

— Écoute, je n'ai vraiment aucun autre moyen. Surtout avec un délai aussi court. Si ce n'était pas important, je ne te le demanderais pas.

— J'en ai déjà bien assez fait pour toi…

— Je sais, et je t'en suis reconnaissant. Grâce à toi, mon enquête avance beaucoup plus vite. Là, je sens que je touche au but.

— Je risque de me faire choper.

— J'ai besoin de cette info. Tu sais pourquoi. Imagine que…

— Pas la peine de continuer. Je sais ce que tu vas me dire.

— Alors, si tu le sais, aide-moi.

Le silence qui suivit fut si long que De Rolan crut que la communication avait été coupée.

— OK. C'est la dernière fois.

— La dernière fois. Promis.

La conversation prit fin sans autre formule de politesse.

Depuis sa chambre d'hôtel, De Rolan tournait en rond en attendant une réponse. Rarement le temps lui avait semblé si long.

Après deux heures d'une attente éprouvante, le mail tant espéré venait enfin d'arriver dans sa messagerie. Il contenait plusieurs pièces jointes ; de longs listings énuméraient l'activité des comptes en banque du concessionnaire et de sa femme.

Il passa chaque ligne au peigne fin. Ces gens menaient grand train, ce qui n'était guère surprenant puisque le mari était propriétaire de l'une des plus grosses concessions automobiles de la région. Son épouse, elle, s'occupait des comptes et du fonctionnement du ménage. Ses relevés étaient moins flamboyants. Là encore, elle se tenait en retrait, conformément à la description que la principale du collège avait faite d'elle.

Il enchaîna avec le compte commun du couple. Il s'attendait à ne rien y trouver puisque c'était celui qui était susceptible de faire l'objet de contrôles de la part de l'administration fiscale. Mais, vu qu'il avait décidé de tout éplucher, il fallait bien s'y coller.

Contre toute attente, une ligne éveilla sa curiosité. Quarante-huit heures avant d'abattre sa femme, c'est-à-dire le jour où sa fille avait disparu, il avait effectué un virement vers une société au nom peu évocateur. Le montant n'était pas très élevé, ce qui excluait le paiement d'une rançon.

— Tu fais un transfert d'argent le jour où ta fille disparaît ? Qu'est-ce qui peut être aussi urgent ?

Il saisit le nom de la société dans son moteur de recherche et cliqua sur la première réponse.

Il s'agissait d'une entreprise de détectives privés. Selon le site, les enquêtes étaient menées en toute discrétion. L'éventail de leurs missions allait de l'incontournable preuve d'adultère, à la surveillance d'employés suspectés de malveillance, en passant par… les personnes disparues.

Leur fille avait fugué et ils s'adjoignaient les services d'un détective privé pour la retrouver plutôt que de faire appel aux autorités.

De Rolan se leva, s'étira et se dirigea vers le minibar où il s'ouvrit une bière qu'il but à la bouteille.

Il regagna son siège et se plongea alors dans l'analyse des autres comptes. Sur l'un d'eux, il repéra un virement ordonné depuis une banque off-shore.

Il fit glisser son doigt sur l'écran pour ne manquer aucun détail.

Le même virement se répétait une nouvelle fois, un peu plus tôt. Puis un autre.

À trois reprises, ce couple avait encaissé une forte somme d'argent d'un destinataire qui souhaitait conserver l'anonymat.

Ces dates, ils les connaissaient par cœur.

Quelques jours seulement après la disparition de chaque enfant, ils recevaient un virement.

Au lieu de se réjouir de cette découverte, De Rolan demeura perplexe.

— Ce n'est pas logique, conclut-il en hochant la tête.

En premier lieu, le montant – bien qu'élevé – n'était pas suffisant pour expliquer un éventuel trafic d'enfants. Ensuite, ce couple n'avait pas besoin de revenus occultes. La concession tournait bien, et, dans une ville comme celle-ci, ils comptaient déjà au rang des notables. On pouvait toujours vouloir davantage d'argent, naturellement, mais pas au prix de vingt ans ferme.

Et puis, il y avait tout le reste : que venait faire leur fille dans cette histoire ? Si, comme il en était convaincu, elle était victime des viols de son père, alors quel rapport y avait-il avec les autres enfants ?

De Rolan alluma son téléphone et fit défiler les photos qu'il avait prises lorsqu'il inspectait le bureau. Il s'arrêta sur celles de l'agenda et les consulta de nouveau. Il dut se rendre à l'évidence : aussi abject que cet homme ait pu être avec sa fille, il n'était pas l'auteur de ces enlèvements. Ni lui, ni sa femme.

— Tu n'étais pas du genre à faire ça toi-même, hein ?

Il se souvint des liasses de billets retrouvées dans le double fond de la table. 70 000 euros. Une somme insuffisante pour une rançon, à cause de tous les risques que cela représente et de la logistique nécessaire pour organiser un échange. Mais un joli pactole s'il suffisait d'embarquer un gosse dans une camionnette.

— Tu as payé pour qu'on enlève les gamins à ta place.

Son poing s'abattit sur la table.

– 50 –

En regagnant sa voiture, Élisabeth Guardiano fut prise d'un vertige. Elle titubait plus qu'elle ne marchait. Sur le trottoir d'en face, un couple de passants, la croyant ivre, la regarda monter dans sa voiture d'un air désapprobateur.

Avant de mettre le contact, elle prit sa tête entre ses mains et serra aussi fort qu'elle put. Qu'espérait-elle ? Atténuer le mal de crâne ? Ou simplement reprendre le contrôle de sa douleur ?

Ce n'était pas raisonnable de conduire, elle s'en doutait. Mais cette femme énergique et pugnace détestait se sentir faible. Elle avait surmonté tant d'épreuves…

Et puis, ça allait passer.

Incontestablement, elle surestimait ses forces. Elle avait envisagé d'appeler Franck. Il aurait accouru. Elle n'était pas dupe de sa carrure de colosse, de son humour ambigu qui dissimulaient une belle personne. Elle l'avait deviné lorsqu'il l'avait prise dans ses bras dans cette salle de casino abandonnée. Certaines émotions ne trompent pas.

Oui, Franck serait venu. Mais elle ne voulait pas qu'il la voie ainsi.

Elle hésita tout de même lorsqu'elle eut du mal à enfoncer la clé dans le démarreur.

Elle baissa sa vitre, pencha la tête au-dehors et prit un grand bol d'air frais.

En démarrant, elle eut l'impression que tout allait mieux. Passer les vitesses, regarder dans le rétroviseur, mettre son clignotant, toutes ces tâches automatiques lui firent oublier la migraine qui, pourtant, s'intensifiait.

Devant elle, les véhicules roulaient lentement. Était-ce à cause de la neige ? Elle avait tellement besoin de s'allonger et de prendre un autre cachet !

Elle n'eut pas la force de saisir le gyrophare, elle se contenta d'actionner le deux-tons. Le hurlement strident de la sirène lui déchira les tympans et résonna dans son cerveau. Une grimace déforma son visage. Du bout des doigts, elle tâtonna le tableau de bord pour éteindre l'interrupteur.

— Merde.

Distraite par son geste, envahie par cette lancinante douleur, elle s'était trompée de rue. Au lieu de tourner à gauche, le chemin du centre-ville et de l'hôtel, elle s'était engagée tout droit, vers la vallée.

Elle s'en voulut, car cette faute d'inattention allait retarder de quelques minutes son retour au lit ou dans une pharmacie.

Elle continua de rouler à la recherche d'un endroit où faire demi-tour.

Le paysage semblait s'animer tout autour d'elle.

« *Il y a eu de nombreux cas de sorcellerie dans la région, et dans cette ville en particulier.* »

Dans son rétroviseur, une Ranger Rover noire semblait ne plus la quitter. Elle avait déboîté au moment où elle sortait du poste de police, puis avait emprunté la même route, bifurqué au même endroit.

« *Décidément, le diable vous poursuit !* »

Ses deux mains étaient anormalement crispées sur le volant, tandis qu'elle se concentrait sur la route.

Son champ visuel s'était restreint. Des lumières dansaient devant ses yeux.

Elle fit une nouvelle grimace.

Là, sur le côté droit, une allée permettait de faire demi-tour.

« *La gouve est vide !* »

Elle mit son clignotant, tourna la tête pour vérifier que personne ne se trouvait dans son angle mort.

« *Satan, le Malin, Belzébuth, l'Adversaire, Lucifer... le diable a bien des noms.* »

Elle avait mal calculé sa trajectoire, mal estimé sa vitesse, et les roues droites mordirent sur la bande de neige du bas-côté. La voiture dérapa sur le côté et glissa en travers de la route.

« *Vous oubliez l'un des frères. Son âme à lui appartient au diable.* »

Pour tenter de reprendre le contrôle, elle donna un violent coup de volant qui fit chasser le véhicule sur son flanc droit. Elle commit l'erreur de redonner un autre coup de volant en sens opposé et la voiture fit une nouvelle embardée, plus rude que la précédente.

« *Le Mangeur d'âmes...* »

Sur la route verglacée, la voiture ne parvenait pas à s'immobiliser. Elle était incontrôlable.

Sortant d'un virage, un énorme semi-remorque déboula soudain face à elle.

« ... *c'est lui qui tue les gens.* » Elle n'eut pas le temps de le voir. Elle n'entendit que le fracas.

Puis elle sentit le choc.

– 51 –

En ouvrant la porte du minibar, De Rolan fit la grimace : il avait sifflé toutes les bières. Il considéra un instant les mignonnettes de vodka et de whisky, mais se ravisa.

Avant de se rasseoir, il s'arrêta devant la fenêtre, tira le voilage et observa au-dehors. Insouciants et ignorants de ce qui se déroulait à deux pas de chez eux, des passants déambulaient sur le trottoir, préparant leurs dernières emplettes avant de fêter Noël.

Penser à autre chose.

En se rendant dans cette ville, il savait ce qu'il allait chercher : les pires immondices que l'humanité pouvait engendrer. Pourtant, il ne s'y faisait pas. L'odeur de merde était plus forte quand on nageait dedans.

De Rolan se frotta la tête et, comme on retourne au charbon, se replongea dans les documents piratés.

Cette fois, la chasse fut moins fructueuse. Il eut beau passer et repasser chaque élément en revue, rien ne sembla susceptible d'ouvrir de nouvelles portes.

Il se leva et s'étira.

Quoi qu'il leur fût arrivé, ces enfants avaient bien été conduits quelque part. Aucun des domiciles visités jusqu'à présent ne permettait une séquestration. Un gamin kidnappé hurlerait, pleurerait, frapperait des pieds ou des poings. Cela s'entendrait. Il restait donc un lieu à découvrir.

Il saisit son téléphone portable et fit défiler les photos qu'il avait prises lors de son intrusion. Il afficha le cliché de l'armoire qui contenait tous les dossiers. Pour mieux visualiser, il transféra l'image sur son ordinateur et l'agrandit.

Il y avait là les acronymes de plusieurs entreprises, filiales de la concession automobile. Un inspecteur des finances trouverait peut-être quelque chose à redire dans ces montages juridiques, mais ce n'était pas sa préoccupation.

À chacune de ces sociétés pouvait correspondre un siège social différent. Autant de lieux à visiter. Une aiguille dans une botte de foin.

Néanmoins, parmi cette multitude de noms rébarbatifs, un sortait de l'ordinaire. « La Dame du Lac. »

La référence à la légende arthurienne lui était familière. C'était la fée Viviane. Celle qui avait confié l'épée Excalibur au roi Arthur. Mais quel rapport avec le reste ? De Rolan tapa « Dame du Lac » et le nom de la ville dans son moteur de recherches. Il obtint plus d'un million de réponses.

Il poussa un long soupir.

Avec un nom pareil, il ne s'agissait sûrement pas d'une société. Cette « Dame du Lac » lui procurerait certainement l'une des clés qui lui manquaient.

Il enfila son blouson de cuir, glissa le téléphone dans sa poche et quitta sa chambre.

Moins d'un quart d'heure plus tard, il rangeait sa voiture devant le portail de la maison. Il s'apprêtait, une nouvelle fois, à s'y introduire illégalement. Tout enquêteur pénétrant sur une scène de crime doit en effet suivre une procédure dont De Rolan n'avait que faire.

Si Élisabeth l'apprenait, elle l'écharperait.

Elle ne le saurait jamais.

Et si les flics du coin le repéraient…

Il ferma doucement sa portière pour ne pas se faire remarquer et se dépêcha de gagner la maison.

D'un geste, il arracha les scellés et se retrouva dans le salon qu'il traversa sans traîner.

La baie vitrée brisée avait été obstruée par des panneaux de bois qui laissaient le froid s'engouffrer.

Il emprunta le couloir et – mû par une curiosité morbide – jeta un coup d'œil en direction du bas de l'escalier, là où son infortuné bourreau s'était effondré. Il ne subsistait plus qu'une grande tache de sang séché.

Il pénétra dans le bureau, ouvrit l'armoire et s'empara de « La Dame du Lac ».

Il posa le dossier sur le plan de travail et en inspecta le contenu.

Il s'agissait d'un acte de propriété.

La Dame du Lac était une maison.

Il feuilleta le document notarié et ses annexes : des devis, des factures, des notes d'architecte, des rapports d'expertise. Après avoir mémorisé l'adresse, il referma le tout. Au moment où il s'apprêtait à remettre le dossier à sa place, il fut pris d'un doute.

Il le consulta de nouveau. Cette fois, il fit défiler nerveusement les pages. Et il tomba sur ce qu'il redoutait.

Une facture de menuiserie.

Ce nom…

Le menuisier coupé en deux avait construit La Dame du Lac !

Les deux hommes se connaissaient très bien.

« *Je ne le connaissais pour ainsi dire pas.* » Encore un mensonge.

À cet instant, il sentit son téléphone vibrer.

Par réflexe, il regarda autour de lui, de peur que quelqu'un ait entendu. Tout était parfaitement silencieux.

Il saisit son portable. C'était Élisabeth.

— Décidément, c'est la reine du timing…

Il rejeta l'appel.

Il ne lui dirait rien. La Dame du Lac était sa découverte. C'était trop important pour qu'il la partage avec cette enquêtrice. Et si elle gâchait tout ? À coup sûr, elle voudrait prévenir le juge, engager une procédure. Cela prendrait des siècles alors qu'il était si près du but.

Il roula les documents et les fourra dans une poche. Avant de quitter la maison, il s'assura que son intrusion était passée inaperçue.

Il monta dans son véhicule, fixa son téléphone au tableau de bord et alluma le GPS. Il ôta ses gants pour taper l'adresse de La Dame du Lac. La destination ne se trouvait qu'à sept kilomètres.

Le GPS s'interrompit lorsque le téléphone vibra de nouveau, plus brièvement.

Il consulta le SMS qu'elle venait de lui envoyer.

« J'ai eu un accident. Je suis à l'hôpital. Venez me chercher avant que je craque pour un jeune médecin ! É. »

Il fronça les sourcils.

Que lui était-il arrivé ? Il éprouvait pour cette femme une grande tendresse et beaucoup d'attachement.

Si les circonstances avaient été différentes…

Il fit disparaître le message et réactiva le GPS ; l'adresse de La Dame du Lac reparut.

Un deuxième SMS l'interrompit :

« Désolée pour la mauvaise blague. C'était en référence à votre humour. Ça marche mieux quand c'est vous. »

Il esquissa un petit sourire, puis ralluma le GPS.

Un troisième SMS lui parvint :

« J'ai besoin de vous. »

– 52 –

La double porte s'ouvrit si fort que chaque battant claqua contre le mur du couloir. Un infirmier s'écarta, impressionné par la stature et la cadence de celui qui venait de faire irruption dans le couloir de l'hôpital.

Franck De Rolan se planta devant le comptoir d'accueil où une réceptionniste en civil lui jeta un regard hautain auquel il n'accorda aucune importance.

— Le commandant Élisabeth Guardiano a été admise aux urgences, ici. Je voudrais la voir.

— Vous êtes un proche ?

De Rolan ouvrit son portefeuille et le posa sur le comptoir.

— Je suis de la famille.

À la vue de la carte tricolore flanquée des trois galons, la jeune femme se fit plus avenante. Elle consulta son registre :

— Elle est en neurologie. Tout de suite à gauche, puis encore à gauche, dit-elle en tendant le bras vers la direction à suivre.

Il la remercia d'un signe de tête et reprit ses grandes enjambées.

Une vieille femme gémissait sur un brancard à roulettes abandonné dans un couloir, un adolescent tenait un mouchoir ensanglanté contre son nez, d'autres patients, à la mine blafarde, attendaient leur tour.

Les portes s'ouvraient et se fermaient plus souvent que dans une pièce de Feydeau, au gré du va-et-vient du personnel soignant et des malades.

De Rolan ne sut à qui s'adresser. Il croisa un infirmier trop occupé pour lui prêter attention et qui disparut dans une salle de soins.

Au fond d'un couloir, une porte s'ouvrit sur Élisabeth Guardiano. Elle était anormalement pâle et portait un pansement sur le front. Son visage fermé s'illumina d'un doux sourire lorsqu'elle aperçut son partenaire.

Il se dirigea vers elle :

— Vous n'avez rien ?

— Quatre points de suture et une légère entorse du poignet, annonça-t-elle en montrant sa main bandée. J'ai passé une IRM. J'attends les résultats.

— Que s'est-il passé ?

— J'ai défié en duel un semi-remorque sur une route de montagne, c'était une mauvaise idée.

— Il a gagné ?

— J'en ai peur.

— Pour une fois qu'une femme n'a pas le dernier mot…

— Plutôt que de m'accabler de propos machistes, accompagnez-moi donc jusqu'à la machine à café.

De Rolan farfouilla dans la poche de son pantalon et en sortit quelques pièces qu'il introduisit dans l'appareil. Il tendit un gobelet fumant à sa partenaire.

— Un semi-remorque ? Rien que ça.

— Tant qu'à avoir un accident, autant que ce soit avec panache, non ?

— Je n'en attendais pas moins de vous.

Il souffla sur le second café qu'il venait d'extraire de la machine.

— Que faisiez-vous sur la route ? Vous ne deviez pas rester en ville pour les auditions de témoins ?

— Je me suis trompée de chemin et, au moment de faire demi-tour, j'ai perdu le contrôle de mon véhicule.

— La neige ?

— Oui. Enfin, non. C'est curieux…

Elle laissa sa phrase en suspens.

— Vous savez, en général, lorsque quelqu'un termine sa phrase par « c'est curieux », on a envie de connaître la suite, ironisa-t-il.

— Je conduis depuis que j'ai 18 ans. C'est la première fois que j'ai un accident de voiture et je serais bien incapable de vous expliquer comment c'est arrivé. Et il fallait que ça se produise ici, dans cette ville. Surprenant, non ?

— Qu'en déduisez-vous ?

— Vous vous souvenez de ce que vous m'avez dit dans la salle du casino ?

— Nous nous sommes dit beaucoup de choses, ce soir-là.

— Que des événements se déroulaient en nous narguant, que le destin nous jouait des tours.

— Je me rappelle.

— J'ai eu peur de mourir, tout à l'heure. Lorsque j'ai senti le choc, que j'ai entendu le déchirement de la tôle, j'ai voulu rester en vie, m'accrocher. C'était plus fort que la peur de mourir, c'était l'envie de continuer de vivre.

— Vous pensiez en être dépourvue ?

Elle le fixa et son visage reprit sa gravité :

— Depuis la mort de mon fils, il ne s'est pas passé un seul jour où je n'ai pas souhaité mourir. Pas un seul. La mort me hante. Elle s'imprègne partout. Elle rôde autour de moi, me guette comme un charognard. C'est un passager clandestin, un intrus dans la maison.

Elle fit une pause en souriant avec mélancolie.

— Et, au moment où je crois que mon heure est arrivée, je veux rester ici-bas. Et je m'en sors avec trois fois rien.

— Je reconnais que ça ne manque pas de piquant.

— N'est-ce pas ?

— Essayez de vous souvenir de ce qui s'est passé. On ne se fait pas percuter par un camion sans raison.

— J'avais une migraine épouvantable. Des étourdissements, des hallucinations, ma vision était troublée. J'entendais des voix obsessionnelles, comme lorsque la fièvre nous fait délirer.

— Vous n'étiez pas en état de conduire. Vous auriez dû m'appeler, je serais venu vous chercher.

— Et puis, il y a ces histoires de sorcellerie…

— Hein ?

— Oubliez ça. Je crois que je deviens cinglée.

— Laissez-moi en juger.

— La femme abattue par son mari avait une aïeule qui est morte brûlée vive au Moyen Âge, victime de l'Inquisition...

— Et vous ne pensez quand même pas qu'elle s'est réincarnée pour se venger de la sentence qui lui a été infligée ? tenta-t-il de plaisanter.

— Vous me trouvez folle ?

— Ça ne fait aucun doute.

— Vous préférez le rationnel, vous, c'est ça ?

— Eh bien, disons que passer les menottes à un fantôme, ce ne doit pas être pratique. Et jusqu'à votre accident vous étiez plutôt du même bord que moi.

— Une sorcière, pas un fantôme.

Il fit mine de tâter ses poches :

— C'est ballot, je n'ai plus d'eau bénite sur moi.

— Vous n'en aurez pas besoin. Je vais vous dire ce qui est concret : un 4 × 4 noir.

— Quoi ?

— Une Range Rover me suivait. Elle m'a prise en filature dès ce matin. Peut-être depuis plus longtemps, d'ailleurs…

— Pardonnez-moi, mais vous venez de me dire que vous aviez une grosse migraine et des hallucinations.

— Je n'ai pas rêvé.

— D'accord mais, si ça se trouve, ce 4 × 4 était derrière vous par hasard. Vos hallucinations ont fait le reste.

— J'ai mémorisé le numéro de sa plaque, et je viens d'interroger le fichier par téléphone. Devinez quoi ? La voiture n'existe pas !

— Vous êtes sûre de ne pas vous être trompée de numéro ? Dans votre état, ce ne serait guère surprenant.

— Au moment de l'accident, il a accéléré. Déjà, rien que ça, c'est suspect. Pourquoi s'enfuir ? En le voyant filer, un autre automobiliste a cru qu'il s'agissait d'un délit de fuite et a relevé la plaque qu'il a transmise aux policiers.

— Même numéro ?

— Bingo.

— Faut reconnaître que c'est étrange. Qui aurait intérêt à vous suivre ?

— Quelqu'un que nos agissements et nos progrès dans cette enquête commencent à rendre nerveux.

— Ça prouve qu'on tient le bon bout.

— De votre côté, vous n'avez rien remarqué ?

— Non. Mais j'ai été peu attentif. Je n'ai pas l'habitude qu'on me file le train. D'habitude, je suis plutôt renard que gibier.

— Qu'est-ce que c'est que ça ? demanda-t-elle en voyant des papiers dépasser de la poche du blouson de De Rolan.

— Oh, ça ? Rien, de la paperasse.

À cet instant, un médecin en blouse blanche s'approcha. Il portait un badge avec son nom et sa spécialisation : neurologue.

— Madame Guardiano ?

— Oui.

— Vos examens de sang sont normaux. J'ai étudié les résultats de l'IRM que vous venez de passer : tout va bien. D'après les symptômes que vous nous avez décrits, nous avons d'abord pensé à un AVC ou peut-être à un AIT, mais vous n'avez rien de tout ça, je vous rassure. Votre cerveau se porte à merveille.

— Je n'aurais pas dit ça il y a encore une heure. Je n'arrivais plus à parler, j'inversais les mots et j'avais terriblement mal au crâne.

— Oui, ce sont quelques-uns des symptômes de l'AVC. Voici pourquoi nous vous avons fait passer une IRM de toute urgence.

— Mais alors, qu'est-ce que j'ai eu ?

— Je pense qu'il s'agit d'une aura migraineuse. C'est bénin, mais très spectaculaire et handicapant.

— Et ça survient comme ça ? demanda-t-elle en claquant des doigts.

— Oui, c'est brutal. En revanche, ce qui m'étonne un peu, c'est que vous n'en ayez jamais souffert auparavant. Généralement, les patients sujets à de telles crises ont déjà eu des précédents depuis l'adolescence. Que cela se déclenche inopinément à votre âge, c'est inhabituel. Vous avez subi un traumatisme, récemment ?

— Je... oui... J'ai eu ma dose, ces derniers temps, bredouilla-t-elle en tirant sur ses manches.

— Bon, si jamais ça se reproduit, il faudra consulter votre généraliste.

Il lui tendit une grande enveloppe rigide :

— Voici vos résultats. Je ne vous dis pas à bientôt.

— Vous me laissez partir ?

— Vous n'êtes pas en prison, s'amusa le médecin. Oui, tout va bien. Avec ce que je vous ai administré, vous devriez vous sentir mieux.

Il lui adressa un sourire et fila rejoindre d'autres patients.

— Merci d'être venu me chercher, Franck.

— Je vous en prie.

— Oh, regardez, là-bas !

Profitant que De Rolan détournait les yeux, elle se précipita sur lui et s'empara des papiers qui dépassaient de sa poche.

— Mais…

— Un acte de propriété ?

— Vous avez un sacré culot !

— La Dame du Lac ? Qu'est-ce que c'est ?

— J'allais vous en parler.

— Vous mentez très mal.

— Je vous le répète, nous n'avons pas les mêmes méthodes.

Elle feuilleta le document et découvrit le plan des lieux ainsi que l'extrait du cadastre.

— Dites-moi ce que c'est.

— Une résidence secondaire du concessionnaire.

— Et qu'a-t-elle de particulier pour que vous fassiez une fixation sur elle ?

— Rien, je faisais juste une ou deux vérifications.

— Si vous bluffez aussi mal au poker, pas étonnant que vous perdiez ! Dites-moi la vérité.

— Vous connaissez beaucoup de gens qui ont leur maison de campagne à sept kilomètres de leur domicile ?

— Vous pensez qu'ils y cachent quelque chose ?

— Je me dis que ça mérite que je m'en assure.

— Je vois. Et, comme d'habitude, vous voulez encore vous y introduire par effraction, c'est ça ?

— L'idée m'a traversé l'esprit.

— Je n'ai aucune chance de vous faire changer d'avis ?

— Aucune.

— OK, dans ce cas, je viens avec vous.

– 53 –

Afin de ne pas se faire remarquer, De Rolan avait emprunté un chemin manifestement peu fréquenté vu l'épaisse couche de neige qui le recouvrait. Les branches, bien que dénudées, camouflaient assez efficacement sa voiture depuis la route.

— Vous êtes certaine de vouloir venir avec moi ?

— Vous imaginez vraiment que je vais vous attendre dans la voiture ?

— Après cet accident, vous auriez même le droit de rentrer vous coucher. Je suis sérieux.

— Je vais bien, merci. Je ne disputerais pas un triathlon, mais vu que ce n'est pas au programme, je vous accompagne.

— En fait, vous ne pouvez plus vous passer de moi.

— Voilà.

La légèreté de l'échange dissimulait mal leur nervosité. Ils traversèrent prestement la route bitumée à l'ombre des frondaisons pour rejoindre une clairière. Là, la luminosité était plus vive ; le ciel, bien que chargé de nuages, plus éblouissant.

La Dame du Lac était un chalet rustique qui ressemblait à ces cabanes canadiennes faites en rondins. Elle tenait son nom d'une étendue d'eau que l'on devinait vaste, mais dont il était difficile de définir les contours puisqu'elle était en partie gelée et se confondait avec la plaine.

Il fallait, pour s'y rendre, suivre un chemin à découvert, long de près de deux cents mètres.

Au loin, juste devant la maison, la terrasse semblait avoir été déblayée et deux bancs étaient disposés de part et d'autre d'une table en bois.

Les volets étaient ouverts et des fenêtres ne s'échappait aucune lumière. En apparence, les lieux étaient vides.

Cette absence de mouvement rassura Guardiano qui s'engagea sur le chemin encore enneigé.

— Arrêtez-vous ! intima De Rolan à sa partenaire.

— Qu'est-ce qui vous prend ?

— Nous devons passer par-derrière. Sinon, nous serions repérés.

— Vous pensez qu'il y a quelqu'un ?

— Je ne sais pas.

— Elle a l'air vide.

— Il ne faut pas s'y fier. Et puis, autant éviter de laisser nos traces de pas.

Le détour qu'imposait De Rolan était plus éprouvant qu'il n'y paraissait puisqu'il fallait évoluer à travers les bois ceinturant la maison. La progression était difficile, les deux enquêteurs manquaient sans cesse trébucher sur une pierre recouverte de neige ou se prendre les pieds dans une branche.

Pouvaient-ils être vus depuis l'intérieur ? Sans doute.

Lorsqu'ils eurent enfin achevé cette longue boucle contournant l'entrée de la maison, De Rolan désigna du doigt la fenêtre pour faire comprendre à la policière qu'ils seraient facilement repérés si quelqu'un se trouvait sur place. Il leur restait en effet encore une cinquantaine de mètres à parcourir à découvert. Il lui indiqua de continuer de marcher jusqu'à ce qu'ils trouvent un angle mort.

Lorsqu'il jugea être à l'abri des regards, De Rolan sortit du bois et traversa la nappe de neige immaculée qui le séparait de la cabane. Guardiano lui emboîta le pas en guettant alentour. Arrivé à la maison, De Rolan se colla dos au mur et se pencha discrètement vers la fenêtre.

Toujours aucune lumière. Pas de mouvement.

Il tira en arrière le pan droit de son blouson de cuir pour pouvoir dégainer plus vite. En le voyant faire, Guardiano fut prise d'inquiétude. C'était tellement à l'opposé de ses méthodes à elle. Tant professionnellement que personnellement, elle risquait gros en s'aventurant ici. Mais il était trop tard. Elle avait fait son choix. Cette fois, il n'y aurait pas d'appel au juge, pas d'option légale. Elle s'en remettait à cet homme.

De Rolan jeta un œil par une fenêtre en collant sa main contre la vitre :

— J'ai l'impression que c'est vide.

Ils firent le tour de la maison en empruntant la terrasse de bois, et trouvèrent la porte verrouillée.

— Vous savez crocheter une serrure ? demanda-t-il à sa partenaire.

— Naturellement. Vous avez quelque chose de pointu ?

— J'ai un canif.

— Je plaisantais. Personne ne sait ouvrir une porte avec un couteau. En général, j'utilise une commission rogatoire, ça marche très bien. Vous devriez essayer de temps en temps.

— Très drôle.

Ils rebroussèrent chemin et se postèrent de nouveau devant la fenêtre de derrière. De Rolan ôta son gant et y enfonça sa lampe torche. Il se servit du tout comme d'un marteau et brisa la vitre sans que cela fasse trop de bruit. Il passa alors le bras à travers le trou, ouvrit la fenêtre et entra. Guardiano se hissa à l'intérieur en saisissant la main que son partenaire lui tendait.

Ils se retrouvèrent dans une cuisine assez rudimentaire qui semblait avoir été récemment utilisée : des assiettes et des couverts séchaient dans l'égouttoir, une bouteille d'eau était sortie, des emballages débordaient de la poubelle.

Ils firent le tour des pièces pour s'assurer qu'ils étaient seuls. Ce fut rapide : un salon, deux chambres et une salle de bains. Pas d'étage.

— Il n'y a personne, conclut Guardiano.

— Non, mais c'est ici que nos deux fugueurs vivent. Le lit est défait, il y a des affaires d'adolescents dans les placards et je n'ose pas ouvrir le frigo à cause de la lumière, mais je mets ma tête à couper qu'il est plein de victuailles.

— On les attend sur place ?

— Vous aviez autre chose de prévu ?

— Laissez-moi réfléchir... L'accident de voiture, c'est fait. Non, je suis dispo.

— Vous récupérez vite.

Soulagés d'être seuls, ils s'installèrent dans le canapé. D'où ils se trouvaient, ils avaient une vue imprenable sur le sentier et pourraient donc anticiper le retour des fugitifs.

Ils déboutonnèrent leur blouson, ôtèrent leurs gants et prirent leurs aises ; l'attente pourrait être longue.

— Comment trouvez-vous la déco ? demanda Guardiano.

— Vous êtes sérieuse ?

— Très.

— Je ne pensais pas discuter de ça en venant ici.

— Vous ne voyez pas qu'il y a un décalage avec leur baraque? Là-bas, tout est luxueux, soigné, assorti. Ici, on ne trouve que des meubles bon marché, une table basse bancale, des fauteuils dépareillés, pas de lave-vaisselle.

De Rolan observa les lieux avec un regard différent :

— Vous avez raison.

— Cette bicoque est située à quelques minutes en voiture de leur domicile et pourtant je jurerais qu'ils n'y mettent pas souvent les pieds.

— D'où la couche de poussière.

— Ça expliquerait que les deux gamins s'y sentent à l'abri.

— Et le père?

— Faites une phrase, bordel.

— Vous ne m'avez pas parlé du père…

— Le père de qui?

— De votre fils.

Guardiano accusa le coup. Elle s'attendait à tout sauf à cette question.

Elle voulut tirer sur sa manche, mais le bandage à son poignet l'en empêcha.

— Il n'y a jamais eu de père.

De Rolan la dévisagea, intrigué.

— Enfin, si, bien sûr, il y a eu un père. Mais… J'étais jeune, je suis tombée amoureuse d'un type plus âgé. J'aimais son côté rassurant, sage.

— Il était marié, c'est ça?

Elle hocha la tête.

— Marié. Deux gosses. La totale. On peut dire que j'ai un don pour prendre les bonnes décisions sur le plan sentimental. Mais, que voulez-vous, je l'aimais.

— Et?

— Je suis tombée enceinte. Je n'avais jamais été aussi heureuse de ma vie. Je me sentais enfin femme. J'étais épanouie, je… j'allais devenir une maman.

Elle s'interrompit et se força à sourire avant de poursuivre :

— Manifestement, j'étais la seule pour qui c'était une bonne nouvelle. Il m'a déclaré que j'étais formidablement égoïste, que je n'avais pas pensé à lui, aux conséquences sur sa famille, que ce n'était pas le moment de quitter sa femme. Et il m'a sommée d'avorter.

Elle marqua une nouvelle pause.

— J'ai élevé cet enfant, seule. Je ne regrette pas une seconde de l'avoir eu. Même si… Vous ne pouvez imaginer à quel point j'ai été dévastée par son suicide, Franck. Je donnerais ce qui me reste à vivre pour pouvoir passer une minute de plus avec lui. Je… Bref, je n'avais plus parlé à cet homme depuis près de quinze ans, et je me retrouve à l'appeler pour lui dire que le fils qu'il n'a jamais vu vient de se pendre.

Elle fixa un instant le plafond, le visage fermé.

— Je crois bien que je souhaitais qu'il souffre. J'avais envie qu'il en crève ! Je ne voulais pas être la seule à surmonter ça. C'était trop lourd. Je devais me défouler sur quelqu'un. La douleur se fait moins insupportable lorsqu'on désigne un coupable, vous voyez ?

— Je crois, oui.

— Il n'est pas venu à l'enterrement, lâcha-t-elle comme un couperet. Aujourd'hui, c'est la personne que je hais le plus au monde.

Le silence qui suivit fut particulièrement pesant. Ils restèrent ainsi de longues minutes, côte à côte, sans plus prononcer une seule parole.

L'attention de De Rolan se porta sur le bar. Il s'agissait d'un petit meuble en rotin regorgeant de bouteilles d'alcool.

Il se leva pour l'inspecter.

— Ce n'est pas le moment de boire un coup, s'amusa Guardiano.

— Vous avez vu ce stock de bouteilles ?

— Eh bien, quoi ?

— Dans une petite cabane comme celle-ci, ça vous viendrait à l'idée d'en acheter autant ?

— Ça doit être décoratif.

— Non, elles sont toutes entamées et il n'y a pas de poussière dessus.

— Où voulez-vous en venir ?

— Je me dis… c'est étrange qu'il y ait tant de bouteilles alors qu'il n'y a aucun loisir dans cette maison : pas de télé, pas de livre, pas de jeu… Ils achètent de l'alcool et ils picolent sec, sans raison ?

— Ils devaient avoir un problème d'addiction.

— Non, il y a trop d'alcools différents. On dirait plutôt qu'ils recevaient du monde et qu'ils voulaient satisfaire les goûts de chacun.

— Dans cette bicoque ? s'étonna Guardiano.

— C'est justement ça qui m'intrigue.

— Vous pensez que c'est ici qu'ils conduisaient les enfants disparus ?

De Rolan jeta un coup d'œil au lac gelé ; une étendue parfaitement plane dans un dégradé de blancs et de verts clairs.

— Difficile de l'affirmer.

Il tira de sa poche la liasse de documents concernant La Dame du Lac. Il s'attarda sur le plan des lieux qu'il tourna pour le placer dans le bon sens. Puis, le document en main, il se leva et fit le tour des pièces.

Guardiano le laissa faire en l'observant avec curiosité. Il finit par se rasseoir, résigné, mais peu satisfait.

— Qu'est-ce qui vous chiffonne ? demanda-t-elle.

Il inclina la tête en examinant l'une des feuilles :

— Je vois une facture de menuiserie. Logique, toute la maison est en bois.

— Et donc ? Qu'est-ce qui vous préoccupe ?

— Il n'y a aucune facture de maçonnerie. Rien. Or, le sol est en carreaux d'ardoise sur une dalle de ciment, ajouta-t-il en tapant du pied. C'est pas gratuit, tout ça.

— Ils ont peut-être réglé au black. C'est assez fréquent.

— Je sais bien. Mais, dans ce cas, pourquoi ne pas avoir fait pareil avec le menuisier vu qu'ils se connaissaient ?

— Attendez…

Elle s'interrompit et son visage s'illumina :

— La première victime, poursuivit-elle, avant d'être au chômage, c'était un maçon !

D'un bond, ils quittèrent le sofa pour observer le sol. De Rolan déplaça la table basse tandis que Guardiano roulait le tapis.

Rien.

Tous deux scrutèrent le carrelage avec un enthousiasme frénétique, cherchant la moindre marque, la moindre anomalie.

Toujours rien.

De Rolan saisit le canapé et le tira au milieu de la pièce. Ils restèrent plantés là, fixant la fine démarcation rectangulaire qui traversait les carreaux d'ardoise.

C'était une trappe.

De Rolan s'en approcha avec autant d'appréhension que s'il s'apprêtait à caresser un tigre. Il s'accroupit lentement et saisit l'anneau métallique. Il dut le prendre à deux mains tant la dalle était lourde. Il la souleva et la posa plus loin.

Une volée de marches s'enfonçait vers l'obscurité.

De Rolan actionna un interrupteur et des néons crépitèrent au sous-sol.

Sans trop savoir à quoi s'attendre, ils descendirent l'escalier qui aboutissait à une pièce d'une vingtaine de mètres carrés dépouillée de tout meuble. Les murs et le sol étaient en ciment brut, sans habillage ni décoration.

Il régnait ici une atmosphère étrange. L'odeur était indéfinissable.

La cave était vide à l'exception de l'un des angles où étaient stockés des cartons ainsi que plusieurs trépieds pour projecteurs et caméras. Il y avait aussi des câbles audio et vidéo enroulés en bobine.

En prenant soin de ne pas effacer d'éventuelles empreintes, Guardiano s'approcha de l'un des cartons et l'ouvrit. Il contenait d'inquiétants masques en plastique ; ces figures monstrueuses que l'on revêt pour Halloween. Elle en tira un de son emballage et le considéra avec circonspection et méfiance.

Puis, elle s'intéressa à une mallette en similicuir noir. Elle contenait une trousse qu'elle déroula par terre. Cela s'apparentait à du matériel chirurgical : scalpels, pinces de différentes tailles, écarteurs.

— Mon Dieu, murmura-t-elle alors que l'angoisse l'étreignait.

Elle replaça la mallette où elle l'avait trouvée et ouvrit le dernier carton. Ce qu'elle y découvrit acheva de lui glacer le sang. Il y avait des bandes adhésives, un bidon d'ammoniaque, des sacs-poubelle et un rouleau de film plastique du genre de ceux que l'on utilise pour protéger un chantier des éclaboussures de peinture. Mais surtout, à côté, se trouvait une petite tronçonneuse.

Guardiano, horrifiée, porta ses deux mains au visage. De Rolan, lui, ne pouvait détacher ses yeux de ce matériel.

Elle se redressa et se tourna vers lui. Il repensa aux paroles de l'enfant qu'il avait interrogé à l'hôpital :

— *Ils sont morts, n'est-ce pas ?*

— *Oui.*

— *Tous les trois ?*

— *Oui.*

— *Est-ce que... est-ce qu'ils ont... beaucoup souffert ?*

— *Oui.*

Des larmes coulaient sur ses joues et se perdaient dans sa barbe naissante tandis qu'il fixait toujours la tronçonneuse et les ustensiles de torture.

— Je suis désolée, balbutia-t-elle.

– 54 –

Franck De Rolan libéra le chargeur de son Sig Sauer qui tomba dans sa main. Moins pour contrôler que les balles de 9 mm étaient bien chargées que pour passer ses nerfs. Il replaça le pistolet dans son étui et continua de faire les cent pas dans le petit salon de La Dame du Lac.

Guardiano lui aurait bien dit de se tenir tranquille pour éviter de se faire repérer depuis l'extérieur, mais elle n'en trouva pas le courage.

La nervosité de son partenaire se fit communicative et, au lieu de rester inactive, elle se mit à fouiller les affaires qui s'y trouvaient.

Soudain, tandis qu'elle refermait un placard, elle crut apercevoir un mouvement dehors, en lisière du petit bois qui bordait la maison.

S'il s'agissait des enfants qui étaient de retour, pourquoi ne s'engageaient-ils pas sur le sentier ? Que faisaient-ils depuis ce talus ? S'étaient-ils effarouchés en remarquant une présence à l'intérieur ?

Elle eut le réflexe de ne pas se pencher vers la fenêtre pour éviter de se faire voir. En retrait, elle continuait de scruter l'étendue neigeuse, à l'ombre des sapins. C'était si petit, et si éloigné qu'il était difficile d'être catégorique. Cela pouvait être un animal ou simplement une branche à laquelle une bourrasque avait donné vie. Elle s'écarta de la fenêtre, tira son téléphone de sa poche, tendit le bras et prit une photo de l'extérieur. Là, elle zooma au maximum. Un homme les épiait.

Elle s'approcha de son partenaire et lui montra le cliché :

— Nous avons de la compagnie.

L'individu était tapi dans la neige. Son visage était masqué par une volumineuse paire de jumelles.

D'un signe de menton, elle indiqua dans quelle direction l'homme se trouvait. L'expression qu'elle lut sur le visage de De Rolan lui fit peur. L'homme bienveillant à l'humour potache avait disparu.

Pourquoi les espionnait-on ? Qui était cet intrus ? De Rolan songea d'abord au détective privé qui avait été embauché par les parents de la fille. Mais cela ne collait pas. Ses clients étant morts, il était bien peu probable qu'il poursuive son enquête avec la perspective de ne jamais être rémunéré. Non, cet individu aux aguets était l'une des pièces manquantes de cet échiquier sordide.

De Rolan enjamba la fenêtre de la cuisine et courut dans la neige en suivant les traces qu'ils avaient laissées en venant. La Dame du Lac faisait écran et l'intrus n'avait aucune chance de réaliser qu'il avait été repéré. Mais, pour la suite, ce serait plus difficile. Car, afin de surprendre l'inconnu, De Rolan devait à présent contourner la clairière par le petit bois, comme il l'avait fait à l'aller.

Chacun de ses pas s'enfonçait dans la neige jusqu'à mi-mollets. Pourtant, malgré la pénibilité, il ne ralentit pas le rythme et ne fit aucune pause. Le détour lui avait pris près d'une dizaine de minutes et, désormais, la partie la plus délicate commençait.

Tel un prédateur, il devait s'approcher suffisamment près de sa proie sans en être entendu, pour pouvoir la prendre sur le vif. Or, dans les bois enneigés, chaque pas était bruyant.

De Rolan fit une halte et se cacha derrière un tronc couché pour épier l'individu. Ce dernier était toujours en position. Dès qu'il baissait ses jumelles, il jetait un regard rapide tout autour de lui. Ce n'était pas gagné d'avance.

D'où il se trouvait, De Rolan surgirait de côté. Au moins n'était-il pas directement dans son champ visuel.

Comme un plongeur s'apprêtant à disputer une épreuve d'apnée, il prit une grande bouffée d'air et commença son approche. Tellement accroupi que seul son buste dépassait de la neige, il progressait lentement vers sa cible. Il slalomait laborieusement pour se dissimuler le plus possible derrière un arbre, une souche ou un rocher.

L'exercice était exténuant. Il éprouva le besoin de faire une nouvelle halte pour reprendre son souffle et évaluer la situation. Il devait s'approcher plus près.

Chacun de ses mouvements s'accompagnait du bruit de la neige qui s'agglomérait.

Tout à coup, l'homme tourna la tête dans sa direction. De Rolan eut juste le temps de se plaquer contre un arbre. Il retint sa respiration en espérant ne pas avoir été aperçu. Après quelques secondes, il se pencha et risqua un coup d'œil. L'homme avait quitté sa cachette et s'enfuyait vers la route !

— Merde !

De Rolan se redressa et se lança à sa poursuite.

L'homme avait déjà rejoint le petit sentier où la neige avait été tassée. Il disposait d'un bel avantage sur De Rolan qui se trouvait encore dans la neige fraîche.

Mais la volonté qui pouvait se lire dans ses yeux était en mesure de surmonter tous les obstacles. De Rolan redoubla d'ardeur et regagna le chemin.

L'homme avait une bonne longueur d'avance. Une distance qu'une balle parcourrait en moins d'un dixième de seconde. L'idée était séduisante, mais De Rolan voulait des réponses. Ignorant le froid qui gagnait ses pieds, son souffle commençant à se faire court, il filait aussi vite qu'il était humainement possible.

L'homme prit à droite, vers la vallée, avant de bifurquer sur le côté et de disparaître derrière un bosquet. Pour la première fois depuis qu'il s'était élancé, De Rolan n'avait plus de contact visuel avec sa proie. Le bruit qu'il entendit ne lui plut pas du tout. C'était une voiture qui démarrait. Il se dit que le fuyard allait en profiter pour détaler. Il avait tort.

Surgissant d'un monticule, une Range Rover noire se cabra avant de se jeter lourdement sur lui. De Rolan eut juste le réflexe de plonger sur le côté pour ne pas être écrasé. Une roue vint s'abattre à quelques centimètres de ses jambes, dans une explosion de neige. Conscient d'avoir manqué sa cible, le conducteur donna un coup de volant pour rejoindre la route au plus vite.

À terre, De Rolan dégaina son arme et ouvrit le feu. La première balle passa complètement à côté. De même que la deuxième. La troisième fit voler la lunette arrière en éclats.

La Range Rover dérapa lorsqu'elle quitta le chemin et déboula sur la route. De Rolan tira une nouvelle balle qui frappa la portière côté passager. Il se releva sur-le-champ et reprit sa course de plus belle. Il devait regagner sa voiture garée dans les hauteurs. Cela laisserait deux bonnes minutes d'avance au fugitif.

À chaque foulée, la haine montait d'un cran.

– 55 –

Tout en restant la plus discrète possible, Élisabeth Guardiano avait suivi, depuis la fenêtre de la maisonnette, la progression de son collègue. Elle l'avait vu se lancer à la poursuite de l'inconnu. Elle avait aussi entendu les coups de feu. Gagnée par l'anxiété, elle saisit son téléphone et l'appela. Pas de réponse. Elle composa alors le numéro du poste de police locale.

— Allô, ici le commandant Guardiano.

— Allô ?

— Vous m'entendez ?

Le réseau était de mauvaise qualité et la voix qui lui répondit à peine audible.

— Putain ! Vous m'entendez, oui ?

— Commandant ?

— Oui. J'ai besoin de votre aide, immédiatement. Je suis…

Elle s'interrompit. Si la police intervenait maintenant, avec la sirène et le gyrophare, les jeunes adolescents ne manqueraient pas de prendre la fuite. Et tout espoir de les retrouver serait perdu avant longtemps.

— Allô ? Commandant ?

Elle raccrocha.

Pour se rassurer, elle se persuada que Franck était de taille à s'en sortir. Sa grande carrure, ses longs bras… Oui, mais, contre des projectiles ?

Elle chassa cette idée. Elle était impuissante, il fallait s'y faire. Pourtant, elle ne parvenait pas à se résoudre à attendre, seule. Elle voulait se rendre utile, faire quelque chose, n'importe quoi plutôt que de ressasser.

Elle se décida à poursuivre sa fouille du chalet. En prenant soin que ses mouvements ne puissent être repérés depuis l'extérieur, elle retourna tout le salon, souleva les coussins du canapé, regarda derrière les tableaux, déplaça des bibelots, ouvrit les placards de la cuisine. Elle fit de même dans la chambre qui semblait occupée. Le lit n'avait pas été fait et un verre d'eau était posé sur l'une des tables de chevet.

Les draps et couvertures en désordre formaient une bosse. Elle n'eut pas besoin de chercher ailleurs. Un ordinateur portable était ouvert. Sur l'écran, un message d'alerte affichait :

« Batterie très faible – Mettre en charge. »

— Non ! Non ! Non !

Si le PC s'éteignait, il faudrait saisir un mot de passe pour le rallumer.

L'ordinateur dans une main, elle chercha frénétiquement le chargeur autour d'elle. Elle souleva la couverture, le drap d'un coup sec, ouvrit le tiroir de la table de chevet, regarda sous le lit.

— Oh, non ! Tiens bon ! Tiens bon !

Elle posa le PC sur une chaise, ouvrit le placard à vêtements, jeta à terre tout ce qui s'y trouvait. Elle se précipita dans la seconde chambre qui n'avait, vraisemblablement, pas été investie. Elle se rua dans le salon, se pencha de part et d'autre du canapé et, là, sous un meuble, découvrit un câble noir d'alimentation. Elle retourna chercher l'ordinateur et le brancha.

Le message d'alerte disparut. Elle poussa un soupir de soulagement. Le PC sur les genoux, elle commença à explorer le disque dur. Peu experte en informatique, elle ne sut pas comment procéder et consultait des documents, au hasard, sans méthode, sans même savoir à quoi ils correspondaient.

Elle passa ainsi un moment à parcourir des fichiers qui semblaient sans importance. Elle s'efforça toutefois d'en mémoriser le contenu, au cas où un détail pourrait lui être utile plus tard, pour la suite de son enquête.

Avait-elle examiné l'ensemble des dossiers que recélait cet ordinateur ? Elle n'aurait pu l'affirmer. Mais elle était convaincue de n'avoir rien vu de compromettant. Elle posa l'ordinateur à côté d'elle et le fixa comme un animal cabochard. S'il s'agissait bien de l'ordinateur qui manquait dans le chalet, pourquoi les gamins l'auraient-ils volé puisqu'il n'y avait rien de particulier ? Pourquoi se donner tout ce mal, pour rien ? Et si…

Ce n'était pas pour voler le contenu, c'était pour le faire disparaître !

Elle saisit le PC par l'écran et le remit sur ses genoux. Elle consulta le dossier « corbeille ». Cinq fichiers apparurent :

DP.mp4

KD.mp4

AS.mp4

LC.mp4

LP.mp4

Elle eut un mauvais pressentiment.

« *Une mère sent ces choses-là. Non ?* »

Le curseur de la souris s'approcha du premier fichier puis s'immobilisa. Elle hésitait à poursuivre. Elle cliqua et la fenêtre du lecteur vidéo s'ouvrit.

Elle reconnut le sous-sol de la Maison du Lac. Le sol et les murs avaient été recouverts de bâches de protection. Mélange de néons et de projecteurs, la lumière était crue, l'image froide. Sans en avoir conscience, Élisabeth Guardiano tremblait légèrement.

Il y avait cinq adultes dans la pièce, entièrement nus, mais le visage dissimulé par un sordide masque de carnaval. Cinq adultes, et un enfant. Guardiano se mordit les lèvres. Terrifié, confronté à l'horreur absolue, l'enfant criait et pleurait en même temps. Son petit corps fébrile se tortillait pour échapper à ses ravisseurs qui lui avaient entravé les mains dans le dos. Il implorait qu'on ne lui fasse pas de mal, il appelait sa mère dans un râle sans souffle. Il pensait être arrivé en enfer, il avait tort. Son supplice n'avait pas encore commencé. Le reste de la vidéo était insoutenable.

Élisabeth Guardiano fut submergée par une panique intérieure. Elle fut prise de haut-le-cœur, se leva d'un bond et courut aux toilettes pour vomir.

Lorsqu'elle eut recraché tout ce qu'elle avait dans le ventre, gagnée par les crampes et la nausée, elle s'effondra sur le carrelage et fondit en larmes. C'était un sanglot rentré, silencieux et douloureux, trop intense, trop intime pour sortir pleinement.

Depuis le salon, les haut-parleurs de l'ordinateur continuaient de crépiter un atroce amalgame de cris, de pleurs, et de craquements immondes. Elle se boucha les oreilles aussi fort qu'elle le put. Pris de convulsions, son corps se contorsionnait sur le sol.

Et puis, la tronçonneuse se mit en marche.

Elle hurla pour tenter d'en couvrir le son. En vain.

Elle se leva en chancelant, se rua vers l'ordinateur et le projeta au sol en rugissant pour ne plus entendre ces bruits abominables. Là, il se tut enfin.

– 56 –

De Rolan sauta dans sa voiture et, sans prendre la peine de boucler sa ceinture, démarra en trombe. Le véhicule patina en envoyant une puissante giclée de neige. Il surgit du chemin où il était dissimulé pour rejoindre la route en vrombissant.

De Rolan avait plusieurs minutes de retard, c'était certain.

Aussi mit-il d'instinct le pied au plancher.

Rapidement, la voiture dépassa la limite réglementaire et gagnait encore de la vitesse à chaque seconde.

Il fallait plusieurs kilomètres pour atteindre la ville. Là, tout serait plus difficile. Le fuyard pourrait se perdre dans le dédale de rues, puis disparaître sans laisser de traces parmi le flot de la circulation. Sans compter les badauds qui compliqueraient tout.

De Rolan devait l'intercepter avant qu'il n'entre dans l'agglomération.

Sur la route en forte pente, il filait à tombeau ouvert.

À l'approche d'un virage sévère, De Rolan ralentit à peine et la voiture se déporta sur la file de gauche en s'inclinant dangereusement. Son épaule cogna la portière.

Si un véhicule venait en sens inverse, il était mort.

La voiture continua de chasser sur le sol humide avant de reprendre sa course.

Il tenta de se remémorer le trajet qu'il avait effectué dans l'autre sens. Après ce virage, il y avait une grande ligne droite en pente plus douce. C'était le moment de rattraper le retard !

Tout juste sorti de ce deuxième virage, il écrasa l'accélérateur. Sa voiture partit comme une balle. Après une succession de petites boucles serrées, qu'y avait-il ? Une autre ligne droite, non ? Il remit donc les gaz.

— Merde !

Au lieu de la ligne droite escomptée, la route enchaînait avec une nouvelle courbe en épingle à cheveux dans laquelle la voiture s'engagea beaucoup trop vite.

De Rolan donna un coup de frein en même temps qu'il tournait et la voiture chassa dans un crissement assourdissant. Elle se déporta sur l'autre file, mordit sur le bas-côté opposé. L'aile arrière vint frotter le rail de sécurité dans une gerbe d'étincelles.

Dans l'habitacle, De Rolan était cahoté dans tous les sens. Il redressa, reprit une trajectoire convenable et continua d'accélérer.

Soudain, face à lui, la route se séparait en deux. En venant, cet embranchement lui avait échappé : à gauche les sommets, à droite le centre-ville. Que faire ? Vite !

D'un côté, la ville, les rues, les ruelles, plusieurs carrefours, quelques ronds-points. De l'autre, qu'y avait-il ? Cette route encore enneigée menant on ne sait où.

La bifurcation n'était plus qu'à cinquante mètres. Il fallait se décider.

Avec un 4 × 4, il aurait pris à gauche.

De Rolan donna un coup de volant et la voiture s'enfonça dans cette direction inconnue.

Il pria pour que les traces qu'il suivait dans la neige soient celles de la Range Rover.

Les roues patinaient par moments et la conduite était beaucoup moins stable que sur la route qu'il venait de quitter.

S'il avait fait le mauvais choix, il ne mettrait plus jamais la main sur le fugitif.

Il ne s'était pas trompé ! Devant lui, seul point noir dans ce paysage blanc, le 4 × 4. Sans doute rassuré par l'avance qu'il avait prise et par le fait d'avoir emprunté un chemin détourné, le conducteur roulait à une allure moins soutenue.

Et si ce n'était pas lui ? De Rolan accéléra encore. C'était lui.

En l'apercevant dans le rétroviseur, le fuyard donna un coup d'accélérateur. Mais De Rolan avait pris trop de vitesse. Son véhicule vint percuter l'arrière de la Range Rover.

L'airbag de De Rolan lui sauta au visage. L'une de ses narines se mit à saigner. Sourd à la douleur, il pressa l'accélérateur. Sa voiture cogna le 4 × 4 qui fit un nouveau hoquet. Il devait se montrer plus efficace. Il ne pourrait pas tenir le rythme bien longtemps contre un véhicule tout-terrain.

Il décala sa voiture sur le côté pour frapper de biais.

Le choc fut encore plus assourdissant que les précédents. Tandis que la tôle de son capot se plissa, un phare arrière de la Range Rover vola en éclats.

Le conducteur perdit le contrôle de son véhicule qui glissa sur la neige et fit un tête-à-queue avant de s'immobiliser face à celui de De Rolan. Ce dernier jeta un regard noir de haine à l'homme qu'il pourchassait. Il porta sa main à sa ceinture pour attraper son arme, mais, avant qu'il en ait le temps, le fugitif enclencha la marche arrière et recula en trombe.

De Rolan démarra aussi sec. Cette fois, il avait un avantage décisif. La proie était ferrée, il suffisait d'attendre le bon moment pour porter le coup de grâce. Pourtant, le fuyard n'abandonnait pas. Il continua de fuir en marche arrière à une vitesse prodigieuse.

Tout à coup, le 4 × 4 pila, son conducteur enclencha la marche avant et fonça sur la voiture de De Rolan qui enfonça le frein, mais dérapa sur la neige et ne put ralentir.

La charge fut d'une violence inouïe.

Les deux véhicules s'emboutirent frontalement. De Rolan percuta le volant et s'envola à travers le pare-brise qui explosa en une constellation de bris de verre.

Puis, plus rien.

– 57 –

Élisabeth Guardiano était recroquevillée sur le sol, dans un coin du salon, les genoux sous le menton, la tête enfouie entre ses bras. Elle n'aurait su dire combien de temps elle était demeurée dans cette position. Elle savait juste qu'elle était incapable de bouger.

Son esprit était envahi de démons humains ayant enfilé un masque de carnaval, se délectant des pires monstruosités.

Et ces bruits !

Elle ne parvenait pas à se les chasser de la tête. Elle comprit qu'ils y résonneraient pour toujours.

Parfois, elle jetait un regard furtif à l'ordinateur qui gisait, brisé, sur le tapis. Cette boîte de Pandore qui avait livré les fantasmes abjects d'un groupe de criminels pervers.

Elle ferma les yeux. Les images l'assaillirent.

Elle voulut pleurer. Encore. Mais elle avait épuisé toutes les larmes de son corps.

Il ne restait plus en elle que l'incompréhension. Et le dégoût, bien sûr.

Il n'y avait pas trois fichiers, comme l'avait cru Franck, mais cinq. Cinq jeunes vies arrachées au confort de leur famille, privées de leur joie d'enfants et livrées à l'effroi.

Elle se remémora les noms que De Rolan lui avait donnés lors de leur rencontre. Ces noms placardés sur les murs du commissariat et devant lesquels elle passait chaque jour.

AS, c'était Anthony Stefanini, 9 ans. LC, Lucas Corsant, 8 ans, et enfin LP, Leandro Pietranovsky, 10 ans. Il en manquait deux, KD et DP.

Deux enfants disparus que les enquêteurs de l'OCDIP n'avaient pas réussi à relier aux autres, mais dont le destin avait croisé les mêmes bourreaux.

Elle voulait les faire payer. Il fallait qu'ils soient traduits en justice et que le monde entier sache à quel point ces êtres étaient répugnants. Il fallait qu'on les montre du doigt et qu'ils croupissent en prison. C'était ça, la cause suprême. C'était ce qui donnait un sens à son métier et à la pugnacité dont elle faisait montre en l'exerçant.

Elle tira son téléphone de sa poche. Aucun appel. Elle ferma les yeux et espéra que Franck ne se fût pas trouvé, à son tour, victime de cette ignoble affaire.

Elle sélectionna son numéro et pressa la touche « appeler ». Après quatre sonneries, le répondeur se mit en marche. Elle raccrocha.

Tout à coup, elle perçut un son venant de l'extérieur. Elle tendit l'oreille et reconnut ce bruit caractéristique des pas dans la neige.

Elle se mit à quatre pattes pour ne pas être repérée depuis les fenêtres et se rua dans la chambre la plus proche.

Des voix.

Et si ce n'étaient pas les enfants ? Elle porta la main à son arme.

Le cliquetis d'une clé que l'on introduisait dans la serrure, un verrou qui se débloquait, le grincement d'une porte. Et cet air frais qui s'engouffrait soudain dans la maison.

Des bruits de pas.

Ils étaient plusieurs.

Que faire ? Surgir, le pistolet à la main ? Rester cachée ? Elle préféra attendre que quelqu'un parle pour savoir à qui elle avait affaire.

Le bruit des manteaux que l'on ôtait.

— C'est quoi, ça ! s'exclama une voix depuis le salon. Quelqu'un est venu ici !

L'ordinateur brisé ! Ils venaient de tomber dessus !

Elle sortit aussitôt et se précipita devant la porte pour bloquer toute sortie.

Deux jeunes adolescents, pris de court, se trouvaient au milieu de la pièce. Paniqués à la vue de cette inconnue au cœur de la maison qui leur servait de refuge, ils cherchaient une échappatoire.

— Calmez-vous, leur lança-t-elle avec un geste d'apaisement.

Se sentant pris au piège, les deux jeunes ne pensaient qu'à fuir.

Elle tenta de les rassurer :

— Je sais que vous avez peur, mais je ne vous veux que du bien.

« Que du bien », et non « aucun mal ». Chaque détail comptait.

Cette phrase sembla n'avoir aucun effet sur eux. D'un geste, le garçon brandit un couteau à cran d'arrêt, faisant jaillir une lame de vingt centimètres.

Guardiano leva les mains non comme un signe de reddition, mais plutôt en gage de paix :

— Je sais ce qu'ils vous ont fait.

Il approcha d'un pas décidé, un éclair de colère dans les yeux.

— Je sais ce que vous avez subi. Je sais qui étaient ces gens.

Il fit un nouveau pas, prêt à estoquer.

— J'ai vu les vidéos !

Le garçon s'immobilisa. Il demeura quelques instants le bras armé. Puis, la méfiance sur son visage fit place à la curiosité.

Avec un sparadrap sur son front recousu, sa main bandée, ses yeux rougis par les larmes et son maquillage qui avait dégouliné, Guardiano avait davantage l'air d'une victime que d'une menace.

— Je vous reconnais. Vous êtes de la police. C'est vous qui m'avez trouvé dans la cave de mes parents.

— Je m'appelle Élisabeth. Je suis là pour vous aider.

Lentement, le jeune adolescent baissa le bras, replia le couteau et le fourra dans sa poche.

— Nous n'avons besoin de personne. Allez-vous-en.

— Je crois, au contraire, pouvoir vous apporter mon aide.

— Nous nous sommes toujours débrouillés tout seuls. Nous n'avons pas besoin de vous.

— Et jusqu'à quand ça va durer ? demanda-t-elle sur un ton plus sévère. Vous comptez rester cachés là combien de temps ?

— Le temps qu'il faudra.

— Ah oui ? Et vous vous imaginez qu'on ne vous trouvera jamais ? Que personne ne pensera à vous chercher ici ? Un jour viendra où vous devrez rendre des comptes, répondre à des questions. Et, ce jour-là, vous préférerez avoir affaire à moi qu'à n'importe qui d'autre, je vous le promets !

Les deux gamins la dévisagèrent et lurent dans son regard ses souffrances et sa sincérité. Alors, sans mot dire, ils s'assirent côte à côte sur le canapé.

Guardiano s'installa dans le fauteuil qui leur faisait face. Si ça tournait mal, elle pourrait s'interposer pour bloquer toute tentative de fuite.

— Vous avez pleuré, constata le garçon.

— J'ai pleuré, effectivement.

— Pourquoi ?

— Parce que… j'ai vu cette vidéo… ces choses.

— Et ?

Guardiano fut surprise, tant par cette question que par le ton qu'il avait employé : une voix neutre, dépourvue d'émotion.

— Et… c'est épouvantable, évidemment.

— C'est pas vos affaires.

— Bien sûr que si ! Tout le monde est concerné dès lors qu'on peut empêcher ça. C'est un devoir !

— Vous n'êtes pas comme les autres.

— Qui ça, « les autres » ?

— Les autres adultes. Eux, ils s'en foutent de ce qui peut nous arriver. Ils n'ont jamais rien révélé, jamais rien fait pour nous aider.

— Attends… tu veux dire qu'il y a des gens qui savent ce qui se passe ici ? demanda-t-elle, stupéfaite.

Il fit un geste vague :

— Plus ou moins.

— Qui est au courant ?

— Je ne sais pas. Tout le monde et personne.

— Tu dois avoir confiance en moi. Je sais que ça va être difficile de t'en remettre à un adulte, mais, comme tu l'as dit, je ne suis pas comme les autres. Si quelqu'un était informé de ces atrocités et des maltraitances dont vous faisiez l'objet, cela fait de lui un complice et sa place est en prison.

— En classe, on a étudié la Deuxième Guerre mondiale.

— Ah oui ? répondit Guardiano, surprise de ce soudain écart dans la conversation.

— Des Juifs, des tziganes, des homosexuels, des communistes ont été déportés, c'est ça ?

— Oui.

— Plusieurs millions d'hommes, de femmes et d'enfants ont été assassinés. Tout ça dans une demi-douzaine de pays différents.

— C'est exact.

— Pourtant, avant que les camps de concentration aient été découverts, c'était comme si personne ne savait rien. Ça n'a étonné personne qu'autant d'êtres humains disparaissent et ne reviennent jamais. Ils ne se sont posé aucune question. Ou, ce qui est pire, ils se sont fourni à eux-mêmes des réponses qui les arrangeaient, qui ne les empêchaient pas de dormir.

Il marqua une courte pause puis reprit :

— Vous savez, je ne suis pas un bon élève. Je ne suis pas capable de vous dire à quelles dates ça s'est produit, ni dans quels pays, ni où a été signé l'armistice, ni rien de tout ça. Mais il y a une chose dont je suis sûr : les gens savaient. L'été, lorsque j'avais un short et un T-shirt et qu'on voyait tous ces bleus sur ma peau, franchement, qui pouvait penser que j'étais tombé de vélo ? Il y a un proverbe là-dessus, non ?

— Un proverbe ?

— Oui, un truc avec l'aveugle qui fait comme s'il n'avait rien vu.

— « Il n'est pire aveugle que celui qui ne veut pas voir. »

— Oui, voilà. Intérieurement, je me disais que quelqu'un viendrait me sauver. Ça n'est jamais arrivé.

— Depuis quand êtes-vous maltraités ?

— Depuis toujours.

La réponse avait surgi, instantanée, comme une évidence.

La fille hocha la tête et compléta :

— Quand j'étais plus petite, mon père me disait qu'il m'aimait très fort. Il me faisait des trucs… Je me doutais que ce n'était pas normal, mais c'était mon père. Il me disait que c'était notre secret. En grandissant, ça me dégoûtait. Pourtant, c'est difficile à expliquer mais, j'avais peur, s'il s'arrêtait, qu'il ne m'aime plus. Je souhaitais que ça prenne fin, mais je ne trouvais pas le courage de protester. D'une certaine façon, ce qu'il me faisait nous appartenait…

Elle marqua une courte pause et son visage changea d'expression :

— Jusqu'au jour où je l'ai détesté pour de bon.

— Vous n'avez pas essayé d'appeler quelqu'un au secours ?

Le garçon haussa les épaules et baissa les yeux :

— Ils nous forçaient à regarder.

Guardiano avait peur de comprendre, mais elle devait surmonter ses appréhensions pour découvrir toute la vérité.

— À regarder quoi ?

— Les enfants.

— Vous voulez dire que…

— On ne nous voit pas sur ces vidéos, parce que nous sommes assis derrière les caméras, mais nous sommes présents chaque fois qu'un enfant est… enfin, à chaque fois qu'ils leur font ça.

D'un geste fugace, la fille essuya une larme.

— Mon Dieu ! s'écria la policière, horrifiée. Et ils menaçaient de vous faire la même chose, c'est bien ça ?

— Oui. Si on parlait à qui que ce soit, ils nous avaient promis qu'on y passerait.

Guardiano se frotta les yeux du bout des doigts. Elle étala encore davantage son mascara. Elle n'était plus à cela près.

— Pourquoi avoir volé cet ordinateur ?

— Parce qu'il contient ces vidéos et que personne ne devait les voir.

— Je croyais que vous vouliez que les gens sachent ?

— Pas comme ça.

Ces gamins, arrachés à l'enfance pour être plongés dans les plus décadentes perversions, ces gamins trahis, abandonnés, avaient néanmoins tenté de trouver, tant bien que mal, la voie de la reconquête d'eux-mêmes.

— Je comprends.

— J'ai aussi tenté de voler l'ordinateur du menuisier, intervint la fille.

— Ah, c'était donc toi !

— Oui. J'ai réussi à échapper à votre collègue, mais je n'ai pas pu l'empêcher de récupérer l'ordinateur.

— Non, il n'a rien trouvé.

— Si. Il m'a poursuivie dans la neige. Pour m'enfuir, j'ai été obligée de me débarrasser du PC. Je l'ai lancé du haut d'une falaise, aussi fort que j'ai pu. J'ai pensé que personne ne le trouverait, mais votre collègue a mis la main dessus.

— Non, il ne l'a pas.

— Si.

— Il me l'aurait dit.

— Une fois hors de portée, j'ai guetté ses faits et gestes. Je me disais qu'il abandonnerait, mais il avait l'air vraiment déterminé. Il a poursuivi ses recherches jusqu'à la nuit tombée, et il a fini par ramasser l'ordinateur.

Guardiano fut prise d'un doute. Se pouvait-il que Franck ait soustrait une information de cette importance ? Si c'était le cas, quel jeu jouait-il ? Avait-il examiné ce qu'il renfermait ? Que recelait cet homme qu'elle pensait connaître, mais qui, manifestement, avait sa part d'ombre ?

Consciente qu'elle devait dissimuler son trouble et ses faiblesses à ses jeunes interlocuteurs, elle enchaîna en s'adressant au garçon :

— Tu m'as parlé du Mangeur d'âmes…

— Tout est de sa faute. C'est à cause de lui, tout ça. Il prend possession des gens et les contrôle pour qu'ils fassent des choses terribles.

— Ce n'est rien qu'un conte. Tu l'as lu ?

— Non. Mais mes parents me le racontaient. Ils me disaient qu'il viendrait manger mon âme si j'étais désobéissant. En grandissant, j'ai compris qu'il était déjà entré en eux. Leur âme avait été mangée.

— Tu crois qu'il existe vraiment ?

Le garçon éclata de rire :

— Bien sûr qu'il existe ! Sinon, il n'y aurait pas toutes ces horreurs.

— Tu l'as déjà vu ?

— Mais oui, évidemment.

— Il ressemble à un monstre cornu, avec une queue pointue et des griffes ?

— Oui, enfin, ça, c'est quand il n'est pas dans quelqu'un. C'est quand il est… tout nu, si vous voulez.

— Parce que, d'habitude, il est habillé ?

Le garçon sembla s'impatienter un peu :

— Je viens de vous dire qu'il allait dans les gens, pour en prendre le contrôle ! Il leur fait faire des choses qu'ils n'ont pas envie de faire. Sinon, il n'y aurait jamais de mal de fait !

— Tu penses que les hommes sont tous bons, sauf quand le Mangeur d'âmes entre en eux, c'est ça ?

— Oui. C'est elle qui m'a appris ça.

La fille approuva d'un mouvement de tête, avant de prendre la parole :

— Notre âme est un don de Dieu. Donc, elle est forcément pure. Si on fait quelque chose de mal, alors c'est le signe que le Mangeur d'âmes est entré en nous.

Guardiano les observa l'un et l'autre, en silence. Elle prit la mesure de leur profond désordre psychologique. Ces enfants, à force d'être soumis aux fantasmes de ces individus, d'être, contre leur gré, les spectateurs de scènes abominables, s'étaient réfugiés dans des croyances qu'ils avaient eux-mêmes bâties. Un mélange de christianisme et de conte médiéval. Tout cela pour ne pas sombrer dans la folie absolue.

— Pourquoi avoir sculpté ces figurines ?

— Pour attirer le Mangeur d'âmes, commença le garçon.

— Et pour qu'ils comprennent tous bien qu'ils allaient payer leurs péchés, ajouta la fille d'un ton revanchard, une lueur hallucinée dans le regard.

— C'est toi qui as fait ça, n'est-ce pas ? demanda-t-elle à l'adolescente.

— Fait quoi ?

— Tous ces morts. Cette vengeance.

— Non.

— Inutile de nier, je sais que c'est toi. Mais ce que je ne sais pas, c'est comment tu as fait ça.

— Vous n'avez vraiment rien compris ! trancha la fille. Je n'y suis pour rien !

— Qui est-ce, dans ce cas ?

— Dieu.

— Dieu ?

— Dieu a simplement écouté mes prières. Il a fait descendre sa colère ici-bas.

— Je croyais que Dieu était infiniment bon.

— Vous avez lu la Bible ?

— Pas vraiment, reconnut Guardiano. Juste le Nouveau Testament, à l'école.

— On y apprend que la colère de Dieu est terrible. Elle a détruit les villes de Sodome et Gomorrhe, pétrifié les filles de Loth, exterminé les premiers-nés d'Égypte…

— Et tu as le pouvoir de déclencher la colère de Dieu ?

— Effectivement.

— Comment ?

— Je vais vous montrer.

– 58 –

Lorsque De Rolan reprit connaissance, il était étendu sur le capot de sa voiture couvert de débris. Il leva péniblement la tête et comprit qu'il avait traversé le pare-brise lors de l'impact.

Pas une seule partie de son corps ne semblait disposée à lui épargner la douleur. Peinant pour se redresser, il se laissa rouler à terre et s'abîma dans un râle.

Combien de temps était-il resté inconscient ?

Il lui fallut encore quelques secondes pour parvenir à se tenir debout. À n'en pas douter, il avait plusieurs côtes cassées. Il balaya les éclats de verre dont il était couvert. Il porta la main à son front ensanglanté et grimaça.

Sans trop savoir où il allait, il fit quelques pas et vérifia que son arme se trouvait toujours dans son étui.

Face à lui, les deux véhicules étaient encastrés l'un dans l'autre, dans un amas de tôles pliées et déchirées. Les moteurs fumants crachaient leur huile noire avec un crissement.

De Rolan regarda alentour : le fuyard s'était évaporé.

L'instinct de chasseur reprit le dessus et surmonta tous les maux. Les traces dans la neige ne pouvaient pas mentir. Le fugitif avait remonté la route. L'espace entre chaque pas prouvait qu'il avait couru.

En claudiquant, puis en s'efforçant de trotter, De Rolan repartit tant bien que mal à sa poursuite.

Au bout de plusieurs centaines de mètres, la route s'arrêtait devant une imposante grille qu'une lourde chaîne cadenassée maintenait fermée.

Sur le côté, le mur de pierre, en partie affaissé, était suffisamment bas pour permettre d'accéder à la propriété. Or, les traces y conduisaient.

Pris dans ce cul-de-sac, ne pouvant plus faire demi-tour de crainte de se retrouver nez à nez avec De Rolan, l'individu n'avait eu d'autre alternative que de se réfugier là.

De Rolan escalada le muret et sauta de l'autre côté. En retombant, il ne put réprimer un gémissement. Ce genre d'acrobaties était peu recommandé lorsqu'on venait de traverser un pare-brise.

Il se trouvait face à une élégante bâtisse abandonnée, datant de la fin du XIXe, avec de grandes fenêtres dont les vitres étaient toutes brisées. Sur les murs, des tags multicolores rappelaient, dans ce paysage entièrement blanc, l'existence de la couleur.

Il s'agissait de l'établissement thermal, évoqué par le maire, qui avait mis la clé sous la porte une décennie plus tôt, amorçant le déclin de la ville.

Les traces menaient à une volée de marches en pierre conduisant à une porte entrouverte.

De Rolan pénétra dans les lieux et découvrit un vaste hall qui avait dû servir de réception. Là encore, des tags maculaient les murs ; des immondices, des cannettes de bière et des gravats jonchaient le sol.

Il dégaina son pistolet et tenta de faire un rapide calcul : combien de balles lui restait-il ? Il n'aurait su dire combien de coups de feu il avait tirés au cours de la poursuite. Il se rassura en pensant qu'il en avait encore largement assez.

Sur la gauche, une grande porte s'ouvrait sur une immense salle qui avait abrité une piscine circulaire. Débarrassé de toute présence humaine et envahi par la végétation qui s'était immiscée par les fenêtres, ce décor avait des airs de fin du monde. La nature avait lentement repris ses droits. De Rolan traversa le hall pour rejoindre un long couloir qui desservait une enfilade de salles aux portes arrachées ou dégondées.

Il surgit dans la première pièce en brandissant son arme.

Vide. Il fit de même pour les pièces suivantes.

Un bruit en provenance de la salle voisine attira son attention. Bien que la porte fût entrouverte, elle semblait plongée dans l'obscurité.

En s'approchant, De Rolan perçut distinctement une complainte ânonnée.

Se pouvait-il que le fuyard ait été blessé ? Après tout, il avait pu recevoir une balle.

De Rolan se colla à la porte, compta mentalement jusqu'à trois, et déboula à l'intérieur, l'arme pointée.

Au sol gisait un homme qui se lamentait, la tête et l'épaule appuyées contre un mur sale, le regard dans le vide. Il devait être jeune, pourtant il aurait été bien difficile de lui donner un âge tant son visage était marqué et ses traits creusés par de profonds cernes. À la commissure des lèvres, la salive avait formé une croûte blanchâtre.

Malgré le froid, sa manche droite était retroussée. Dans la pénombre, De Rolan parvint à distinguer, à côté de l'homme, une cuillère tordue et noircie, un briquet, une sangle en caoutchouc et une seringue. Et un sachet d'héroïne.

À présent, de ses yeux vitreux, il scrutait fixement De Rolan, sans cligner, sans même avoir conscience de sa présence. Une langue sèche passa sur des lèvres craquelées.

Soudain, des bruits de pas. Quelqu'un courait dans le grand hall.

De Rolan fit immédiatement volte-face et s'élança dans le couloir.

À chaque foulée, il grimaçait tant la douleur le rappelait à l'ordre. Qu'est-ce qui faisait le plus mal ? La cheville, le genou, les côtes ? Il tenta d'oublier les cris d'alarme de son corps pour se focaliser sur son objectif : capturer cet homme.

Arrivé dans le hall, De Rolan tourna à gauche et passa la grande porte qui menait dehors.

Le fugitif s'apprêtait à franchir le mur pour rejoindre la route. Il courait trop vite. De Rolan ne pourrait le rattraper, pas avec son corps meurtri.

Alors, il braqua son arme, lentement, bloqua sa respiration, resserra ses mains sur la crosse. Le guidon était parfaitement aligné avec le cran de mire.

Le coup de feu résonna dans la montagne et revint en écho diffus.

– 59 –

La fille se leva, fouilla dans sa poche et en tira une boîte en bois ouvragé semblable aux plumiers de jadis. Elle fit coulisser le couvercle.

— Voici la colère de Dieu, déclara-t-elle en la tendant à Guardiano.

Le coffret était rempli de petits cristaux que l'on aurait pu confondre avec du gros sel, si ce n'était ce subtil reflet bleuté.

Guardiano en saisit un et l'examina à la lumière du jour. Elle n'était pas experte en stupéfiants, mais la ressemblance avec la méthamphétamine était frappante. C'était totalement inodore.

Elle voulut le porter à sa bouche.

— Je ne ferais pas ça si j'étais vous, intervint la jeune fille.

— C'est de la drogue, n'est-ce pas ?

— Vous ne comprenez rien ! C'est la colère de Dieu !

— D'accord, d'accord. Comment… Dieu… a-t-il fait pour vous donner cette… colère ?

— Mais, enfin, de la façon la plus naturelle qui soit. C'est Dieu, donc il l'a envoyée du ciel. Quoi de plus normal pour Lui ?

— Tu es en train de me dire que ces cristaux sont tombés du ciel.

— Oui. Vous m'avez bien dit que vous aviez lu l'Évangile…

— Il y a fort longtemps.

— Voici ce qu'il y est écrit : « La colère de Dieu se révèle du ciel contre toute impiété et toute injustice des hommes. »

Les dommages psychiques causés à ces deux jeunes étaient considérables et, peut-être, irréversibles. Comment leur en vouloir ? Qui pouvait sortir indemne d'années d'inceste et de sévices ? Elle ne faisait qu'explorer un peu plus profondément les recoins de l'abysse dans laquelle elle se trouvait elle-même plongée depuis que cette enquête avait débuté.

— À quel endroit Dieu vous a-t-il fait cadeau de sa colère ?

Les deux jeunes se tournèrent de concert et pointèrent un doigt vers la fenêtre. Derrière la vitre et le fin voilage, la montagne, massive et majestueuse.

— Là-haut ?

Ils acquiescèrent.

— Et comment avez-vous su qu'il s'agissait de la colère de Dieu ? Si l'on ne le sait pas, on pourrait croire que ce sont de simples morceaux de roches, non ?

— Oui, pour comprendre, il faut être très attentif.

— Qu'entendez-vous par là ?

— Bah, il faut regarder, quoi.

— Et qu'avez-vous vu ?

— Il suffit de voir ce qui arrive aux oiseaux, par exemple.

Guardiano écarquilla les yeux et se recula contre le dossier de son siège en poussant un soupir de soulagement. En plein hiver, et, en particulier après une tempête de neige, les oiseaux peinaient à trouver de la nourriture, aussi devaient-ils se jeter sur ces appétissantes graines colorées. Les effets sur de petits organismes ne tardaient pas à se manifester et les pauvres créatures étaient rapidement terrassées et tombaient du ciel.

Le puzzle prenait forme, même si sa représentation finale était encore plus sordide qu'au départ.

— Comment avez-vous fait pour… infliger la colère de Dieu ?

— Dans la nourriture ou les boissons.

La policière se remémora alors les tartines beurrées et la confiture dans le chalet, le chili con carne du menuisier et la soupe du concessionnaire. Ils avaient tous pris un repas avant d'être gagnés par la folie meurtrière.

— On n'était pas sûrs pour les quantités, précisa le garçon, donc on a un peu forcé. J'ai d'abord fait un test avec le chien de la voisine. Pour les adultes, on s'est dit que la colère devrait être plus puissante vu que c'étaient de gros pécheurs. Du coup, on en a mis plus.

— Droguer vos parents, c'était facile. En revanche, pour le menuisier, vous n'aviez pas les clés, vous avez donc dû vous introduire par effraction, réfléchit tout haut Guardiano. Tout s'explique.

Ces deux gamins, croyant exécuter la Justice divine, avaient empoisonné leurs victimes avec des doses si fortes d'amphétamines qu'elles étaient devenues complètement enragées au point d'être assoiffées de sang.

Pourtant, Guardiano demeurait dubitative. Cela contredisait catégoriquement les expertises de médecine légale qui avaient conclu qu'aucune drogue n'était présente dans l'organisme des victimes. Lors d'une autopsie, l'erreur était toujours possible : une inversion de dossiers, des protocoles non respectés, un médecin inexpérimenté… Mais, dans cette affaire, plusieurs spécialistes s'étaient penchés sur la détection des psychotropes et avaient certifié qu'il n'y en avait pas la moindre trace. Par ailleurs, ils avaient scrupuleusement utilisé des méthodes de traçabilité différentes. Comment alors avaient-ils pu tous se tromper ?

De plus, pas un, mais deux corps avaient été autopsiés. Commettre deux fois les mêmes erreurs était si improbable que cela relevait de l'impossible.

Bien sûr, en ordonnant l'exhumation de la dépouille du menuisier et en attendant les autopsies des deux dernières victimes, elle obtiendrait une confirmation sans appel. Mais elle n'eut pas besoin de ces nouveaux éléments pour que sa conviction fût forgée : cette mystérieuse drogue ne laissait pas de trace.

— Vous n'avez jamais eu peur de la police ?

— La police ? s'étonna la fille. C'est la justice des hommes. Nous, nous appliquons celle de Dieu.

Le garçon eut l'air moins convaincu et son visage fut couvert par un voile d'inquiétude :

— Vous pensez qu'on va encore m'enfermer ?

Guardiano se tourna vers lui et le dévisagea.

Comment répondre et que dire ? La justice des hommes, précisément, était parfois si imprévisible et imparfaite que le destin de ces deux gamins était incertain.

Pourtant, à cet instant précis, elle comprit que tout reposait sur elle. Elle n'était plus simplement flic, elle devenait juge. C'était à elle de décider. Elle, et elle seule détenait toutes les cartes en main.

N'étaient-ils pas tous les deux victimes plutôt que bourreaux ? N'avaient-ils pas accompli ces actes pour être délivrés de leur sort ? Pour que les meurtres d'enfants cessent ?

Elle les fixa longuement, l'un après l'autre, de ses yeux qui ne savaient pas mentir.

Elle fit alors un bilan : le légiste avait certifié qu'il n'y avait aucune trace de poison ou drogue. Les équipes de l'Identité judiciaire étaient revenues bredouilles dans leurs recherches d'ADN et d'empreintes étrangères ? Son supérieur hiérarchique n'avait-il pas déclaré : « Il n'y a pas d'affaire » ? Certes, les deux derniers cadavres avaient relancé le dossier, mais qui pouvait affirmer que tout était lié ?

Sa décision était prise :

— Non, personne ne va t'enfermer. C'est fini.

— Promis ?

— Oui, je te le jure.

Le garçon hocha la tête sans pour autant se départir de sa mine inquiète.

— En revanche, je dois vous confisquer la colère de Dieu.

— Pas question !

— Je regrette, mais je ne peux laisser ça entre vos mains. C'est beaucoup trop dangereux.

— D'accord, mais pas maintenant. La colère de Dieu doit encore s'abattre.

— Que veux-tu dire ? s'enquit Guardiano, méfiante. Ils sont tous morts. Tous les cinq, vos parents et le menuisier.

La jeune fille éclata de rire. Un rire mauvais, malsain, emplis de haine.

— Vous avez vu les vidéos ?

— Je… j'en ai regardé une, oui.

— Attentivement ?

— Eh bien… non. Je n'ai pas pu tenir jusqu'à la fin.

— Ma mère ne participait pas. Elle en aurait été incapable ! Non, elle, elle a payé parce qu'elle gardait le silence sur les péchés de mon père et de ses amis. Vous vous souvenez de l'extrait de l'Évangile que je vous ai récité tout à l'heure ? « La colère de Dieu se révèle du ciel contre toute impiété et toute injustice des hommes qui retiennent injustement la vérité captive », c'est ça, la phrase complète.

— Mais, si elle ne participait pas, ça signifie qu'il manque quelqu'un.

— C'est ce que je vous dis. Sur les vidéos, il y a une femme et quatre hommes.

— Donc, il y a un autre coupable ?

— Exactement.

— Mais qui ?

– 60 –

L'homme s'était immobilisé. Il porta la main à son oreille de laquelle glissait un mince filet de sang.

De Rolan le tenait en joue, l'index sur la détente, prêt à corriger la trajectoire de sa prochaine cartouche pour qu'elle l'atteigne en pleine nuque.

— Je ne sais pas qui vous êtes, déclara l'inconnu en se tournant vers De Rolan, mais vous faites une gigantesque connerie.

L'homme observa un instant le sang qui maculait le bout de ses doigts et leva les bras en l'air. De Rolan, l'arme toujours braquée vers lui, descendit les quelques marches du perron et s'approcha en boitant :

— Qui êtes-vous ?

— Je vous conseille vivement de baisser votre arme et de me laisser filer sans faire d'histoire. Je suis le genre de type qui peut vous attirer d'énormes emmerdements.

Comme De Rolan ne répondit pas, il crut bon d'ajouter :

— Vous comprenez ce que je dis ?

Le visage couvert de coupures et d'hématomes, la mâchoire comprimée par la hargne, le regard empli de haine, De Rolan continua d'avancer :

— Qui êtes-vous ?
— Et vous ? Vous êtes qui ?
— Je suis capitaine de gendarmerie.
— Vraiment ? s'amusa l'homme. Alors garde à vous !
Bien que surpris par la repartie de l'individu, De Rolan ne broncha pas.
L'homme fourra une main dans sa poche et, en réaction, De Rolan lui colla le canon de son Sig Sauer sur le front.
— Du calme, je ne suis pas armé, sinon j'aurais déjà pu te tuer. Je veux juste prendre mon portefeuille dans la poche intérieure de mon anorak. OK ?
— Doucement.
L'homme tira un étui en cuir qui s'ouvrit en deux : d'un côté un écusson représentant un lion attaquant un serpent, de l'autre une carte barrée de trois bandes bleu blanc rouge.
— Qu'est-ce que c'est que ça ? grommela De Rolan.
— DRSD, Direction du renseignement et de la sécurité de la Défense.
— Qu'est-ce que ça signifie ?
— Je suis spécialement mandaté par le directeur de cabinet du ministre pour enquêter ici, affirma-t-il en baissant les bras. Puisque la mission prime sur le grade, tu es donc sous mes ordres. Tu vois ce que ça veut dire ?
Cette fois, l'incompréhension gagna le visage de De Rolan qui ne s'attendait pas à ce genre de rencontre.
— T'as intérêt à ranger ton flingue et à me présenter des putains d'excuses !
— Mais qu'est-ce que vous faites ici ?
— Ça, mon grand, je ne suis pas habilité à te le dévoiler. Et j'ai bien peur que tu ne le saches jamais. Désolé.

— Je t'ai posé une question : qu'est-ce que tu es venu foutre ici ?

— Tu crois que je vais partager un secret Défense avec le premier gendarme venu ? Sérieusement ?

L'homme termina sa phrase en ricanant. Il ne vit pas le coup de poing partir, mais il sentit le canon du pistolet s'abattre sur son nez. Le craquement fut sec comme une branche que l'on rompt. L'homme tomba à terre, emporté par la force de De Rolan.

— Mais t'es complètement taré, putain ! hurla-t-il en souillant la neige de son sang. Tu m'as pété le nez !

— Je te conseille de me répondre.

L'homme tentait de stopper l'hémorragie en comprimant la plaie avec sa main. Il geignait d'une voix nasillarde :

— Tu vas avoir des emmerdes, c'est moi qui te le dis ! T'as pas dû bien comprendre. Je suis dans l'armée, dans la sécurité militaire, tu me dois obéissance. Tu vas finir ta carrière à faire souffler les automobilistes dans des Alcootest.

Le coup de pied au visage fut plus violent encore. Il fit exploser la bouche de l'homme qui cracha du sang et des morceaux de dents.

Il tomba en arrière et porta ses deux mains à sa mâchoire en se tordant de douleur dans la neige rougie. Il poussait de petits cris plaintifs.

Il jeta un regard effrayé à De Rolan et, le voyant s'avancer vers lui, tendit la main comme une supplique.

Après avoir craché quelques derniers bouts de dents, il balbutia de ses lèvres éclatées :

— C'est pas possible. Vous n'êtes pas gendarme, hein ?

De Rolan braqua son pistolet sur l'inconnu :

— Si je te tire une balle dans la tête, ici, maintenant, personne ne me verra. Personne ne m'entendra.

Personne ne le saura jamais. Et dans cinq ou six jours, quand on découvrira enfin ton cadavre, il aura en partie été dévoré par les rats et les corbeaux. Tu comprends ?

— OK, OK, répondit-il nerveusement tandis que ses doigts tentaient de retenir le sang qui s'écoulait de sa bouche.

— Que fais-tu ici ?

— Je suis en mission.

— Quel genre de mission ?

— Il s'est passé du sale dans la région, je dois nettoyer la merde.

— Explique-toi.

Il éructa une nouvelle gerbe de sang avant de lâcher :

— Il y a quelques jours, un hélicoptère de l'armée s'est crashé un peu plus haut, dans les montagnes. Vous en avez peut-être entendu parler aux infos ?

De Rolan ne répondit pas.

— C'était pas n'importe quel hélico. Il transportait une amphétamine de guerre, un truc qui fait froid dans le dos. En s'écrasant, il a répandu des caisses de ce produit partout dans la nature et ça a foutu le bordel.

— Vous n'avez pas essayé de récupérer le contenu ?

— Si, bien sûr. Un détachement de chasseurs alpins a été dépêché sur place. Officiellement, c'était pour porter assistance aux pilotes. En réalité, on se doutait qu'ils étaient morts, mais il fallait retrouver cette dope.

— Et alors ?

— Bah, un hélico qui se crashe en pleine montagne, c'est pas facile à localiser. Surtout l'hiver. Les équipes ont mis du temps à parvenir sur les lieux. Ensuite, il a fallu partir à la recherche des caisses de dope. Toutes n'ont pas été retrouvées.

— Et qu'est-il arrivé aux caisses manquantes ?

— Après plusieurs jours, les équipes les ont découvertes éventrées par l'explosion de l'appareil ou après avoir heurté des rochers.

— Et le contenu avait disparu ?

— Affirmatif. L'état-major a jugé que ce qui manquait avait probablement brûlé avec les restes de l'hélico. Au pire, quelques sachets de méthamphétamines perdus dans la neige, à un endroit inaccessible du grand public, qu'est-ce que ça pouvait faire ? Les cristaux finiraient bien par se diluer.

— Sauf que vous avez paniqué en apprenant que des gens s'entretuaient dans cette ville ?

— Oui. J'ai été envoyé ici pour dénicher celui ou celle qui avait mis la main sur ce produit.

— Parle-moi de cette substance.

— Oh, je ne peux pas. Sérieusement, c'est super secret.

De Rolan approcha son arme de la bouche de l'individu :

— Je peux m'attaquer à tes dents de sagesse, si tu veux ?

— Non, non ! OK. C'est un sale truc. Vraiment. Je ne sais pas d'où c'est sorti. Sincèrement, je vous le jure. Je ne sais pas si c'est nous qui avons inventé une merde pareille, ou si on l'a récupérée quelque part ou copiée, bref, je n'en sais rien. Mais ce que je sais, c'est que ça rend complètement dingue.

— Au point de vouloir tuer ?

— Oh oui ! À ce qu'on m'a raconté, ça provoque une telle pulsion de meurtre qu'on ne peut pas y résister. Le plaisir de donner la mort est jouissif, vital.

— Et ça donne aussi envie de se suicider ?

— Apparemment, on est submergé par des émotions morbides et sadiques. S'il n'y a personne à tuer, on se bute soi-même. Peu importe comment. Je vous l'ai dit, c'est une vraie saloperie.

— Et à quoi ça sert ? On en file aux soldats pour qu'ils deviennent plus féroces ?

— Non, c'est beaucoup trop instable, ça rend imprévisible. Les réactions sont très différentes selon le métabolisme. C'est aussi dangereux pour les autres que pour celui qui ingère la drogue.

— Alors, à qui est-ce destiné ?

— Sur les théâtres d'opérations, on en balance dans les réserves de bouffes de l'ennemi, dans les puits de villages rebelles. Il y a plus qu'à attendre le résultat sans risquer de perdre un seul soldat. Vous avez vu les dégâts que ça a causés ici ? Vous imaginez dans une grande ville ?

— Mais qui invente des trucs pareils ? s'interrogea De Rolan, plus par dégoût que pour obtenir une réponse.

— Il y a quelques années, on a appris que les djihadistes utilisaient une amphétamine, le Captagon, afin de se donner l'intrépidité nécessaire pour entreprendre des actions suicidaires. Une enquête scientifique a été menée, des autopsies de terroristes ont été effectuées, et aucune trace de stupéfiant n'a été découverte.

— Donc, tout le monde a conclu qu'ils ne se droguaient pas.

— Voilà. Pas de trace égale pas de drogue. Les médias se sont empressés de démentir cette « rumeur ». En réalité, l'amphétamine en question existe bel et bien, sauf qu'elle dispose d'un additif qui efface ses traces au bout d'une heure ou deux. Ce type de produit masquant existait déjà dans le milieu sportif, alors, vu l'importance des budgets militaires, ça n'a pas été trop dur à perfectionner. Si les djihadistes y arrivaient, vous imaginez bien que ça n'a pas été un problème pour les gros laboratoires occidentaux. Ce qu'il y avait dans cet hélico, c'est une version améliorée, plus violente et toujours aussi invisible dans l'organisme.

— Putain…, maugréa De Rolan.

Il resserra son étreinte sur la crosse de son pistolet et braqua le canon vers la tête de l'homme à terre.

— Hé ! Qu'est-ce que vous faites ? Je vous en supplie, déconnez pas ! J'vous ai dit tout ce que je sais ! J'vous jure ! J'y suis pour rien, moi !

– 61 –

Sur la petite terrasse en bois, face au lac gelé, Élisabeth Guardiano lisait un petit papier jaune. Ses yeux suivirent les cursives bien alignées qui formaient un nom, une adresse et un numéro de téléphone. Il s'agissait des coordonnées du responsable de tous ces enlèvements, de ces crimes commis sur des enfants. C'était lui, l'instigateur de ce réseau pédophile, qu'il avait patiemment tissé au fil des années. Il avait détecté les tendances incestueuses du concessionnaire, la violence du couple et les pulsions meurtrières du menuisier. Et il les avait recrutés. C'était facile, pour lui. Il était psychiatre.

Elle serra si fort le papier qu'il se froissa.

Et elle s'en voulut terriblement. Il avait été à sa portée, à sa merci. Elle l'avait même aidé alors qu'il avait les bras chargés de cadeaux !

Pour la dixième fois peut-être, elle composa le numéro de Franck. La suite, elle connaissait : quatre sonneries, puis la messagerie.

Pourquoi De Rolan ne répondait-il pas ?

À chaque appel sans réponse, l'angoisse montait d'un cran. Elle tenta de se réconforter en se remémorant toutes les fois où son partenaire avait tardé à décrocher son téléphone. C'était déjà arrivé, n'est-ce pas ?

En poursuivant cet inconnu, avait-il pu lui arriver malheur ? Les coups de feu qu'elle avait entendus dans les bois avaient-ils été tirés par lui ou par…

Elle ouvrit la porte de La Dame du Lac et demanda aux deux enfants de ne pas bouger, en leur promettant qu'elle serait de retour très vite.

Elle traversa le sous-bois d'un pas rapide, et se dirigea vers la route.

Son portable se mit à sonner.

— Dieu merci, murmura-t-elle en voyant le nom qui s'affichait sur l'écran du portable. Franck ? Vous allez bien ?

— Un peu de casse, rien de grave.

— Il y a eu des coups de feu.

— Je n'ai pas pris de balle, je vous rassure.

— Qui était cet homme ?

— Je… Il a réussi à s'enfuir. Je n'ai pas pu l'identifier. Il avait trop d'avance sur moi.

— Merde.

— Vous êtes toujours à La Dame du Lac ?

— Oui, j'ai rencontré les enfants.

— Ils vont bien ?

— Oui, enfin, si on veut. Ils sont très perturbés par ce qui s'est déroulé. Je crois que leur reconstruction prendra du temps. Ils devront être encadrés par des professionnels.

— Je vois. Que vous ont-ils raconté ?

— Ce sont eux qui sont à la base de tout cela. Ils se vengent de leurs agresseurs.

— Par quel moyen ?

— Une sorte de poison qu'ils ont découvert dans la montagne. Je ne sais pas d'où ils l'ont sorti, mais on verra plus tard. Il y a plus urgent. Il reste un suspect :

le psychiatre. Celui que nous a indiqué la principale du collège et que je suis allée voir. Au lieu de suivre le gamin et ses parents, il les a plongés dans un truc dégueulasse. Apparemment, c'est lui le cerveau de l'histoire. Les autres n'étaient que des pions. Là aussi, je vous expliquerai. Il faut qu'on l'interpelle au plus vite.

— Il sait qu'on est après lui ?

— Je ne crois pas, non. Mais on ne doit pas prendre de risque. Il va forcément tenter de se faire la malle. Je ne veux pas qu'on arrive trop tard.

— Ça va de soi.

— Franck, je veux ce type ! Vous devez éviter qu'il prenne la fuite. Sa place est derrière les barreaux, et pour un bout de temps.

— Entendu.

— Je vous envoie l'adresse par texto. Allez-y et je vous retrouve sur place dès que j'ai trouvé un véhicule.

— Ça marche.

Elle raccrocha et tapa aussitôt les coordonnées du médecin. Elle courut jusqu'à la route. Là, elle se mit à l'affût de tout véhicule qui passerait pour le réquisitionner. Hélas, elle ne vit rien à l'horizon.

Guardiano avait délaissé le bas-côté enneigé et étroit pour progresser sur le bitume humide, ce qui lui permettait d'assurer ses foulées.

Elle accéléra la cadence en descendant la route. Toutefois, même à ce rythme, il lui faudrait près d'une heure pour rejoindre la ville. C'était un délai inacceptable quand on était sur le point de mettre la main sur le chef d'un réseau pédophile. Franck était sur le coup, mais elle aimait trop avoir le contrôle de la situation pour se sentir sereine.

Après quelques minutes de course, elle perçut enfin un bruit de moteur. C'était un camion qui montait laborieusement la côte, en sens inverse.

— Merde ! hurla-t-elle.

Le réquisitionner ne servait à rien puisque sa remorque était trop longue pour qu'il exécute un demi-tour.

Tandis qu'elle reprenait sa course, elle entendit un autre moteur, dans son dos, cette fois.

Une berline conduite par une personne seule venait de sortir d'un virage. Guardiano n'avait qu'une quinzaine de mètres pour l'intercepter.

Elle dégaina son pistolet et se planta au beau milieu de la route.

La voiture pila, mais sur le bitume trempé par la neige fondue elle continua de glisser dangereusement. Malgré l'ABS qui s'était déclenché en produisant des craquements inquiétants, les freins peinaient à stopper le véhicule.

Guardiano vit le capot foncer vers elle. Elle comprit que la voiture ne s'arrêterait pas à temps. Elle fit un mouvement de côté mais ne put éviter l'impact. Le véhicule la faucha et la projeta sur l'accotement où elle roula dans la neige.

Abasourdie par le choc, elle resta étendue sur le sol quelques instants avant de se relever et de se précipiter vers la voiture qui s'était immobilisée trois mètres plus loin.

— Police ! cria-t-elle en surgissant à l'intérieur du véhicule.

La conductrice, aussi apeurée que stupéfaite, la regardait avec des yeux ronds.

— Conduisez-moi à cette adresse, ordonna-t-elle en lui montrant les coordonnées du psychiatre affichées sur l'écran de son portable. C'est très urgent.

Après que la conductrice eut démarré, Guardiano se fit plus posée :

— Pardonnez mes méthodes, mais c'est une question de vie ou de mort.

La femme parut bien peu rassurée par cette précision.

Guardiano massa sa cuisse endolorie. Elle en serait quitte pour un gros hématome.

Pressée par l'injonction de la policière, la conductrice, qui poussait sa voiture à une vitesse qui lui était peu familière, était gagnée par le stress à chaque virage. Il semblait pourtant à Guardiano que le véhicule se traînait. Elle envisagea de lui demander d'accélérer, mais jugea que deux accidents le même jour c'était suffisant.

La policière sentit son portable vibrer dans sa poche. Elle redouta que Franck soit arrivé trop tard et qu'il l'appelle pour l'informer de la disparition du médecin.

Ce n'était pas Franck. C'était l'IGPN. Ils avaient tenté de la contacter à plusieurs reprises. Elle n'avait jamais décroché.

Cette fois encore, ce n'était vraiment pas le moment.

Que pouvaient-ils lui vouloir ? Qu'est-ce qui justifiait que la police des polices lui téléphone avec autant d'insistance ?

Elle se décida à répondre :

— Guardiano, j'écoute.

— Bonjour, commandant. J'ai cherché à vous joindre toute la journée…

— Oui, j'ai été très occupée, ces dernières heures.

— Ah, je comprends.

— Que voulez-vous ?

— Voilà : comme vous le savez, nous sommes en train d'instruire l'affaire dans laquelle vous êtes impliquée : cet individu que vous avez abattu. À ce stade, évidemment, la légitime défense ne semble faire aucun doute. Cependant… l'officier de gendarmerie que vous avez mentionné dans votre déclaration…

— Eh bien quoi ?

— Son numéro de matricule ne correspond pas.

— J'ai dû me tromper en vous le communiquant. Je vérifie ça avec lui et je vous donne l'info dès que possible, ça vous va ?

— Pas vraiment, non.

— Qu'y a-t-il d'autre ?

— Il y a aussi un problème avec son nom.

— Quoi ?

— Oui, je…

— De Rolan. En deux mots. Delta. Écho. Espace. Romeo. Oscar. Lima. Alpha. November. Prénom : Franck.

— Oui, oui, De Rolan, c'est bien ce que j'ai.

— Alors, qu'est-ce qui ne va pas ?

— Il n'y a personne du nom de De Rolan dans la gendarmerie. Ni à l'OCDIP, ni ailleurs. Franck De Rolan n'existe pas.

– 62 –

Son propre véhicule étant complètement hors d'usage, Franck De Rolan n'eut d'autre choix que de sauter dans la Range Rover du militaire, non sans lui avoir confisqué son portable pour qu'il ne puisse pas tout gâcher. Ce type n'était qu'un sous-fifre, il ne méritait pas de mourir. Cela n'avait rien à voir avec tout le reste.

Il fonçait à présent à toute vitesse vers l'adresse qu'Élisabeth lui avait transmise.

Du capot brinquebalant s'échappait une vapeur blanche qui n'augurait rien de bon. Sur le tableau de bord, des voyants étaient allumés en rouge et l'ordinateur le sommait de stopper immédiatement le véhicule.

Méprisant ces alertes ainsi que les grincements et raclements de la mécanique maltraitée, il accéléra de plus belle.

Il ne restait plus qu'un homme. Un seul joueur dans cette partie sordide qui avait englouti tant de destins. Un unique adversaire. Le jeu était sur le point de s'achever, les cartes avaient été distribuées et chacun avait fait tapis.

Sauf qu'à ce poker-là, il n'y aurait pas de gagnant.

Pourquoi y jouer ? Cette question, il se l'était posée mille fois. Et, plusieurs fois, il avait été tenté de renoncer. Mais on n'a jamais peur de perdre lorsqu'on a déjà tout perdu.

Tandis que son véhicule filait vers le domicile du médecin, il saisit son téléphone et constata qu'il avait de nombreux appels en absence.

Élisabeth…

Elle avait appelé si souvent.

En d'autres circonstances, il serait tombé amoureux de cette femme. Ils se seraient alors soutenus, eux, les deux guerriers, les deux survivants. Qu'est-ce que cela aurait pu donner, elle et lui ?

La vie aurait été si différente si…

Il n'y avait pas qu'elle. Deux messages étaient enregistrés. Il actionna le haut-parleur. Une voix joviale se fit entendre :

— Franckie, salut, c'est moi. Bon, j'ai réussi à sauver le disque dur que tu m'as fait parvenir. La vache ! Tu n'y es pas allé de main morte. Tu sais que c'est fragile, ces choses-là ? Il était gravement endommagé et j'ai bien cru que je n'y arriverais pas. Mais, bon, tu me connais, je ne baisse pas les bras si vite. Il m'a fallu un temps de dingue et beaucoup de travail, mais c'est bon, j'ai tout récupéré. Par contre, y a pas beaucoup de contenu dessus. Bon, je t'envoie tout ça dans une minute. Alors ? Merci qui ? Ça vaut bien un apéro, non ? Allez, ciao !

Un bip sonna pour annoncer le second message. C'était le même interlocuteur, quelques minutes plus tard. Le ton de sa voix était radicalement différent :

— Franck, écoute, j'ai fait une connerie. Par curiosité, j'ai regardé ce qu'il y avait sur ce putain de disque. Ça m'intriguait. Je regrette vraiment d'avoir fait ça. Je t'en conjure, n'ouvre pas ces fichiers ! Putain, je t'en supplie, ne regarde pas ça ! On est amis, non ? On se connaît depuis combien de temps ? Je te dirais pas ça, si c'était pas important. Ne regarde pas ces vidéos. Je t'en supplie sur ce que j'ai de plus cher au monde. Ne regarde pas ça. Ne regarde pas ça !

Tout en conduisant, Franck De Rolan poussa un hurlement de haine.

– 63 –

La voiture pila devant le cabinet du psychiatre. Tandis qu'elle en descendait, Élisabeth Guardiano ordonna à la conductrice de quitter les lieux, ce qu'elle fit sans tarder.

Une Range Rover noire très abîmée était stationnée de biais, comme si elle avait été arrêtée en urgence et abandonnée là.

La calandre était salement tordue, la tôle était froissée et le capot fumait, tandis qu'un liquide noirâtre ruisselait jusque dans le caniveau. Du côté passager, la portière était trouée par un impact de balle.

Elle passa la tête à l'intérieur, par l'une des fenêtres brisées. Il y avait des éclats de verre et de plastique, ainsi que des taches de sang.

Soudain, un coup de feu retentit au domicile du psychiatre.

Elle dégaina son pistolet et se tourna vers le pavillon.

Les coups de feu s'enchaînèrent.

Deux. Trois. Quatre. Cinq.

Elle traversa en courant le petit jardin.

Six. Sept. Huit.

Puis, le silence.

Elle ouvrit la porte d'entrée d'un coup de pied et pénétra dans la maison, l'arme braquée devant elle.

Franck De Rolan était de dos, un pistolet à la main. Le canon était encore fumant, la culasse bloquée en arrière. À ses pieds, une douille finissait de rouler pour en rejoindre d'autres.

Et un corps.

Le psychiatre venait d'être abattu. Ses genoux avaient explosé, lui donnant des airs de pantin désarticulé. Sa poitrine était percée. Et une dernière balle s'était plantée au milieu de son front, faisant éclater l'arrière de son crâne.

Des nappes de sang commençaient à se former, çà et là, autour du corps.

— Lâchez votre arme ! hurla-t-elle.

De Rolan laissa tomber son pistolet qui claqua contre le carrelage.

— Qui êtes-vous ? Qui êtes-vous, Franck ?

Lentement, il se tourna vers elle.

Elle crut d'abord qu'il ne s'agissait pas du même homme. Ce n'était pas les égratignures ni les plaies qui le rendaient méconnaissable. C'était son regard.

Face à elle, se tenait un étranger.

— Vous ne vous appelez pas Franck De Rolan !

— Non.

— Vous n'avez jamais été gendarme, n'est-ce pas ?

— Non.

— Qui êtes-vous, putain de merde ? cria-t-elle tandis qu'elle pointait toujours son arme sur lui.

— Je m'appelle Franck Pietranovsky.

Ce nom, elle le connaissait. Elle l'avait déjà entendu. Elle l'avait lu distraitement sur les affiches placardées sur les murs du commissariat. Elle l'avait entendu lorsqu'ils avaient fait connaissance, au pied de la montagne, bloqués par la tempête.

« *Leandro Pietranovsky, 10 ans.* »

Une larme coula doucement sur sa joue.

« *Moi, je regarde ces photos chaque jour. Pour ne pas les oublier. J'ai l'impression que je leur dois bien ça.* »

Sa main se crispa sur la crosse du pistolet et le canon trembla.

« *Un gosse ne devrait jamais avoir sa photo dans un commissariat, vous ne trouvez pas ?* »

LP.mp4. Ce pauvre gamin qui avait vécu l'indicible était réduit à un fichier vidéo vendu sur des sites clandestins répugnants.

LP.mp4, c'était son fils.

— De Rolan n'existe pas. Je l'ai inventé. Ce nom… c'est l'anagramme de Leandro. C'était une façon de lui rendre hommage.

— Pourquoi ne m'avez-vous rien dit ?

— Nous n'avons pas les mêmes méthodes, Élisabeth. Vous vous rappelez ?

— J'aurais pu… comprendre.

— Oui, vous auriez compris. Vous mieux que quiconque. Mais vous ne m'auriez pas laissé faire. Vous êtes une belle personne, Élisabeth. Une âme pure.

— Vous aussi, Franck, rétorqua-t-elle en baissant son arme.

— Oh, non. Non, moi je n'ai pas votre force, pas votre courage. C'est étonnant, n'est-ce pas ? Le colosse est plus fébrile que la femme fragile. C'est pourtant la vérité. Vous avez traversé ce qui peut arriver de pire à une mère. Et vous l'avez fait seule. Vous êtes tombée, souvent, et vous vous êtes relevée. Chaque fois. Même la mort n'a pas pu vous prendre. Moi, je suis toujours à terre.

— Tôt ou tard, on trouve la force de tout surmonter. Même ça.

— C'est possible, mais je n'en ai pas envie. Je n'ai pas le cœur à vivre un avenir où l'image de mon fils s'évanouit comme les couleurs d'une vieille photo. Je refuse que mon bonheur soit conditionné par l'oubli de mon enfant.

— Vous avez bien tenu jusque-là, non ?

— Vous savez ce qui m'a aidé à tenir ? À ne pas devenir complètement fou ?

— L'espoir ?

Il fit non de la tête.

— J'ai lu l'expression sur le visage du gendarme de l'OCDIP – le vrai – lorsque je lui ai demandé quelles étaient mes chances de revoir mon fils vivant. J'ai compris. Dans ce monde, les miracles sont rares. Ce qui m'a maintenu en vie, c'est lui.

Il se tourna vers le cadavre :

— C'est grâce à lui et à ses complices. Je ne vivais plus que pour les exécuter. C'est ce qui m'a fait tenir. La haine. J'ai volé le portefeuille d'un gendarme, trafiqué le nom et la photo sur la carte, acheté une arme sur Internet – vous n'avez pas idée à quel point c'est facile quand on est dans l'informatique – et mené ma propre enquête. J'ai enfoncé si souvent un canon dans ma bouche que le goût du métal m'est familier. Pourtant, je ne voulais pas mourir en sachant les assassins de mon fils encore en vie. J'aimerais vous dire que je tenais à éviter qu'il y ait d'autres victimes, que je souhaitais rendre le monde meilleur, plus sûr. Mais ce n'est pas vrai. Je voulais juste les faire crever. Vous remarquez ce cynisme ? Je dois mon salut aux bourreaux de mon fils ! Peut-on concevoir pire supplice ? Qu'on ne me dise pas que le diable n'existe pas.

— Comment avez-vous fait pour les plaques minéralogiques de la camionnette ? Un civil ne peut pas avoir accès au fichier.

— J'ai un ami gendarme. Son fils a le même âge que le mien. Il m'a compris. Il m'a aidé. C'est lui qui m'a averti du meurtre du type à la camionnette et de sa femme.

— Et moi ?

— Vous ?

— Vous vous êtes servi de moi.

— Oui.

— Depuis le début ?

— Dès le premier jour. Lorsque ma voiture était bloquée dans la tempête, je vous ai vue parler aux enquêteurs de l'Identité judiciaire. J'ai aussi aperçu le brassard orange qui dépassait de votre poche. Je me suis dit que ce serait plus simple d'avoir accès au dossier si je sympathisais avec la flic chargée de l'enquête. Avec vous à mes côtés, on regarderait moins attentivement ma carte de gendarmerie falsifiée.

Elle accusa le coup en hochant la tête.

— Je vous ai fait du mal ? s'enquit-il avec tendresse.

— Je me relèverai. C'est ce que je fais, toujours, non ?

— Je suis désolé.

Au loin, les sirènes de police se firent entendre.

— Promettez-moi que les enfants n'iront pas en prison.

— Je leur en ai fait la promesse.

Il fouilla dans la poche de son blouson et en sortit la peluche usée qu'il avait découverte dans la cave :

— Tenez, dit-il en la lui tendant. Si vous voulez bien lui rendre ça. Ce gamin a passé l'âge, mais je crois que c'est le seul ami qu'il ait jamais eu.

— Je la lui remettrai.

— Merci.

— Vous savez, je peux… je…

— Quoi ?

— Je peux déclarer que vous cherchiez à vous défendre. Que c'était de la légitime défense. On peut trouver un couteau. Je suis sûre qu'il y a un couteau quelque part ! On va bien en trouver un ! Et vous direz qu'il vous a attaqué ! Et il suffira de…

— Non.

— Je vous en supplie…

— Non.

— Pourquoi ?

— Vous êtes pure, Élisabeth. Ne laissez pas le Mangeur d'âmes vous emporter, vous aussi.

– 64 –

L'étendue d'eau gelée renvoyait ses reflets d'or et d'émeraude, tandis que la neige était constellée de diamants étincelants qui brillaient dans les yeux d'Élisabeth Guardiano. Pour la première fois, cette ville maudite était enfin baignée de soleil. Les nuages s'étaient d'abord timidement écartés, laissant passer les premiers rayons, puis, progressivement, le bleu avait envahi le ciel.

Quelle ironie, encore, que le mauvais temps disparaisse au moment où tout prenait fin.

Les mains dans les poches, le col relevé, le menton enfoui dans une écharpe moelleuse, elle contemplait le lac.

Les équipes de plongeurs de la police avaient quitté les lieux depuis près d'une heure. Elle avait tenu à rester seule un moment, en retrait de la petite maison. La Dame du Lac. Lors de l'intervention, tout le monde avait remarqué qu'elle avait été personnellement touchée par cette affaire. Et les hommes de l'Identité judiciaire avaient eu la délicatesse de lui poser aussi peu de questions que possible. Qui, d'ailleurs, pourrait demeurer insensible en voyant les plongeurs remonter cinq sacs-poubelle ?

Même les gars de la médecine légale avaient été bouleversés.

Les dépouilles des enfants seraient enfin remises à leurs parents. Elles reposeraient dans un petit cercueil blanc.

Elle connaissait.

La veille, elle avait assisté, démunie et impuissante, à l'arrestation de Franck Pietranovsky. Très digne, il n'avait opposé aucune résistance, avait tendu les mains pour qu'on lui mette les menottes. Il avait même machinalement dit merci au flic qui l'entravait.

Il assumerait les conséquences de ses actes. Il n'avait pas accompli tout ceci pour se défiler au dernier moment.

Il avait bénéficié d'une complicité au sein des forces de l'ordre. Un policier l'avait brièvement interrogé à ce sujet. Franck n'avait pas desserré la mâchoire. Il y avait fort à parier qu'il ne lâcherait jamais le morceau. Pas son genre.

Elle n'oublierait pas le regard qu'il lui avait jeté pendant qu'il embarquait dans le fourgon de police. Ce sourire, cette chaleur dans les yeux, ses rides pleines de malice. Et ce petit mouvement de tête.

« *Nous sommes deux êtres brisés, Élisabeth. En d'autres circonstances, tout aurait été différent. J'aurais pris le soin de vous aimer. Vous le méritez tant.* »

Ces paroles, il ne les avait pas prononcées, mais c'était sa lecture à elle de ce dernier coup d'œil. Peut-être voulait-il dire autre chose ? « *Adieu* », tout simplement.

Comme elle inspirait une grande bouffée d'air glacial, elle frissonna.

Elle repensa à ses propres confessions dans le casino abandonné, à cette facilité avec laquelle elle lui avait tout avoué. Elle, d'habitude pudique, solitaire, avait livré son secret le plus sombre. Elle se souvenait surtout de la délivrance qu'elle avait éprouvée alors. Et cette étreinte. Elle l'avait sentie sincère, authentique. Et pour cause ! Tandis qu'elle avait entamé un travail de deuil et commençait à surmonter la tragédie qui l'avait frappée, lui était confronté à l'horreur, et chaque avancée dans cette affaire l'y plongeait davantage.

« La douleur se fait moins insupportable lorsqu'on désigne un coupable, vous voyez ?

— Je crois, oui. »

Et cette manie de ne pas faire de phrase ! Ça aussi, ça lui manquerait.

Les deux adolescents, eux, avaient été conduits à l'hôpital. Le suivi psychologique était impératif. Serait-il suffisant ? Pas sûr. Ils seraient orientés vers un foyer puis, avec de la chance, hébergés par des proches sur lesquels une enquête préalable serait menée. Pour eux, le cauchemar avait pris fin, mais le réveil serait délicat.

Une dernière fois, elle embrassa du regard ce paysage à la beauté insoupçonnée, puis se détourna et rejoignit la maisonnette. Sur la terrasse, elle s'immobilisa un instant et considéra la bâtisse comme l'on avise un adversaire que l'on s'apprête à combattre.

Elle déchira les scellés qui en interdisaient l'entrée. Elle se dirigea vers la cuisine, ouvrit le placard qui se trouvait sous la plaque de cuisson et arracha le tuyau de gaz.

Dans le salon, elle fit basculer le bar en rotin qui s'abattit avec fracas contre le sol. Les bouteilles se brisèrent sur l'ardoise grise et l'alcool s'y répandit.

Elle sortit et, depuis le pas de la porte, craqua une allumette.

Tandis qu'elle regagnait la route en empruntant le chemin enneigé, derrière elle, La Dame du Lac était dévorée par les flammes. L'explosion ne tarderait pas à suivre.

Elle songea à la journée du lendemain. Noël.

Chaque année, en France,
on recense 40 000 disparitions.

5 100 sont considérées comme inquiétantes.

Parmi elles, 700 enfants.

Soit près de 2 par jour.

Imprimé en France par
CPI Brodard & Taupin
en décembre 2023
N° d'impression : 3055001

#lisez engagé !
www.lisez.com
Pour plus d'information :
Imprimé sur du papier issu de forêts gérées durablement.

Pocket – 92 avenue de France, 75013 PARIS

Suite du premier tirage : décembre 2023
S32236/08